LES VARIANTS

Robison Wells

LES VARIANTS

Traduit de l'anglais par Anne-Judith Descombey

Roman

ÉDITIONS DU MASQUE
17, RUE JACOB 75006 PARIS

Titre de l'édition originale :

VARIANT

Publiée par HarperTeen,
une division de HarperCollins Publishers.

ISBN : 978-2-7024-3640-0

1.

— Ce n'est quand même pas une maison de redressement ? demandai-je à Mrs Vaughan alors que nous franchissions le lourd portail grillagé.

Haut d'environ quatre mètres, il était surmonté d'un rouleau de barbelés comme on en voit aux abords des asiles psychiatriques et des prisons. Seul signe de présence humaine, une caméra de surveillance fixée au sommet d'un poteau indiquait que, quelque part, quelqu'un nous observait.

Mrs Vaughan eut un petit rire qui se voulait rassurant.

— Je suis sûre que vous serez très heureux ici, monsieur Fisher, déclara-t-elle.

Le nez pressé contre la vitre, je regardais fixement le paysage. La forêt ne ressemblait à aucune de celles que j'avais vues auparavant. En Pennsylvanie, les parcs étaient verdoyants, et des arbres, des buissons et des plantes grimpantes luxuriants poussaient sur le moindre bout de terre. Ces bois bruns et secs donnaient l'impression qu'il suffirait d'une allumette pour les enflammer.

— Il y a des cactus par ici ? demandai-je sans quitter les arbres des yeux.

Même si cette forêt ne me plaisait guère, je devais reconnaître que c'était mieux que ce à quoi je m'étais attendu. Quand j'avais lu sur le site Internet que Maxfield était au Nouveau-Mexique, j'avais eu des visions de dunes arides, de chaleur torride et de serpents venimeux.

— Je ne pense pas, répondit Mrs Vaughan sans même se donner la peine de regarder le paysage. Je crois qu'on en trouve plutôt dans le sud de l'État. Vous n'avez pas l'air très enthousiaste, mais je vous assure que c'est une chance extraordinaire pour vous. Maxfield est vraiment ce qui se fait de mieux dans le domaine de la recherche pédagogique…

Elle poursuivit sur ce thème, mais je ne l'écoutais plus. Il y avait près de trois heures qu'elle parlait ainsi, depuis qu'elle était venue me chercher à l'aéroport d'Albuquerque. Sa « pédagogie » ou son « épistémologie » ne me faisaient ni chaud ni froid, elle n'avait pas besoin de me répéter que c'était une chance unique pour moi : je le savais. Après tout, c'était une école privée. Peut-être même y avait-il assez de manuels pour tous les élèves et un chauffage en état de fonctionnement.

J'avais moi-même postulé pour cette bourse. Des conseillers pédagogiques m'avaient déjà incité à m'inscrire à ce genre de programmes, mais jusqu'ici j'avais toujours fait la sourde oreille. À chaque nouvelle école que j'avais fréquentée – et il y en avait eu des dizaines –, je m'étais répété que cette fois-ci serait la bonne, que je pourrais rester là quelques années, intégrer l'équipe de foot, me présenter aux élections des délégués et peut-être même me trouver une petite amie, mais à chaque fois j'étais reparti au bout de quelques mois pour me retrouver à la case départ.

Avec les familles d'adoption, c'était le même cirque. J'en avais épuisé trente-trois dans la même ville depuis mon entrée au programme d'adoption, à l'âge de cinq ans. Mon séjour le plus long, dans une famille d'Eliott, avait duré quatre mois et demi, et le plus court, sept heures : le papa s'était fait larguer le jour de mon arrivée et avait informé les services sociaux qu'il ne pouvait plus s'occuper de moi.

Ma dernière famille en date étaient les Coles. Mr Coles était propriétaire d'une station-service, et dès le jour de mon arrivée, je m'étais retrouvé derrière le comptoir. Au début, c'était seulement en fin d'après-midi, mais bientôt j'y avais passé mes samedis et mes dimanches, parfois même le matin avant d'aller en cours. J'avais manqué tous les tests qui m'auraient donné une chance d'entrer dans l'équipe de foot. Je ne pouvais jamais aller à des fêtes, auxquelles je n'étais d'ailleurs pas invité. Quand j'avais demandé à être payé pour mon travail, Mr Coles m'avait répondu qu'étant de la famille, je ne devais pas m'attendre à une rémunération.

— Nous ne demandons rien en échange de l'aide que nous t'apportons, avait-il déclaré.

C'est là que j'avais décidé de postuler pour cette bourse, un programme spécial pour enfants adoptés. J'avais répondu à un questionnaire sur ma scolarité, en gonflant un peu mes notes, et sur ma situation familiale. Dès le lendemain, on m'avait appelé pour m'annoncer que j'étais admis.

Ce soir-là, je ne m'étais même pas pointé à la station-service. J'avais traîné tard dans les rues où j'avais grandi, et fait une halte sur le pont de Birmingham pour contempler la ville que j'espérais bien ne plus revoir. Si je n'avais jamais détesté Pittsburgh, je n'avais jamais aimé y vivre non plus.

Mrs Vaughan ralentit et, un instant plus tard, un mur de brique massif apparut devant nous. Aussi haut que le grillage flambant neuf de l'entrée, son aspect vétuste lui donnait une allure étrange. Il s'étendait dans les deux directions en épousant les contours de la colline et il était presque de la couleur de la terre sablonneuse, si bien qu'il semblait avoir poussé naturellement dans la forêt.

En revanche, la porte percée dans ce mur était tout sauf naturelle. C'était de l'acier épais et solide. Elle s'ouvrit en glissant à quelques centimètres seulement au-dessus de l'asphalte. J'eus l'impression d'entrer dans un coffre-fort.

Mais la forêt desséchée s'étendait également de l'autre côté du mur.

— C'est grand, comme propriété ? demandai-je.

— Assez, répondit Mrs Vaughan, rayonnante de fierté. Je n'en connais pas les dimensions exactes, mais le terrain est vaste. Cela laisse beaucoup d'espace pour les activités en plein air, ce qui ne devrait pas vous déplaire.

Quelques minutes plus tard, la forêt avait changé : au lieu de pins, c'étaient des peupliers d'Amérique qui bordaient la route, et ce fut entre leurs larges troncs que j'entrevis pour la première fois le collège de Maxfield.

Comportant quatre étages, le bâtiment devait avoir une centaine d'années. Entouré d'une pelouse impeccablement entretenue, d'arbres taillés et de massifs de fleurs, il ressemblait aux écoles que j'avais vues à la télé, fréquentées par des gosses de riches qui ont tous une BMW ou une Mercedes. Il ne manquait plus que du lierre sur les murs en pierre, mais c'était probablement trop difficile d'en faire pousser dans le désert.

N'étant pas riche, je serais évidemment différent des autres élèves, mais j'avais passé une bonne partie du trajet à mettre au point une histoire crédible. J'avais bien l'intention de m'intégrer dans ce collège au lieu de jouer le rôle du pauvre gosse adopté qui est la risée de tous.

Mrs Vaughan se gara devant l'imposant escalier en pierre menant à l'entrée.

Elle déverrouilla les portières, mais garda sa ceinture de sécurité.

— Vous n'entrez pas avec moi ? demandai-je.

Non que sa compagnie me plût, mais je m'étais attendu à ce qu'elle me présente à quelqu'un.

— Je crains que non, répondit-elle avec un nouveau sourire chaleureux. Je suis très prise aujourd'hui. Si jamais j'entre, nous allons parler à n'en plus finir et je ne ressortirai jamais à temps.

Elle prit une enveloppe posée sur le siège avant et me la tendit. Mon nom, Benson Fisher, était imprimé dessus en caractères minuscules.

— Donnez ça à la responsable de l'orientation. Elle s'appelle Becky, je crois, reprit-elle.

Je pris l'enveloppe, puis descendis. Je m'étirai, les jambes courbaturées après ce long trajet en voiture. Il faisait froid, mais par chance je portais mon sweat-shirt des Steelers[1], même si c'était une tenue trop décontractée pour ce collège.

— Votre sac, me rappela Mrs Vaughan.

Je me retournai au moment où elle me le tendait.

— Merci, dis-je.

— Bon séjour, fit-elle. Je crois que vous vous en tirerez très bien.

Je la remerciai encore, puis refermai la portière. Elle repartit aussitôt en marche arrière et je la suivis des yeux. Comme d'habitude, je devrais me présenter tout seul à ma nouvelle école.

Je humai l'air. Il avait une odeur différente de toutes celles que j'avais connues jusqu'ici. Je ne sais pas si c'était l'atmosphère du désert, la sécheresse des arbres, ou simplement l'éloignement de la puanteur de la ville, mais elle me plaisait. Le bâtiment se dressait devant moi, majestueux et prometteur. Ma nouvelle vie se déroulerait derrière ces murs. Alors que je contemplais son portail en bois sculpté, je faillis éclater de rire au souvenir du lycée

1. Équipe de football américain de Pittsburgh.

public que je venais de quitter. Son portail devait être repeint une fois par semaine pour couvrir les graffitis, et les vitres de ses fenêtres exiguës, après avoir été brisées Dieu sait combien de fois, avaient été remplacées par du contreplaqué. Ces fenêtres-là, au contraire, étaient larges, leurs vitres étincelantes, et…

Je remarquai pour la première fois depuis mon arrivée les visages pressés derrière les fenêtres de l'étage supérieur. Certains ne faisaient que me regarder, mais d'autres montraient quelque chose du doigt, gesticulaient ou criaient, même si je ne pouvais pas les entendre. Je me retournai sans avoir la moindre idée de ce qu'ils m'indiquaient.

Je les regardai de nouveau, puis haussai les épaules. Derrière une fenêtre du deuxième étage qui était juste au-dessus du portail, une fille brune brandissait un carnet ouvert. Elle avait tracé sur l'une des pages un V géant et un OK qui remplissaient toute la feuille. Quand elle vit que je l'avais remarquée, elle sourit, me montra le V et leva le pouce.

Un instant plus tard, j'entendis un bourdonnement suivi d'un déclic, et le portail s'ouvrit. Une fille apparut dans l'encadrement, mais fut aussitôt repoussée par deux autres élèves, un garçon et une fille, tous deux vêtus de l'uniforme que j'avais vu sur le site Internet du collège, un polo rouge sur une chemise blanche, un pantalon noir ou une jupe noire. La fille, qui devait avoir mon âge ou guère plus, dévala l'escalier pour foncer derrière la voiture de Mrs Vaughan. Le gars, un grand costaud qui avait la carrure d'un défenseur de football américain, m'empoigna par le bras.

— Ne crois rien de ce que racontent Isaiah ou Oakland, dit-il fermement. On ne peut pas sortir d'ici.

Et, sans me laisser le temps de répondre, il se rua derrière la fille.

2.

Je les suivis des yeux. Ils traversèrent la pelouse en courant et coupèrent par les jardins soigneusement entretenus avant de disparaître sous le couvert des arbres. Il était impossible qu'ils rattrapent Mrs Vaughan, si c'était leur intention. J'attendis un peu, certain de les voir réapparaître, mais il n'en fut rien.

Je me retournai, les yeux levés vers les fenêtres. Les élèves n'étaient pas tous en uniforme, mais même leurs vêtements décontractés différaient de ce que les adolescents portaient chez moi. Certains – chemises boutonnées jusqu'au cou, bretelles, chapeaux – étaient démodés, tandis que d'autres ressemblaient à des caricatures de chanteurs de rap, tout en chaînes en or et en bandanas. Comme on était début novembre, peut-être célébraient-ils Halloween avec un peu de retard. Ou peut-être répétaient-ils une pièce de théâtre.

Je vis que certains hurlaient toujours et levai les mains pour leur faire signe que je ne comprenais rien.

Le portail se rouvrit et une fille – celle qui avait été bousculée tout à l'heure – surgit. Elle souriait avec insouciance comme s'il ne s'était rien passé. Elle ne devait pas avoir plus de seize ans.

— Tu dois être Benson Fisher, dit-elle, et elle me tendit la main.

— Ouais, répondis-je en la lui serrant, même si ça me paraissait bizarre, car les adolescents ne sont pas censés se serrer la main.

C'était peut-être l'usage dans les collèges privés. Son père était probablement un riche homme d'affaires.

— Je m'appelle Becky Alfred, reprit-elle. C'est moi qui suis responsable des nouveaux élèves.

Elle m'adressa un large sourire, comme si c'était tout naturel. Ses cheveux bruns coupés court étaient impeccablement ondulés. On aurait dit une coiffure sortie tout droit d'un vieux film en noir et blanc.

Je baissai les yeux vers l'enveloppe que je tenais à la main.

— C'est donc toi la Becky à qui je dois remettre ça ? demandai-je.

— Tout juste, répondit-elle en prenant l'enveloppe. C'est ton dossier scolaire.

— Qu'est-ce qu'ils fabriquent ? demandai-je en lui montrant les élèves postés aux fenêtres qui nous dévisageaient toujours.

— Rien, dit-elle après les avoir salués de la main. Ils sont seulement excités de voir un nouveau.

C'était un euphémisme. À présent, certains frappaient même les vitres du poing.

Je me forçai à rire pour dissimuler mon embarras.

— Et les deux qui sont sortis en courant ? demandai-je. Qu'est-ce qui leur a pris ?

Le sourire de Becky resta bien en place, mais son nez et ses yeux se plissèrent. Elle réfléchit un instant avant de répondre.

— Je ne sais pas pourquoi ils couraient comme ça, fit-elle.

Elle passa son bras sous le mien et m'entraîna vers l'escalier. Elle sentait bon, un parfum floral.

Sa réponse ne m'avait pas satisfait. Elle devait en savoir plus qu'elle ne voulait l'admettre. J'espérai qu'il s'agissait seulement d'une farce.

— Qui sont Isaiah et Oakland ? repris-je.

Elle se figea pendant une seconde – un arrêt à peine perceptible – puis repartit.

— Que veux-tu dire ? demanda-t-elle.

Quel que fût le secret qu'elle tentait de garder, elle n'y arrivait pas très bien. C'était peut-être une sorte de bizutage consistant à faire peur au nouveau venu.

— Isaiah et Oakland, insistai-je. Le gars qui a filé m'a dit de ne pas croire un mot de ce qu'ils me raconteraient.

Becky s'arrêta, puis, les mains posées sur les hanches, se tourna vers moi. Son sourire semblait plaqué sur son visage et elle rit presque comme une personne normale.

— Ça ne m'étonne pas de lui, fit-elle. Benson, tu découvriras bientôt que ce collège a ses trouble-fête, comme n'importe quel autre. Ils essaient de te faire peur. Que peut-on attendre d'autre de personnes qui enfreignent aussi ouvertement le règlement ?

J'acquiesçai et montai encore une marche. Sa réponse se tenait. Je verrais bien si j'avais raison de me faire de la bile quand je rencontrerais ces types. Qui pouvait avoir envie de s'appeler Oakland, d'ailleurs ?

Mais les dernières paroles de Becky m'avaient frappé.

— Ils ont enfreint le règlement ? demandai-je, le regard tourné vers la forêt. Comment ?

Becky ouvrit la bouche pour répondre, mais s'interrompit. Je la regardai bafouiller et sentis mon estomac se nouer. J'avais l'impression qu'elle jouait un jeu stupide. J'étais peut-être nouveau à Maxfield et sans papa plein aux as pour me faciliter l'existence, mais j'étais justement venu ici pour en finir avec les emmerdes que j'avais connues toute ma vie dans des écoles minables. Je n'allais pas laisser quelques petits crétins snobinards rire à mes dépens simplement parce que j'arrivais les poches vides. Je décidai d'aller voir le directeur.

Je poussai un soupir et montai rapidement les dernières marches menant au portail, mais quand je tournai la poignée, la porte resta fermée. Becky me rejoignit et j'entendis le bourdonnement, puis le déclic de tout à l'heure. Elle saisit la poignée et ouvrit la porte.

— Ils..., commença-t-elle, puis elle se tut. Personne n'a le droit de parler aux nouveaux avant leur orientation, acheva-t-elle rapidement. Ça fait partie du règlement.

Je m'arrêtai sur le seuil et la dévisageai. Elle paraissait mal à l'aise.

— Ça ne tient pas debout, dis-je. Tu n'es pas vraiment Becky, hein ?

Son sourire ressurgit.

— Si, je suis bien Becky et je suis ici pour t'aider dans ton orientation. C'est mon boulot, expliqua-t-elle.

— Ton boulot ?

— Tout le monde en a un, répondit-elle. Tout le monde apporte sa contribution : nous nous épaulons. Nous sommes si loin de tout et de tous, ici... nous formons comme une société en miniature.

— Je vais donc avoir un boulot ?

Il n'en était pas question sur le site Internet du collège. Ça me rappela la station-service des Coles.

— Bien sûr, affirma-t-elle. Ici, tout le monde en a un.

— Tu peux m'emmener chez le directeur ?

Jusqu'ici, tout m'avait paru plutôt étrange, mais à présent, j'étais surtout frappé par le ridicule de cette conversation avec Becky. Mrs Vaughan m'avait déjà servi un discours sur les chances offertes aux élèves de participer à la direction du collège, et j'en avais assez d'écouter les boniments rassurants du président du conseil des élèves – ou quel que fût le titre de Becky.

— Si nous allions dans mon bureau ? proposa-t-elle. Je pourrais te présenter le collège dans les grandes lignes. Je suis sûre que ça répondra à certaines de tes questions.

— J'aimerais bien t'expliquer quelque chose à mon tour, si tu permets, répondis-je. Je viens de faire un long voyage en avion suivi d'un long trajet en voiture. Je suis fatigué et j'aimerais me reposer. Je n'ai pas besoin qu'on me présente le collège : je sais comment un collège fonctionne. J'en ai fréquenté un paquet, et à chaque fois c'est la même chose : un conseiller ou une secrétaire me fait asseoir pour m'expliquer comment je peux devenir membre de la Société des élèves les plus méritants ou du Club de science, ce que je sais déjà. Pouvons-nous donc aller droit au but et nous en tenir à l'essentiel ?

— L'essentiel, c'est l'orientation, déclara Becky.

Elle passa de nouveau son bras sous le mien et voulut m'entraîner, mais je résistai. Je devais probablement peser vingt kilos de plus qu'elle rien qu'en muscles et en taille, si bien que je ne bougeai pas d'un millimètre.

— Je veux d'abord voir le directeur, dis-je.

Le visage de Becky s'épanouit en un sourire complètement artificiel.

— Tu es vraiment résolu ! commenta-t-elle. Je trouve ça fantastique.

— Quoi ?

J'étais sidéré par son comportement. Rien dans l'orientation ne pouvait être aussi important qu'elle le laissait entendre. On aurait plutôt dit qu'elle essayait de m'éloigner du directeur.

— Je voulais juste dire que nous avons bien besoin de quelqu'un comme toi ici, reprit-elle.

Je ris sans savoir pourquoi, peut-être parce que tout ça ressemblait trop à une farce.

— Quel âge as-tu, Becky ? demandai-je.

— Seize ans, bientôt dix-sept, répondit-elle gaiement. J'aurai dix-sept ans fin octobre.

Son sourire était aussi figé que celui d'un guide de voyage organisé, et c'était bien ce qu'elle était : un guide qui souriait à volonté et connaissait son texte sur le bout des doigts.

— Excuse-moi, repris-je, mais pourrais-tu me présenter la vraie Becky ?

— Qu'est-ce que tu veux dire ?

Elle laissa retomber sa main qui tenait la porte, et celle-ci se referma lentement.

— Je veux dire que je ne crois pas un mot de ce que tu racontes, répondis-je. Tout ça n'est qu'un jeu idiot.

— Non, je suis bien Becky, insista-t-elle, et ses yeux prirent une expression inquiète.

— Tu n'es pas Becky et tu ne sais même pas bien mentir. Tu m'as dit que ton anniversaire était fin octobre et nous sommes déjà le 2 novembre.

Elle ouvrit la bouche pour répondre, puis se ravisa. Elle recula, les yeux tournés vers la forêt. Les deux fuyards venaient de surgir à la lisière, et le rouge de leurs polos flamboyait dans le soleil de fin d'après-midi.

— Bon, ça suffit les conneries, déclarai-je, et je saisis la poignée de la porte, mais elle était de nouveau verrouillée.

— Je suis Becky, affirma-t-elle, les bras croisés sur la poitrine.

— Pourquoi cette porte est-elle verrouillée ?

— Je suis Becky, répéta-t-elle.

— Je m'en fous. Comment fait-on pour déverrouiller cette porte ? Je veux voir le directeur.

Elle se détourna pour me regarder en face, les yeux étincelants.

— Je m'appelle Becky Alfred et je t'ai dit la vérité, déclara-t-elle.

— Je me fous de savoir qui tu es. Je veux voir le directeur.

Son sourire avait disparu et son regard était fixe et sombre.

— Nous n'avons pas de directeur, dit-elle. Nous n'avons ni directeur, ni professeurs, ni conseillers. C'est pour cette raison que je suis responsable de l'orientation.

— Il n'y a… je veux dire, vous n'avez pas… ?

Elle arbora un nouveau sourire, mais il était pâle et contraint.

— Ce collège n'est pas comme les autres, fit-elle.

— Mais alors, qui fait cours ?

— Nous, répondit-elle. Les élèves. On nous fournit le programme.

— Je n'y crois pas, dis-je. Et ça n'explique toujours pas ce que tu m'as dit à propos de ton anniversaire. Pourquoi m'as-tu menti ?

Son sourire s'épanouit.

— Je ne t'ai pas menti, répondit-elle. Je sais que ça peut paraître étrange, mais tu comprendras mieux pourquoi quand nous en aurons fini avec l'orientation. En fait… (Elle fit une pause pour réfléchir.) En fait, nous n'avons pas de calendriers.

— Tu rigoles ?

— Pas du tout.

— Tu n'as pas la date sur ton ordinateur ? Chaque ordinateur a un calendrier.

— Pas les nôtres. Mais ici, tout le monde a un ordinateur. Tu auras le tien, d'ailleurs.

Je n'en croyais pas mes oreilles : malgré tout ce qu'elle venait de me révéler, elle me vantait encore les mérites de ce collège.

— Mais on ne peut pas envoyer d'e-mails, ni aller sur Internet ?

Elle fronça de nouveau le nez.

— Nos ordinateurs n'ont pas accès à Internet, répondit-elle.

C'était ridicule.

— Ta famille ne t'a pas téléphoné le jour de ton anniversaire ? demandai-je.

— On n'a pas le téléphone non plus.

— Donc, si j'ai bien compris, il n'y a pas d'adultes ici et nous ne pouvons pas communiquer avec l'extérieur.

Elle acquiesça d'un air gêné.

Je montrai du doigt le gars et la fille, qui, main dans la main, contemplaient la forêt. Je voyais la vapeur de leur haleine s'échapper quand ils parlaient.

— Il m'a dit que nous ne pouvions pas partir d'ici, repris-je. C'est vrai, ça aussi ?

— Oui.

Il pouvait encore s'agir d'une plaisanterie. Ce ne pouvait qu'être une plaisanterie.

— Je n'aurais jamais dû postuler pour cette bourse, déclarai-je.

— C'est une question de point de vue, dit-elle. (Sa voix était joyeuse, mais détachée et lointaine comme si elle ne s'adressait pas directement à moi : elle récitait encore son texte.) Il y a des gens formidables, ici, on apprend un tas de choses intéressantes et on s'amuse vraiment.

Tu parles ! Je cherchais un bon collège et voilà où j'avais atterri. Mrs Vaughan avait eu raison sur un point : cet établissement différait de tous ceux que j'avais connus. Je croyais qu'elle entendait par là que nous apprendrions vraiment quelque chose et que les élèves ne se feraient pas tabasser sur le parking. En fait, elle voulait dire que c'était une prison.

— C'est quoi, ce collège, au juste ? Un établissement pour enfants perturbés ? demandai-je.

Becky éclata de rire.

— Non, c'est un collège comme les autres, répondit-elle. On va en cours, on organise des fêtes et on fait du sport. (Elle m'adressa un sourire malicieux.) Mais toi, tu n'es pas perturbé, n'est-ce pas ?

Je me dégageai. Mon désarroi se mua soudain en colère.

— Pourquoi prends-tu tout ça si tranquillement ? lançai-je. Depuis quand quelqu'un d'ici n'a plus parlé à quelqu'un... de l'extérieur ? achevai-je en désignant d'un geste vague le paysage qui s'étendait derrière la forêt.

Becky jeta un regard rapide à l'horizon. Le collège était dans une dépression au cœur de la forêt, d'où l'on ne voyait guère que des collines boisées et, dans le lointain, une chaîne de montagnes d'un gris évanescent.

— Je suis ici depuis environ un an et demi, dit-elle simplement. Le monde extérieur ne me manque pas. Comme je te l'ai dit, on vit bien ici.

— Est-ce qu'on y passe le bac ?

— Je crois que personne ici n'a encore l'âge de le passer. (Elle reprit mon bras et m'entraîna vers le portail.) Et toi, quel âge as-tu ?

— Je vais avoir dix-huit ans, répondis-je, puis je me rappelai qu'elle avait mon dossier. Enfin, dans un peu moins de neuf mois. Au fait, joyeux anniversaire : toi aussi, tu as dix-sept ans.

Becky rit, s'avança vers la porte, qui se déverrouilla avec un bourdonnement, et l'ouvrit.

— Je t'aime bien, Benson, dit-elle. Je suis sûre que tu t'en tireras très bien ici.

3.

Le rez-de-chaussée du collège me rappelait le musée d'histoire naturelle que j'avais visité quand j'étais à l'école primaire. Le sol était en marbre et des panneaux en bois sombre couvraient la moitié inférieure des murs de pierre. C'était le genre d'endroit que l'optimiste que j'étais encore vingt minutes auparavant aurait adoré et révéré comme un temple du savoir superbe et imposant. Maintenant, je n'y voyais plus qu'une maison hantée, laide et mal éclairée. Et désormais, cette maison était mon foyer.

Pas pour longtemps : ça ne gênait peut-être pas d'autres d'être enfermés ici, mais moi, si.

Un escalier massif montait vers la droite, mais Becky m'entraîna en avant, sous une galerie à arcades en pierre, puis dans un long couloir. Le portail se referma derrière nous avec un bruit étouffé et, malgré la hauteur des plafonds, je me sentis oppressé.

— Alors, quelles sont les règles que ces deux élèves ont enfreintes ? demandai-je. Je veux une vraie réponse.

Si j'avais déjà décidé que je n'étais pas disposé à me plier au règlement – je ne resterais d'ailleurs pas assez longtemps ici pour que ça ait la moindre importance –, je voulais quand même savoir en quoi il consistait. Le simple fait que Becky puisse détenir une certaine autorité m'inquiétait. Une personne qui paraissait se soucier aussi peu d'être emprisonnée contre sa volonté depuis un an et demi ne méritait pas qu'on lui obéisse.

Mais peut-être était-elle volontairement prisonnière ?

— On n'a pas le droit de parler avec les nouveaux, répondit-elle. Comme je te l'ai déjà dit, tu comprendras mieux pourquoi si je te présente le collège comme c'est l'usage.

Très bien, allons-y, pensai-je.

— Il est également interdit de poursuivre les voitures. C'est contraire au règlement, enchaîna-elle.

— Qui décide de cela ?

Becky m'adressa un clin d'œil.

— Mystère mystère..., répliqua-t-elle avec un grand sourire.

Elle commençait à me rendre dingue. Ou peut-être l'était-elle elle-même.

— Et quelle est la réponse ? demandai-je.

Nous arrivions devant un embranchement. Becky m'entraîna vers le couloir de gauche. De l'extérieur, je ne m'étais pas rendu compte des dimensions du bâtiment. Becky haussa les épaules.

— C'est la direction du collège qui en décide, c'est-à-dire la femme qui t'a amenée ici et son secrétariat, répondit-elle.

— Mais tu n'en es pas sûre ? Et tu n'as pas vraiment envie de le savoir non plus ?

Becky ouvrit une porte et me fit signe d'entrer.

— Bien sûr que si, idiot, mais comme c'est impossible, j'essaie de faire avec.

La petite pièce dans laquelle je venais d'entrer contenait un bureau flanqué sur trois côtés de murs étroits, le long desquels s'alignaient des placards. Un petit canapé en cuir faisait face au bureau. Becky me fit signe de m'asseoir dessus et prit place derrière le bureau, où elle remua quelques papiers et griffonna une note. Ce bureau était dans un ordre irréprochable. Des papiers y étaient disposés en piles bien nettes, avec deux stylos et un crayon parfaitement parallèles.

J'avais du mal à rester en place. J'avais besoin de sortir, de m'occuper, de parler avec quelqu'un que cette situation exaspérait autant que moi. Je me souvins que d'autres élèves m'avaient observé par la fenêtre : ceux-là ne se comportaient pas comme Becky. Je me promis de les retrouver.

Becky prit un classeur sur la tranche duquel je lus mon nom, contourna le bureau pour venir s'asseoir à côté de moi, puis croisa les jambes et lissa sa jupe.

— Voilà ce qui nous intéresse, Benson, annonça-t-elle sur un ton plus sérieux, celui d'un guide de voyage organisé faisant visiter le site d'un accident d'avion. Tu rencontreras ici des gens comme Curtis et Carrie, qui se précipitent derrière la voiture de Mrs Vaughan dès qu'elle arrive. Des gens qui se plantent devant le mur et parlent de l'escalader pour s'enfuir. Des gens qui se plaignent pour un oui ou pour un non.

— De ce que nous sommes retenus prisonniers ici, par exemple ?

Chez Becky, même la désapprobation se traduisait par un demi-sourire.

— Je sais que c'est difficile, répondit-elle, mais tu ne peux rien y changer, et plus tôt tu l'admettras, mieux tu pourras apprécier ton séjour ici.

— Admettre quoi ? De ne plus jamais pouvoir partir d'ici, d'être coupé du monde ? Qu'est-ce que c'est que cet endroit ? Une prison ?

Becky secoua la tête.

— Ce n'est certainement pas une prison, Benson, déclara-t-elle. Tu trouves qu'il ressemble à une prison ? Des prisonniers ont-ils droit à une nourriture et à un enseignement de cette qualité ? Et réfléchis à ceci : même si tu avais le téléphone ici, qui appellerais-tu ?

Je crus d'abord que c'était une question purement rhétorique, puis je compris qu'elle attendait ma réponse.

— La police, répondis-je.

— Ce n'est pas ce que je voulais dire. Si c'était un collège comme les autres où on te permettait de téléphoner, qui appellerais-tu ?

Était-il si évident que j'étais seul au monde ? Becky connaissait mon nom avant même que je ne me sois présenté à elle. Peut-être avait-elle lu mes réponses au questionnaire. Elle savait alors que je n'avais pas de famille.

Je décidai de mentir.

— J'ai plein d'amis, affirmai-je.

— Vraiment ? demanda-t-elle, un sourcil levé. Des amis que tu appellerais pour bavarder avec eux ?

Elle se rapprocha de moi et m'examina attentivement.

En réalité, je ne m'étais pas fait d'amis dans mon dernier lycée parce que j'étais toujours à la station-service. Et je ne considérais certainement pas Mr Coles comme un ami. Sinon, je ne connaissais que mon assistante sociale, qui n'était même pas capable de se rappeler mon nom.

Je secouai la tête.

— Non, pas vraiment, répondis-je, mais comment le sais-tu ? (Le sourire de Becky pâlit, mais ce fut presque imperceptible, et je compris soudain.) Attends... toi non plus, c'est ça ?

Elle baissa les yeux et tapota le classeur d'un air absent.

— Oui, dit-elle. Ici, nous sommes tous dans la même situation.

C'était incroyable : un collège rempli de gens comme moi, sans amis ni famille. Personne ne remarquerait notre disparition.

Je frappai du poing le bras du canapé.

— En somme, on admet ici seulement ceux qui ne manqueront à personne, commentai-je.

Son rire de guide tinta.

— À t'entendre, ça paraît vraiment sinistre, observa-t-elle.

Je me levai d'un bond et me frottai le visage et le crâne.

— Si ça ne te paraît pas sinistre, Becky, c'est que tu es restée trop longtemps ici, déclarai-je.

Non content d'être une prison, Maxfield recrutait sans le dire des adolescents absolument seuls au monde.

Sous prétexte d'établir un profil de l'élève, tout le questionnaire d'admission tournait autour de ce thème, avec des questions du style : combien d'amis intimes avez-vous ? À qui vous confiez-vous ?

En ce qui me concernait, j'avais donné les bonnes réponses : pas un seul et à personne.

Si ce collège recrutait des élèves dont personne ne remarquerait la disparition, nous laisserait-il repartir un jour ? Personne ne nous rechercherait. Personne ne se souciait de nous.

Becky ne releva pas ma remarque. Quand je me tournai enfin vers elle, elle était immobile et paraissait aussi calme que d'habitude. Qu'est-ce qui clochait chez elle ? Elle ne comprenait donc rien ?

— Je crois que nous avons un peu gâché ma présentation officielle du collège, fit-elle avec un sourire et un soupir ironique. Bon, allons droit au but. (Elle souleva le classeur et me fit signe de revenir m'asseoir. Je m'approchai d'elle, mais restai debout.) Ce classeur est ton guide de Maxfield. Tu y trouveras le règlement, un plan du site et une liste des services fournis, bref, tout ce dont tu peux avoir besoin.

Je la dévisageai.

— Je crois que tu es dingue, dis-je. Je crois que ce collège t'a rendue dingue.

Elle se contenta de sourire une fois de plus. Elle devait vraiment être timbrée.

— Benson, j'essaie de t'aider, reprit-elle.

— De m'aider ou d'aider ceux qui nous retiennent prisonniers ?

— De t'aider, toi, répondit-elle. (Elle me tendit le classeur, puis croisa les mains sur ses genoux.) Bon, écoute : je vais te citer les règles les plus importantes, et puis je t'emmènerai à ton dortoir.

Merveilleux, pensai-je. Je n'avais pas envie qu'elle m'accompagne au dortoir, mais vers la sortie. Une fois dehors, j'escaladerais cette saleté de mur. Je me demandai si on l'avait déjà tenté avant moi. Le mur était haut, mais il devait bien y avoir un moyen de le franchir. Les deux élèves qui avaient pris la voiture de Mrs Vaughan en chasse avaient peut-être essayé. Je me promis de les retrouver pour leur poser la question.

— Benson ? demanda Becky en me montrant le classeur.

Je l'ouvris à contrecœur. La première page était illustrée d'une photocopie en noir et blanc du blason élaboré que j'avais déjà vu sur le site Internet du collège. La version en couleurs m'avait paru somptueuse, comme celle d'une université prestigieuse dont la fréquentation résoudrait tous les problèmes de mon existence. Cette page du classeur ressemblait plutôt à la photocopie d'une photocopie d'une photocopie.

Je me rassis avec un soupir, fermai le classeur et regardai Becky.

— Le règlement est-il aussi stupide que tout le reste ici ? demandai-je.

Elle se mit à rire.

— Il n'a rien de stupide, répondit-elle. Ce sont des règles de base.

J'acquiesçai en me demandant quelle définition quelqu'un comme Becky pouvait avoir de la notion de « base », car celle qu'elle avait de la normalité me paraissait franchement tordue.

— Il y a un ensemble de règles que tu retrouveras dans ce manuel, reprit-elle, mais je te parlerai seulement des quatre principales, qui peuvent te créer de sérieuses difficultés si tu les enfreins. Première règle : pas de relations sexuelles, fit-elle avec une grimace. C'est la première chose à laquelle on pense quand on apprend qu'il n'y a pas d'adultes ici. Mais à la place des adultes, il y a ça.

Elle traversa la pièce pour me montrer une caméra de surveillance placée dans un angle. Elle ne me regardait pas en face, probablement parce qu'elle était aussi gênée de parler de ça que moi de l'entendre en parler.

— Chaque pièce et chaque couloir en est équipé, poursuivit Becky, les yeux toujours levés vers la caméra. On sait donc en permanence comment tu te comportes. Si tu enfreins l'une des quatre règles principales, tu seras arrêté.

— Arrêté ? Qu'est-ce que ça veut dire ?

Becky me regarda, puis retourna s'asseoir au bureau.

— Quelque chose de suffisamment grave pour que tu ne tiennes pas à ce que ça t'arrive, répondit-elle.

— Qu'est-ce que ça signifie ? demandai-je en reposant le classeur et en me penchant en avant. Et si tu commençais à me donner de vraies réponses ?

Becky bredouilla quelque chose sans me regarder en face.

— Que signifie : être arrêté ? insistai-je en articulant lentement.

Elle soupira, puis baissa les yeux.

— Ceux qui sont arrêtés ne reviennent pas, répondit-elle.

— On les renvoie chez eux ?

— Non, je peux te l'affirmer.

— Quoi, alors ? On les envoie dans un endroit pire qu'ici ?

Becky se tut, le visage soudain crispé par... était-ce de la tristesse ? De la peur ?

— Je ne sais pas, répondit-elle sur un ton ferme, puis elle se détourna. Personne ne le sait.

Mais je refusais de lâcher prise.

— Y a-t-il déjà eu des arrestations ? demandai-je.

— Pouvons-nous en rester à ma réponse précédente : « c'est suffisamment grave pour que tu ne tiennes pas à ce que ça t'arrive » ?

— Y a-t-il déjà eu des arrestations ? répétai-je.

— Oui.

— Et ceux qui ont été arrêtés ne sont pas revenus ?

— Non.

— Très bien.

C'est parfaitement cohérent avec le reste de ce merdier, pensai-je.

Je me demandai si je ne devais pas aussitôt enfreindre le règlement, afin d'être arrêté et expulsé, mais ça ne marcherait sûrement pas : de toute évidence, une arrestation n'entraînait pas un simple renvoi. Si j'étais renvoyé chez moi, je préviendrais immédiatement la police, et j'étais certain que le collège ferait tout pour l'éviter.

Je regardai Becky.

— Bon, c'est la première règle, repris-je. Et les trois autres ?

— Ce sont trois autres interdictions, répondit-elle, les bras croisés et adossée à une armoire du mur opposé, concernant les tentatives d'évasion, le refus des punitions et les affrontements violents.

Je ne pus m'empêcher de rire.

— Les affrontements violents ? Il y en a d'un autre genre ? demandai-je.

Cette fois-ci, elle eut un franc sourire.

— Oui, cette règle est bizarre, concéda-t-elle. La plupart des bagarres n'entraînent que des punitions légères, mais s'il arrive quelque chose de vraiment grave, par exemple, si quelqu'un est grièvement blessé, alors le responsable est arrêté. Et c'est ce qui arrive dès qu'on enfreint l'une de ces quatre règles.

— Mais comment savoir si un affrontement est violent ou non ?

Je n'avais pas la moindre intention de me battre, car j'étais venu ici justement pour ne plus être mêlé à des bagarres, mais j'avais envie de contester cette règle.

— On ne peut pas le savoir, répondit Becky. (Elle se détourna pour ouvrir l'armoire, qui était remplie de petites boîtes.) C'est pourquoi il vaut mieux éviter les bagarres. (Elle prit trois boîtes et me les tendit.) Qu'est-ce que tu préfères ? Un bracelet, une montre ou un collier ?

— Qu'est-ce que c'est ?

Elle me tendit la pile de boîtes. Chacune était grosse comme mon poing, avec une photo sur le couvercle bleu.

— Tu peux choisir entre un collier, une montre ou un bracelet, dit-elle. Je dois te prévenir : une fois que tu l'auras passé, tu ne pourras plus l'enlever, sans doute parce que le collège ne tient pas à ce que tu l'échanges contre celui de quelqu'un d'autre. (Elle désigna son cou sous la cravate qui faisait partie de l'uniforme du collège.) J'ai choisi le collier et ça fait un an et demi que je le regrette : ça frotte sous ce col serré.

— Qu'est-ce que c'est que ces machins ? À quoi ça sert ? Pourquoi ne peut-on pas les enlever ?

— Oh ! pardon, j'ai oublié de te montrer ! répondit-elle. (Elle se dirigea vers la porte et, quand elle s'arrêta devant elle, je perçus un bourdonnement et un déclic semblables à ceux que j'avais entendus devant le portail.) Ils contiennent une puce électronique, expliqua-t-elle en me montrant son collier avant de revenir s'asseoir au bureau.

Cette puce te donne accès à ton dortoir et à tous tes lieux de travail. Leurs portes s'ouvrent en réponse à un signal électronique.

Non seulement j'étais en prison, mais, par-dessus le marché, je devais porter une puce électronique. Comptait-on me suivre à la trace ?

— Et si je refuse ? demandai-je.

Elle sourit, tourna la tête et m'adressa un regard oblique.

— Et si je te demandais de le porter ? répondit-elle.

— Quoi ? m'exclamai-je. Mais tu ne vois pas que c'est complètement tordu ? Bienvenue à Maxfield, voici l'appareil qui nous permet de vous suivre à la trace. Nous vous surveillerons en permanence et vous ne pourrez plus jamais sortir.

Becky m'écoutait en silence tandis que j'arpentais les quelques mètres qui me séparaient du mur opposé. J'essayai de tourner la poignée de la porte. Elle s'était refermée dès que Becky s'en était éloignée. J'étais prisonnier même à l'intérieur de cette pièce.

Je frappai du plat de la main l'épais battant en bois, puis me retournai pour foudroyer Becky du regard. Elle restait immobile et silencieuse.

— On peut s'asseoir ? demanda-t-elle d'une voix plus naturelle.

— Est-ce que ça m'aidera à sortir d'ici ?

Elle haussa les sourcils.

— S'il te plaît, insista-t-elle.

Je me dirigeai vers le canapé et m'affalai sur les coussins.

— J'ai deux mots à te dire, reprit-elle à mi-voix sans me regarder en face.

Elle se leva, alla s'asseoir plus près de moi que tout à l'heure et plongea ses yeux dans les miens.

— Ce collège a quelques difficultés. Tu as donc tout intérêt à respecter le règlement, dit-elle.

Je renversai la tête et regardai le plafond.

— J'ai tout intérêt à respecter le règlement, répétai-je.

— Je parle sérieusement. Tu as raison : ça ne devrait pas se passer comme ça dans un collège. Ça ne devrait pas nous arriver. Mais c'est comme ça. Et la seule alternative est d'être arrêté ou…

— Ou quoi ?

Becky poussa un soupir.

— Ne pourrais-tu pas simplement porter cette puce électronique ? demanda-t-elle.

Je l'empoignai par le bras et me levai d'un bond, l'arrachant au canapé. Trop surprise pour résister, elle trébucha. Je la poussai contre la porte et la clouai au battant par les poignets. Ses yeux étaient agrandis de stupeur.

On n'entendait pas un bruit. Le cœur serré, je regardais fixement la porte verrouillée.

— Ils nous observent avec ces caméras, chuchota Becky d'une voix à peine audible, le visage à quelques centimètres seulement du mien. Et tu ne peux sortir qu'avec ta puce.

Je lui rendis son regard, soudain pris de panique, car je comprenais que je n'avais aucun moyen de quitter cette pièce seul. J'étais piégé.

Becky s'efforça de sourire.

— Ça ira, dit-elle. Ce n'est pas la première fois que ça arrive, et…

Elle se tut, mais j'avais deviné sa pensée : ça n'avait rien d'extraordinaire, je n'étais qu'un gosse de plus ici – un prisonnier, un cobaye ou Dieu savait quoi encore – et je n'étais ni le premier, ni le dernier sur la liste.

Je lâchai Becky, qui parut soulagée. Elle se faufila sous mes bras encore tendus et se dirigea vers le bureau et les boîtes que j'avais laissées tomber. Je me retournai, étourdi et abattu, et la regardai les tripoter d'un air absent pour se donner une contenance.

— D'accord, dis-je.

— C'est vrai ? Tu vas porter une puce ? demanda-t-elle d'une voix moins tendue, mais le dos tourné.

— Je suppose que je n'ai pas le choix.

Elle se retourna, rayonnante, et me tendit les boîtes.

— Laquelle veux-tu ? demanda-t-elle.

— La montre.

— C'est ce que la plupart des garçons choisissent, dit-elle avec sa vivacité habituelle, bien qu'elle parût encore ébranlée.

Je me sentais coupable vis-à-vis d'elle, mais je chassai ces pensées. Peut-être avais-je mal agi envers elle, mais elle n'aurait pas dû aider ceux qui nous retenaient prisonniers.

Elle ouvrit la boîte, en sortit une montre grise très simple qu'elle alla poser sur le bureau, puis ôta un panneau à l'arrière du boîtier.

— Tu seras sûrement content de savoir qu'elle est étanche : tu pourras la porter même sous la douche, reprit-elle.

Formidable, ça me remonte le moral, pensai-je.

Becky inséra dans le boîtier une puce posée sur le bord de son bureau.

— Voilà, fit-elle. Maintenant, tu pourras aller partout : à ton dortoir, ta salle de cours, tous les lieux que tu es censé fréquenter aux termes de ton contrat.

— Mon contrat ? Qu'est-ce que c'est ?

— Oh ! j'avais oublié ! Ce n'est pas vraiment une règle, mais voilà en gros comment ça marche : nous avons un certain nombre de tâches à effectuer. Comme il n'y a pas d'adultes à Maxfield, nous n'avons pas de concierge, ni de jardinier ou même de professeurs. On nous envoie tous les quinze jours une liste des tâches avec des contrats à la clef, nous faisons des offres pour ces contrats, après quoi les tâches sont réparties entre nous.

Becky m'apporta la montre et la passa à mon poignet. Elle se referma. Elle m'allait parfaitement. Il était impossible de l'enlever.

— Comment fait-on ces offres ? Avec de l'argent ? demandai-je.

— Ça revient au même : avec des points, répondit Becky. (Elle se rassit à côté de moi, une jambe repliée sous elle pour me faire face.) On offre un certain nombre de points pour chaque boulot, et celui qui fait l'offre la moins élevée décroche le contrat. On est payés en points, avec lesquels on peut acheter des vêtements, de la nourriture, un tas de choses. Je crois que des garçons ont même acheté des jeux vidéo.

— Et on est vraiment obligés de travailler ? demandai-je, car je n'avais aucune intention de le faire.

— En quelque sorte, oui. (Elle m'adressa un sourire encore plus artificiel que le précédent et toucha ma main, comme dans un jeu de scène qu'elle aurait répété.) Les choses ont changé, ici, et en mieux – en bien mieux, même. Au début, c'était chacun pour soi. Tout le monde était furieux et frustré parce que les offres pour les bons boulots descendaient jusqu'à un point, et qu'on ne peut rien acheter avec un point. Alors les élèves se sont unis pour faire des offres en groupe. Par exemple, mes amis et moi avons postulé pour les boulots administratifs. Ça allait un peu mieux, parce que je n'étais plus en concurrence avec eux, même si nous l'étions toujours avec les autres élèves.

— Ils tiennent tant que ça à bosser ? m'étonnai-je.

— Bien sûr, répondit-elle avec un rire. Quand on a un boulot, on peut s'acheter un tas de trucs. Comme tu l'as dit, on est coincés ici, alors la moindre distraction est bienvenue. Enfin, mon groupe s'est agrandi et a commencé à négocier avec d'autres groupes, du genre : on ne demandera pas de boulots de gardiennage si vous ne demandez pas de boulots administratifs.

— Comme des syndicats.

Mr Bedke, mon avant-avant-dernier père adoptif, dirigeait un syndicat et passait son temps au téléphone pour convaincre les adhérents de se mettre d'accord sur telle ou telle chose.

— Je suppose que oui, répondit Becky, même si je n'y connais pas grand-chose. Depuis un an environ, c'est devenu plus formel : tous les boulots sont répartis entre trois groupes. Et comme ces groupes ne se font pas concurrence, tout le monde gagne un paquet de points.

— Je suppose que je devrai faire partie d'un de ces groupes, dis-je.

— Oui, acquiesça-t-elle. Malheureusement, il y a une autre règle, ajouta-t-elle en me montrant la caméra de surveillance. Je n'ai pas le droit de te dire auquel j'appartiens. Mais, comme je te l'ai dit, c'est nous qui avons les contrats pour les boulots administratifs. Tu peux te renseigner. Ça serait vraiment chouette si tu pouvais être des nôtres.

Elle rayonnait. J'avais presque l'impression qu'elle flirtait avec moi pour me persuader d'adhérer à son étrange syndicat, et cela alors que je venais de la traiter sans ménagement. Dans quelle maison de fous avais-je atterri ?

Je me renversai dans le canapé, les jambes encore endolories de ma journée de voyage. J'essayai de réfléchir à ce que je pourrais dire ou faire pour m'échapper d'ici ou pour faire en sorte que tout redevienne un peu plus normal, mais rien ne me vint à l'esprit.

— Y a-t-il d'autres règles ? demandai-je finalement.

Becky haussa les épaules.

— Être ponctuel, répondit-elle. Porter l'uniforme en cours et à la cantine. Ne pas consommer de drogues ni d'alcool – même s'il est impossible de s'en procurer ici.

Ne rien endommager. Tu vois le genre : le règles de base. Il y en a toute une liste dans le guide.

Elle se leva. Elle paraissait un peu déçue, mais j'ignorais pourquoi. J'étais peut-être censé lui faire avouer le nom du club idiot auquel elle devait son boulot ?

— Tu veux voir ton dortoir ? demanda-t-elle.

Je poussai un soupir.

— Non, mais je suppose que je n'ai pas le choix.

Becky ne répondit pas, mais son regard était éloquent. J'étais coincé.

Nous sortîmes de son petit bureau et elle s'assura que la porte se refermait bien derrière elle.

— Si tu as besoin de quoi que ce soit, tu peux toujours t'adresser à moi, dit-elle, et elle me montra un bouton à côté de la porte. Si je ne suis pas là, la sonnerie me préviendra. Ça fait partie de mon boulot.

J'acquiesçai, mais je n'avais pas la moindre intention de revenir ici. Je voulais rencontrer des gens normaux. Mon instinct me soufflait que je pouvais me passer de l'aide de Becky.

Nous montâmes à l'étage, passant devant des sculptures sur bois, d'immenses peintures anciennes et de délicates moulures.

Je me rendis compte que le couloir était désert.

— Où sont les autres ? demandai-je.

— Ils doivent être aux dortoirs, répondit-elle. Il est contraire au règlement de descendre à l'arrivée de nouveaux élèves. Curtis et Carrie seront punis pour cette infraction.

— Les élèves sont donc triplement enfermés : à l'intérieur de leurs dortoirs, de ce bâtiment et de l'enceinte du collège.

Becky rit.

— Benson, j'ai comme l'impression que tu n'es pas précisément enchanté de cette situation, commenta-t-elle

Oui, ils sont tous aux dortoirs, ou presque. Le groupe qui travaille à la cafétéria est en train de préparer le dîner. Tu peux en remercier ta bonne étoile.

— Pourquoi ?

— Quand tu arriveras au dortoir, tout le monde te demandera de devenir membre de son groupe, et tu n'auras sûrement pas envie de faire partie de celui-là.

Je souris.

— Je suppose qu'il ne s'agit pas du tien, dis-je.

— Pouah, sûrement pas !

Nous tournâmes à un angle et montâmes une nouvelle volée de marches vers le quatrième étage.

— Nous y sommes, déclara Becky en s'arrêtant devant une large porte en bois.

J'entendis un déclic. Elle montra le plafond et je vis un rond noir.

— C'est le détecteur qui a reçu le signal de ta puce, expliqua-t-elle. Cette porte s'ouvre pour les garçons, mais pas pour les filles. Le déclic que tu as entendu indique qu'elle est déverrouillée. Tu es dans la chambre 421.

Je voulus saisir la poignée, mais Becky retint ma main.

— Benson, murmura-t-elle en me regardant droit dans les yeux, je parle sérieusement. Respecte le règlement.

Elle fit une pause comme si elle voulait en dire plus, mais tourna les talons avant de s'éloigner rapidement.

J'ouvris la porte du dortoir et entrai.

4.

La salle était pleine – elle contenait peut-être une vingtaine de types. La plupart étaient assis par terre, probablement pour m'attendre, et se levèrent dès que j'entrai.

Tout sourires et poignées de main, ils m'accueillirent chaleureusement, ce qui me rappela Becky à plus d'un égard. En tête venait un grand type aux cheveux courts et bouclés qui avaient dû recevoir une copieuse ration de gel. Il portait des lunettes à mince monture noire et paraissait le plus vieux du groupe. Becky m'avait pourtant affirmé que personne ici n'était encore en âge de passer le bac, mais ce gars-là l'était à coup sûr.

— Salut, Benson, dit-il, et il posa la main sur mon épaule. Je suis bien content de faire ta connaissance.

Des cris fusèrent du fond de la salle, à l'arrière de la foule. Le grand type m'entraîna vers une chambre.

— C'est plus calme par ici, expliqua-t-il. Nous pourrons parler tranquillement.

Je le suivis, plus par curiosité qu'autre chose. Où pouvais-je aller, de toute façon ?

La chambre contenait une série de lits superposés, deux bureaux et un petit lavabo surmonté d'un miroir. Les lits n'avaient ni draps, ni couvertures. On avait l'impression que personne ne dormait ici. Le type m'avança l'une des chaises du bureau, puis s'assit sur l'autre.

— Je m'appelle Isaiah, dit-il.

Le gars qui avait foncé derrière la voiture de Mrs Vaughan – Curtis, je crois – m'avait averti de ne pas écouter Isaiah. Je n'avais aucune raison de lui faire confiance, si ce n'est qu'il avait essayé de s'enfuir, ce qui signifiait qu'il était probablement un peu moins tordu que les autres personnes que j'avais rencontrées ici. Isaiah paraissait pourtant inoffensif.

— Becky t'a parlé des gangs ? demanda-t-il.

Les gangs ? Je n'avais jamais fait partie d'un gang, tout simplement parce que je n'étais jamais resté assez longtemps nulle part, mais j'en avais côtoyés toute ma vie. J'avais cru en finir avec eux en quittant Pittsburgh. Isaiah avait apparemment une autre conception des gangs. Personne ici ne paraissait violent, et encore moins délinquant. Tous ces types étaient bien rasés, en pantalons à rayures et chemises amidonnées. C'étaient visiblement leurs vêtements de tous les jours. Personne ne portait l'uniforme.

— Elle m'a un peu parlé de différents groupes, mais elle ne m'a pas dit que c'étaient des gangs, répondis-je.

— Ce sont bien des gangs, affirma-t-il. Ils sont dangereux et irresponsables. Benson, tu découvriras bientôt que beaucoup d'élèves considèrent leur admission dans ce collège comme le feu vert pour faire tout et n'importe quoi. Ils sont ravis qu'il n'y ait ici ni parents, ni professeurs, car ils peuvent se conduire comme bon leur semble.

— Ça m'a l'air grave, commentai-je, sarcastique.

— Ça l'est. Tu as lu *Sa Majesté des Mouches* ?

J'acquiesçai. La lecture était l'une des rares disciplines dans lesquelles j'étais bon élève, probablement parce que je passais beaucoup de temps seul.

— Bien, déclara Isaiah, qui paraissait impressionné. Ici, à Maxfield, nous pouvons choisir la vie que nous voulons mener. Nous pouvons réagir comme les personnages de ce livre, c'est-à-dire devenir violents, sauvages, et adopter un comportement tribal, ou nous conduire en personnes civilisées. Il y a longtemps que je suis ici, Benson, et je peux t'assurer que le choix de la civilisation est le seul qui vaille.

Un hurlement retentit dans le couloir, et Isaiah fit signe à l'un de ses compagnons de fermer la porte.

J'observai les six types qui étaient dans la chambre. Ils paraissaient tendus, comme s'ils attendaient quelque chose – peut-être tout simplement que je me joigne à leur groupe. Mais moi, tout ce que je voulais, c'était m'évader de ce collège. Mieux valait être enfant adoptif que prisonnier. De toute manière, j'aurais dix-huit ans dans neuf mois : à ce moment-là, je pourrais vivre ma vie, sans collèges ni familles d'accueil.

— Laisse-moi mettre les choses au clair, dis-je à Isaiah. Vous, vous êtes le camp des gentils, c'est ça ? Vous respectez le règlement, comme me l'a dit Becky. Est-elle avec vous ?

— Oui, mais nous ne sommes pas un gang, c'est justement ce que je voudrais t'expliquer. Nous ne sommes pas comme les autres, qui passent leur temps à se bagarrer et à glander. Nous sommes bien conscients qu'il y a des problèmes ici, et ne crois pas que ça nous plaise, mais nous avons pris une décision. Nous pouvons soit faire de notre vie ici un enfer et y laisser notre peau, soit nous épanouir. Nous avons choisi de nous épanouir. Nous ne sommes pas un gang. Nous sommes La Société.

J'éclatai de rire, ce qui me valut un regard désapprobateur d'Isaiah.

— La Société ? Ce n'est pas un nom plutôt farfelu pour un gang ? demandai-je.

— Nous ne nous conduisons pas comme un gang. Nous nous traitons mutuellement avec respect. Nous nous entraidons. Nous...

Un heurt violent contre la porte l'interrompit. Deux de ses alliés se précipitèrent et s'arc-boutèrent contre le battant. Le bruit de voix étouffées me parvint de l'autre côté.

— Écoute, reprit Isaiah sur un ton plus pressant, si tu veux rester sain et sauf ici, tu ne peux que te joindre à La Société. Nous sommes le groupe le plus important et personne n'ose nous créer d'ennuis.

À entendre le martèlement contre la porte, j'en doutais.

— Si tu veux vivre heureux, tu voudras être des nôtres, poursuivit Isaiah. Nous ne nous faisons pas punir comme les autres, parce que nous respectons un code de conduite strict. Nous vivons et nous nous conduisons honnêtement.

La porte s'ouvrit à la volée, mais les deux gars la refermèrent. Un troisième les rejoignit pour bloquer la poignée.

— Vous n'avez pas envie de vous évader ? demandai-je carrément, car je savais que notre conversation allait prendre fin d'un instant à l'autre. Vous vous contentez de respecter toujours le règlement ?

— L'enfreindre n'a jamais rien apporté de bon, répondit-il. Personne ne peut s'évader d'ici et ceux qui essaient sont toujours punis.

À présent, les cinq compagnons d'Isaiah se pressaient contre la porte pour contenir les assauts de l'extérieur.

— Mais regarde-toi, repris-je. Tu as visiblement plus de dix-huit ans. Tu devrais déjà en avoir fini avec le lycée. Tu vas encore rester combien de temps ici ?

— Aussi longtemps qu'il le faudra. Je ne veux pas me mettre en danger, car je sais que ça ne servira à rien. Ici, tout va bien tant qu'on ne s'attire pas d'ennuis. Il suffit de respecter le règlement.

Comme en réponse à un signal, la porte s'ouvrit de trente centimètres environ et la pièce se remplit de vacarme. L'un des gardes du corps d'Isaiah repoussa quelqu'un d'un coup de pied et un autre réussit à refermer la porte.

Je me tournai vers Isaiah.

— Si vous respectez le règlement, pourquoi cette pagaille ? demandai-je.

— Le Chaos, c'est dehors, déclara-t-il en désignant la porte du menton. Nous te protégerons d'eux.

Un craquement retentissant ébranla la porte. J'avais du mal à croire que tout ce tumulte avait éclaté simplement parce que j'étais censé choisir le gang dont je voulais faire partie.

— Le Chaos ?

— C'est le nom d'un des gangs, expliqua Isaiah, qui parlait plus rapidement. Ce n'est qu'une bande de crétins. Quand tu les rencontreras, tu comprendras pourquoi nous avons dû former La Société.

La porte était maintenant entrouverte et les cinq gars de La Société ne pouvaient plus la refermer.

Isaiah me prit par l'épaule.

— Nous avons besoin de toi, Benson, dit-il. Nous sommes le groupe le plus important et c'est nous qui avons le plus de contrats, tous les bons boulots : la sécurité, l'infirmerie, l'administration, l'enseignement…

— Parce que ce sont les élèves qui assurent la sécurité ?

— Oui, répondit-il, les yeux rivés sur la porte. Selon les instructions de la direction.

Je me dégageai d'une secousse.

— Vous les aidez donc à nous retenir ici ?

La porte s'ouvrit à la volée et les cinq gars, épuisés, reculèrent en titubant.

Un type se rua dans la pièce, suivi de trois autres. Il était grand et maigre, avec des cheveux bruns trop longs qui lui tombaient presque dans les yeux. Il portait le pantalon de l'uniforme, mais au lieu d'une chemise, il arborait un sweat-shirt à capuche noir très large couvert de chaînes en or. Un tatouage représentant des griffes de faucon encerclait son œil gauche.

— Je parie qu'Isaiah t'a recommandé d'être bien gentil et de respecter le règlement, non ? lança-t-il.

Je faisais mon possible pour garder mon sang-froid, mais je sentis mes muscles se tendre. Ce type essayait visiblement de me persuader de rejoindre son gang, mais il paraissait prêt à se battre, et je ne faisais guère confiance aux gardes du corps d'Isaiah pour me protéger. Si, à cinq, ils étaient incapables de contenir ces quatre types, je doutais qu'ils soient bons à grand-chose dans une bagarre.

— Nous sommes Le Chaos, déclara le type en me dévisageant. Nous protégeons ceux qui sont avec nous.

Il recula d'un pas.

— Tous les gangs protègent les leurs, répondis-je.

J'avais parlé aussi calmement que possible. J'avais déjà eu affaire à des gangs, et si je ne tenais pas à énerver ce type, je ne voulais pas non plus lui laisser croire que j'étais faible.

Il haussa un sourcil.

— Vraiment ? fit-il.

Il se tourna vers Isaiah, le frappa à la tête, puis l'envoya à terre. Isaiah ne se défendit pas, mais se plaqua contre le mur, hors de sa portée.

C'était déconcertant. Alors que j'avais vu l'un des gars de La Société repousser quelqu'un d'un coup de pied, ni lui ni ses compagnons ne firent un geste pour défendre leur chef.

Le gars du Chaos avait dû remarquer ma surprise.

— Ils te font leur numéro, dit-il avec un éclat de rire. Ils veulent te faire croire qu'ils sont pacifiques et qu'Isaiah est un putain de Gandhi, mais tu verras, ils savent se battre.

Il s'approcha de nouveau d'Isaiah et leva le pied comme pour le frapper, mais s'arrêta avec un sourire en le voyant tressaillir.

— Je m'appelle Oakland, reprit-il en se tournant vers moi, la poitrine bombée. Je ne sais pas ce que t'a raconté cette gosse, mais ces règlements du collège, c'est de la foutaise. Il y a une caméra là-bas... tu ne vas pas l'embrasser, Isaiah ? Raconte-lui que je t'ai frappé. (Il me regarda.) Je peux tabasser ce crétin comme je veux sans jamais me faire arrêter.

Je fis une pause avant de répondre en choisissant soigneusement mes mots.

— Tu veux dire que je devrais faire partie de ton gang parce que tu peux tabasser quelqu'un comme tu en as envie ? demandai-je.

Oakland était plus grand que moi, mais, à mon avis, pas aussi costaud qu'il voulait le faire croire. Même avec l'épaisseur de son sweat-shirt et ses chaînes, il ne paraissait pas très vigoureux.

— Non, répondit-il en faisant un pas vers moi. Tu devrais devenir membre du Chaos parce que n'importe qui peut tabasser n'importe qui et qu'on a toujours besoin d'une protection.

Il esquissa un rictus qu'il croyait probablement menaçant, mais qui ne m'impressionna pas.

La foule nous observait sur le seuil de la porte. À en juger par leur allure, la plupart des gosses étaient membres de La Société. Celle-ci aurait facilement pu contenir Le Chaos, qui lui était nettement inférieur en nombre. Oakland n'avait donc pas menti. La Société se livrait à un numéro. Je me demandais dans quelle mesure Oakland me jouait la comédie, lui aussi.

Je jaugeai ses trois compagnons, qui se tenaient à quelques mètres derrière lui. Ils étaient plus grands que lui, mais paraissaient plus stupides. Personne doué d'un minimum d'intelligence ne porterait d'énormes chaînes en or autour du cou pour se bagarrer.

— Tu as le choix, petit, reprit Oakland à voix basse. C'est nous qui tenons le flingue. À toi de décider si tu veux être devant ou derrière.

J'inspirai avant de répondre.

— Je ne sais pas pour qui tu te prends, dis-je calmement, les yeux dans les siens, mais de plus durs que toi ont essayé de me marcher sur les pieds sans succès.

Oakland refit un pas vers moi.

— Dégage, ordonnai-je.

— Tu vas entrer dans le club d'Isaiah, déclara-t-il avec un sourire mauvais. Vous êtes faits pour vous entendre... vous pourrez dormir dans le même lit.

— Non, je ne vais pas entrer dans son club. Je ne sais pas ce qu'il y a d'autre comme club et je m'en fous. Je vais me tirer d'ici. Vous pourrez rester et faire mumuse entre filles...

Sans me laisser finir ma phrase, Oakland me poussa. Je trébuchai et me retrouvai dos au mur. Alors qu'il s'approchait de moi, je lui expédiai mon poing dans le ventre. Il tituba, je me ruai sur lui, l'empoignai par la taille et l'envoyai valser contre une table.

Un instant plus tard, ses sbires étaient sur moi ; l'un d'eux essayait de dégager Oakland pendant qu'un autre me tombait sur le dos. Je frappai Oakland à la joue, voulus recommencer, mais un bras m'encercla le cou et serra.

Je me débattis, mais je dus lâcher Oakland. Je me relevai tandis que le bras se resserrait autour de ma gorge et essayai de plaquer mon assaillant contre le mur. Oakland me tomba dessus et me martela les côtes. Je le repoussai à coups de pied, mais je pouvais à peine respirer.

Son poing m'atteignit au visage. Un instant plus tard, je sentis mon sang goutter sur mes lèvres et mon menton. J'empoignai l'une de ses chaînes et tirai dessus. Il perdit l'équilibre, bascula en avant et je le fauchai.

Mais j'étais à bout. Le bras qui m'étranglait était dur et vigoureux, et mes poumons aspiraient désespérément sans recevoir assez d'air.

Je ne pouvais plus bouger ni me dégager et j'avais épuisé mes forces contre Oakland. Les deux autres sbires regardaient le spectacle en riant. Oakland revint à la charge, mais juste avant que son poing ne m'atteigne, il tomba en avant, contre moi, puis roula à terre.

Derrière lui se tenait le type qui avait coursé la voiture de Mrs Vaughan : Curtis.

— Il a dit qu'il ne voulait pas devenir membre du Chaos, ni de la Société, déclara-t-il. Ça signifie donc qu'il est avec les V. (Il me regarda.) C'est bien ça ?

J'étais incapable d'articuler. Je voulus hocher la tête, mais mon cou était toujours immobilisé.

— Lâche-le, Tire-au-flanc, ordonna sèchement Curtis.

Le silence régna un instant dans la pièce, et puis la prise se relâcha. J'inspirai avidement, me relevai et m'avançai en titubant, sans quitter Oakland et Tire-au-flanc des yeux.

— Tu es avec les V, c'est bien ça ? répéta Curtis, et ce n'était pas une question.

— Bien sûr, répondis-je en portant la main à mon nez pour arrêter le sang.

— Alors foutons le camp d'ici.

Il recula vers la porte et je vis alors qu'il était accompagné de six ou sept types.

Oakland se releva.

— Tu es mort, Fisher, dit-il.

Je n'aimais décidément pas qu'on essaie de me marcher sur les pieds.

— Laisse tomber, répondis-je.

Curtis posa la main sur mon épaule et m'entraîna vers la porte du dortoir.

— Je m'appelle Curtis, dit-il. Ce n'était pas très malin de te bagarrer, ajouta-t-il avec un sourire.

J'acquiesçai. Je ne savais rien de Curtis, sauf qu'il avait essayé de s'enfuir et qu'il m'avait mis en garde contre les deux autres chefs de gang. C'était plutôt bon signe, mais peut-être les V ne valaient-ils pas mieux que les autres. Peu importait d'ailleurs, car je ne voulais qu'une chose : partir. Je ne resterais pas assez longtemps ici pour que tout ça ait la moindre importance.

Curtis me précéda à travers la foule. Certains élèves semblaient furieux, mais d'autres me tapaient sur l'épaule et me saluaient.

— Je crois que je dors là, dis-je alors que nous passions devant la chambre 421.

Curtis secoua la tête.

— Tu vas emménager au fond du couloir des V, répondit-il.

Nous étions arrivés devant un embranchement. L'un des couloirs était propre et net, avec un nom sur chaque porte, l'autre vandalisé et en désordre. Les murs de ce dernier étaient couverts de graffitis, le sol jonché de papiers et de vêtements sales. Des guirlandes de Noël pendaient du plafond et une douzaine de soutien-gorge y étaient suspendus comme pour sécher. Le tout ressemblait à un croisement entre un foyer pour sans-abri et le local d'une confrérie d'étudiants.

— C'est le couloir du Chaos, expliqua Curtis. Croise au large.

— Vu.

— Et ça, poursuivit-il en me montrant l'autre, c'est celui de La Société, mais ne t'y fie pas : ils sont pires que les autres. Allez, viens.

Nous passâmes devant d'autres embranchements dont les couloirs semblaient vides, et puis Curtis me fit entrer dans une chambre qui était à deux portes du fond du couloir principal. Il s'arrêta devant un petit lavabo et me lança une serviette-éponge que je pressai contre mon nez.

Un gars un peu plus jeune que moi était assis derrière un bureau. Quelqu'un referma la porte derrière nous.

— Je suis content que tu sois avec nous, déclara Curtis en s'asseyant sur un lit superposé.

Ni lui ni le gamin n'étaient vêtus de manière excentrique comme certains élèves, mais portaient tout simplement l'uniforme.

— Désolé pour Oakland, reprit-il. En général, La Société réussit à le tenir à l'écart. Rien ne peut empêcher Isaiah de sauter sur tous les nouveaux – La Société est supérieure en nombre aux autres gangs – mais d'habitude, ses sbires sont capables de repousser Oakland pendant quelques heures.

J'écartai la serviette de mon visage pour voir si le saignement avait diminué, ce qui n'était pas le cas, et la remis en place.

— Écoute, dis-je, merci d'être intervenu, mais je ne pense pas que je vais m'éterniser ici.

— Alors tu es fait pour être des nôtres, répliqua Curtis. Au fait, je te présente Mason, ajouta-t-il en désignant le gamin. Vous partagerez cette chambre.

Je saluai Mason, puis me levai et m'approchai du lavabo d'un pas mal assuré, le ventre encore endolori des coups d'Oakland. Je vis dans le miroir que je n'avais pas une trop sale tête. Ma chemise était couverte de sang, mais mon visage n'était pas marqué.

— Et vous, vous n'essayez pas de vous tirer d'ici ? demandai-je à Curtis.

— Certains d'entre nous, oui, répondit-il. Nous ne savons pas encore comment nous y parviendrons, mais au moins, nous n'acceptons pas tout ce qui se passe ici.

— Que veut dire ce V ?

— C'est V pour Variants. Les deux autres gangs ont décidé de jouer le jeu. Le Chaos veut juste mener la danse, récolter le maximum de points et s'éclater. La Société pense que la seule solution pour sortir d'ici est de respecter les règles du jeu, c'est-à-dire de suivre le mouvement et de faire tout ce que Le Tueur nous dit de faire. Les V sont tous ceux qui ne se conforment pas à ces deux modèles. Si tu ne veux pas te joindre aux autres gangs, tu es le bienvenu parmi nous.

— Qui est Le Tueur ?

Curtis hocha la tête avec un gloussement

— C'est comme ça que nous appelons le type qui fait les annonces, expliqua-t-il.

Je fis couler de l'eau froide sur la serviette pour rincer le sang, puis l'appliquai de nouveau sur mon visage.

— Qu'est-ce que c'est que ce collège ? demandai-je.

— Personne ne le sait. Je suis ici depuis un an et demi et rien n'a ni queue ni tête.

— Je crois qu'ils nous testent, intervint Mason. Comme des rats dans un labyrinthe.

Curtis acquiesça.

— C'est l'avis de pas mal de monde ici, dit-il. Il y a toutes ces caméras qui nous surveillent en permanence. De temps en temps, on nous fait faire des trucs bizarres, comme pour une expérience scientifique. Certains croient que nous subissons un entraînement, d'autres qu'on est peut-être en prison.

— Pourquoi devriez-vous être en prison ? demandai-je.

Personnellement, j'avais participé à pas mal de bagarres, mais jamais rien fait qui puisse m'expédier derrière les barreaux.

Curtis haussa les épaules.

— Ici, personne n'a de liens avec l'extérieur, ni amis ni famille, répondit-il. Avec ce genre de vie, on ne peut pas être tout à fait net, mais je n'ai rencontré personne qui ait fait quelque chose de vraiment grave. Et toi, est-ce que tu as fait quelque chose ?

— Non, répondis-je. Je suis juste un enfant adopté.

— C'est monnaie courante ici. (Il se leva.) Je vais m'occuper de ton déménagement. Mason te montrera les lieux. Ne descends pas à la cafétéria ce soir, on te trouvera à manger. Pour l'instant, évite de te balader tout seul. (Il sourit.) Tu t'es mis Le Chaos à dos. La plupart des nouveaux se contentent d'ignorer Oakland ou prennent juste une paire de beignes.

— Je croyais que c'était contraire au règlement de se battre, observai-je, mais à vrai dire, peu de ce que j'avais observé au dortoir semblait conforme au règlement.

— Le règlement est bizarre, répondit Curtis avec un haussement d'épaules las.

— Je suppose que cette fois-ci, il ne s'agissait pas d'un « affrontement violent ».

— Tout juste, fit-il avec un sourire. Bon, je reviens bientôt. Bienvenue chez les V.

Il sortit et referma la porte derrière lui.

— Ne t'en fais pas, Fish, mais surtout, ne nous quitte pas d'une semelle, dit Mason. Les gangs ont conclu une trêve. Ils ne tenteront rien de vraiment sérieux.

Je hochai la tête, me levai et me dirigeai vers la petite fenêtre de la chambre. Elle donnait sur une large piste à l'arrière du bâtiment, et au-delà, sur des kilomètres de forêt.

— Je vais me tirer d'ici, annonçai-je.

Mason haussa les épaules.

— C'est ce que tout le monde dit, rétorqua-t-il.

5.

Ce soir-là, je ne sortis pas de ma chambre et ne parlai à personne. Curtis m'apporta des lasagnes, plutôt correctes pour un plat de cantine. Mason passa la soirée à lire assis à son bureau. Il s'attendait probablement à ce que je lui pose des questions, mais je restai silencieux sur mon lit.

Je lus le guide que Becky m'avait remis dans l'espoir d'y trouver quelques réponses, en vain. C'était plus ou moins une répétition de ce que j'avais déjà entendu : fais ci, ne fais pas ça. Aucune explication du règlement n'y figurait et les punitions n'étaient même pas mentionnées. J'avais l'impression que les autres élèves avaient appris par expérience en quoi elles consistaient.

Vingt-quatre heures plus tôt, j'étais encore dans ma famille d'adoption où, allongé sur mon lit, je rêvais à ma nouvelle vie. Maintenant, allongé sur un autre lit, je regrettais de ne plus être là-bas. C'était injuste, mais depuis quand la vie me traitait-elle justement ?

À l'aube, je me retrouvai assis devant la fenêtre, à la recherche d'un moyen d'évasion, quel qu'il fût, sans rien découvrir de prometteur. Je ne distinguais au-dehors que quelques hangars à outils, une minuscule rangée de gradins – dont je me demandais à quoi ils pouvaient bien servir, puisque nous ne pouvions pas organiser de compétitions avec d'autres collèges – et une succession infinie de pins.

Une fille courait sur la piste du stade.

— C'est Minnie, dit Mason, qui se tenait derrière moi. C'est Oakland au féminin. Ils dirigent Le Chaos ensemble.

— Minnie ? répétai-je avec un rire sans joie.

C'était une grande brune hâlée en short et en brassière à laquelle son surnom n'allait pas du tout.

— Ouais, répondit Mason, qui la regardait courir. Tous les membres du Chaos ont des surnoms débiles, pour leur image, je suppose : Minnie, Oakland, Tire-au-flanc, Noisette…

Il s'éloigna de la fenêtre et commença à s'habiller.

— C'est peut-être censé être intimidant, observai-je.

— Méfie-toi quand même : Minnie est pire que la peste.

Elle foulait la piste ovale à un rythme rapide et régulier. Je me demandai si elle s'entraînait pour s'évader. J'aurais aimé être à sa place : j'aurais foncé dans les bois et foutu le camp aussi sec.

— Est-ce que tout le monde peut aller sur ce stade ? demandai-je.

— Non. C'est Le Chaos qui a le contrat pour le jardinage. Ils peuvent venir ici pratiquement n'importe quand. Comme La Société est chargée de la sécurité, ses membres peuvent aller partout où ils veulent, mais pour nous, *nada* !

— J'aurais dû adhérer à La Société rien que pour ça, dis-je.

Je regrettai aussitôt mes paroles. J'avais simplement pensé à voix haute, mais mon idée était si bonne que j'aurais préféré que personne ne m'entende.

— Ça ne marche pas, déclara Mason. D'autres ont essayé d'entrer dans l'équipe de la sécurité pour la même raison, mais ses membres sont sélectionnés par Isaiah : tu n'as aucune chance.

— Pourquoi ?

— Parce que tu l'as envoyé paître, et ceux qui envoient paître Isaiah sont mal partis pour entrer dans La Société.

— Et nous, quel genre de contrats on a ?

Mason eut un rictus.

— Gardiennage et entretien, répondit-il. C'est moins prestigieux, mais c'est bien payé.

Minnie s'arrêta pour renouer le lacet de l'une de ses chaussures et repartit dans la seconde.

J'entendis Mason ouvrir l'armoire derrière moi.

— Hé, Fish, lança-t-il, tes affaires sont là !

Je me levai et allai y jeter un coup d'œil. Mes uniformes – sept ensembles de chemises blanches, de polos rouges et de pantalons noirs – étaient suspendus dans un ordre impeccable. Au-dessous, des chaussures et des chaussettes s'alignaient dans le bas de l'armoire, sur lequel était posé un sac rempli de matériel scolaire : cahiers, crayons et une tablette numérique de la taille d'un livre de poche.

— Quelqu'un les a apportés cette nuit ? demandai-je.

— Non, répondit Mason en prenant une chemise de son côté de l'armoire. C'est comme ça qu'on reçoit tout ce qu'on achète avec nos points. Je ne sais pas comment ça marche. On ferme l'armoire à clef le soir, et le lendemain matin, les commandes sont dedans. Elles doivent arriver par une sorte de monte-charge.

Je m'approchai de l'armoire et l'examinai sous tous les angles.

— Je crois que je n'ai pas dormi de la nuit, mais je n'ai rien entendu, dis-je.

Mason haussa les épaules.

— On l'entend dans d'autres chambres, fit-il. Notre armoire grince moins que d'autres, c'est tout.

Je pris une chemise. J'avais besoin d'une douche, mais aucune envie de m'aventurer dans une salle de bains commune pour l'instant.

— Il y a un an, un gars a passé la nuit dans l'armoire, reprit Mason tout en s'habillant. Il a dû être repéré par les caméras. Il avait pourtant pris ses précautions : il avait attendu que tout soit éteint et il s'était débrouillé pour que quelqu'un d'autre se tienne devant la caméra pendant qu'il se planquait.

J'ôtai mon T-shirt et passai l'uniforme, raidi par l'amidon.

— On nous surveille vraiment de près, hein ? demandai-je.

— Tu peux le dire. C'est pour ça qu'on porte des uniformes et qu'on obéit à des règles idiotes. Par exemple, il est contraire au règlement de sortir du dortoir sans uniforme, de ne pas aller en cours, et de ne pas se raser. En fait, tout est contraire au règlement.

Je dus demander à Mason de m'aider à nouer ma cravate, car je n'en avais encore jamais porté. Il affirma que c'était tout à fait normal quand on arrivait ici.

Il paraissait d'humeur égale et moins pressé de déguerpir que moi. Je me demandai s'il n'était pas devenu Variant tout simplement parce qu'il n'avait pas assez de caractère pour faire partie de La Société ou du Chaos.

Nous ne descendîmes pas prendre le petit déjeuner, car il jugeait préférable de quitter le dortoir juste avant l'heure du premier cours afin d'éviter Oakland, ce qui m'allait parfaitement.

Il me proposa quelques barres énergétiques, mais je refusai. Il avait dû travailler dur pour se les offrir et je préférais ne rien devoir à personne.

À huit heures, alors que les élèves revenaient de la cafétéria au compte-gouttes, j'entendis une sonnerie bruyante dans le couloir.

— Tu vas adorer ça, déclara Mason avec un sourire alors que nous sortions de la chambre.

Quelques types s'étaient rassemblés autour d'un téléviseur à écran plat encastré dans le mur. Sur l'écran, on voyait un homme assis à un bureau. Il était d'âge mûr, la soixantaine à mon avis, mais son visage était mince et sans rides. Ses yeux froids et sombres regardaient droit dans la caméra. J'avais l'impression qu'il me dévisageait.

Je me retournai en sentant une main sur mon épaule. C'était Curtis.

— Je te présente Le Tueur, dit-il.

L'homme cilla et détourna brièvement les yeux avant de les poser de nouveau sur moi.

— Mesdemoiselles, messieurs, bonjour, dit-il d'une voix froide et tranchante. La veille, l'arrivée d'un élève a provoqué de nouvelles manifestations d'indiscipline. Des affrontements ont éclaté dans le dortoir des garçons. Soyez sûrs que des punitions seront distribuées en cours ce matin. Toutefois, plus gênantes encore sont les continuelles incartades de Curtis Shaw et de Caroline Flynn. Comme elles ne constituent pas une tentative d'évasion à proprement parler, leurs auteurs ne seront pas arrêtés, mais leur mépris pour le règlement ne sera plus toléré.

Je regardai Curtis. Il souriait toujours, mais toute gaieté avait disparu de ses yeux.

— Vous recevrez en cours des punitions qui… (Le Tueur fit une pause avec l'ombre d'un sourire.)… vous inciteront à vous montrer plus obéissants.

Il fixa encore l'objectif de la caméra pendant quelques secondes, puis l'écran devint bleu et le programme de la journée s'afficha.

À neuf heures moins cinq, nous sortîmes du dortoir pour aller en cours. Alors que nous descendions à l'étage inférieur, je fus surpris de ne croiser que très peu d'élèves.

La plupart des salles étaient vides et les couloirs auraient pu être plus peuplés.

— C'est immense, ici, dis-je à Mason. Combien y a-t-il d'élèves ?

— Pas des masses : le collège est presque vide.

— Mais combien ? Cent ? Deux cents ?

— Non, même pas. Je crois que, toi compris, nous sommes soixante-quatorze en tout.

Je hochai la tête, mais j'étais surpris. Je m'étais attendu à davantage dans un établissement de cette taille. Était-il plus facile de contrôler un nombre d'élèves réduit ou attendait-on de nouveaux arrivants ?

La salle de classe était un peu exiguë pour les vingt-cinq élèves que nous étions, mais elle avait quand même meilleure allure que toutes celles que j'avais connues. Le sol était en parquet poli comme un miroir, les murs en bois sombre, et un grand téléviseur à écran plat trônait à la place du tableau noir.

Mason s'assit près du mur et moi à côté de lui. Je remarquai que les élèves se regroupaient par gangs même en cours. Ceux de La Société, reconnaissables à leurs uniformes, coiffures et visages impeccables, occupaient les deux premiers rangs. Ceux du Chaos étaient au fond, dans des uniformes agrémentés de bijoux tape-à-l'œil et de tatouages dessinés à la main. Je ne repérai pas d'autres V, mais d'après ce que j'avais pu observer, nous ne nous habillions pas tous de la même manière comme dans les autres gangs. Je suppose que c'était logique pour des Variants.

— Sommes-nous censés être dans la même classe, toi et moi ? demandai-je à Mason, qui devait bien avoir au moins deux ans de moins que moi.

Il rit tout en tapotant distraitement sa table tandis que d'autres élèves arrivaient.

— Ici, on se contente d'aller en cours, point final. Et le meilleur dans tout ça, c'est... qu'il n'y a pas de notes.

— Mais on passe bien des examens, non ? C'est ce que Becky m'a dit, en tout cas.

— Bien sûr, répondit-il en saluant quelqu'un de la main. Mais nous ne voyons jamais les résultats. Nous n'avons pas de bulletins scolaires.

— Alors pourquoi se donner la peine de travailler ?

— Pour les points. À cause des points et des punitions. C'est comme ça que tout fonctionne ici. Tiens, regarde qui arrive...

Mason me montra la porte. Je levai les yeux et vis entrer trois filles, dont Becky, qui venait en tête et riait. Elle parcourut la salle du regard, et quand ses yeux rencontrèrent les miens, elle m'adressa un petit salut et un sourire.

Ses amies et elle s'assirent au premier rang près de la porte. Alors que j'allais interroger Mason à son sujet, une demi-douzaine d'élèves entra. Il me tapota l'épaule et en désigna quelques-uns.

— Ce sont des V, fit-il.

Deux filles s'assirent devant nous et se retournèrent aussitôt pour bavarder avec nous.

— Tu t'es vraiment battu avec Oakland ? demanda celle qui était assise juste devant moi.

Elle avait de grands yeux verts et des cheveux d'un roux presque aussi éclatant que le rouge de son polo. Je hochai la tête et montrai ma lèvre, qui était encore un peu enflée.

— À l'avenir, je m'abstiendrai, répondis-je.

— Pourquoi ? fit-elle avec un rire. J'espère bien que non, et que je serai là pour voir ça. Je m'appelle Jane, et voici mon amie Lily.

— Bonjour. Moi, c'est Benson.

Les yeux de Jane se plissèrent, mais elle garda le sourire.

— C'est un nom étrange, dit-elle. D'où vient-il ?

— Aucune idée, répondis-je avec un haussement d'épaules.

— Eh bien, Benson, je suis contente que tu aies choisi les V. Nous ne sommes pas nombreux et nous avons besoin de tous ceux qui peuvent se joindre à nous.

— Je ne compte pas m'éterniser ici, affirmai-je, ce qui la fit rire de nouveau.

— Il ne faut pas dire des choses pareilles, déclara-t-elle avec une feinte indignation. Et si La Société t'entendait ?

Je songeai que j'avais peut-être jugé ce collège un peu trop vite. Jane paraissait vraiment heureuse. Jusqu'ici, je n'avais même pas envisagé de faire connaissance avec une fille dans cette étrange prison.

— D'où viens-tu, Jane ? demandai-je.

— De Baltimore. Attends… le cours va commencer. On t'a déjà parlé des cours ?

— Non, pas vraiment.

— Eh bien, sache qu'ici on n'apprend pas à lire et à écrire, déclara-t-elle avec un petit sourire niais, et elle se retourna vers l'avant de la salle.

Le silence se fit bien plus rapidement que dans tous les lycées que j'avais fréquentés à Pittsburgh. La fille assise face à nous sur l'estrade était la voisine de Becky. Ses cheveux blonds étaient tirés en un chignon sévère, et sous son maquillage austère, sa peau était presque aussi blanche que ses dents.

— Bienvenue en cours, dit-elle avec un enthousiasme un peu trop marqué. Nous sommes heureux d'accueillir un nouvel élève ce matin. Benson, pourrais-tu te lever et te présenter ?

Je regardai Mason, qui sourit et haussa les épaules. Je me levai.

— Je m'appelle Benson Fisher, dis-je, j'ai dix-sept ans et je viens de Pittsburgh. Et je trouve sidérant que vous restiez tranquillement assis ici comme si de rien n'était.

Tandis que je me rasseyais, des murmures s'élevèrent dans la salle, suivis de quelques gloussements. Jane se tourna vers moi avec un hochement de tête approbateur. La fille sur l'estrade ne paraissait nullement déconcertée. Becky regardait droit devant elle sans remuer d'un millimètre.

— Bienvenue à Maxfield, Benson, dit la fille. Je suis sûre que tu t'adapteras très bien ici. (Elle ouvrit son ordinateur portable.) Je m'appelle Laura et je suis professeur assistante pour ce cours. Mason, pourrais-tu aider Benson aujourd'hui ?

Mason esquissa un petit salut sarcastique.

— Merci, reprit Laura. Avant le début de ce cours, je dois annoncer les punitions pour aujourd'hui. (Elle balaya la pièce du regard. Ses yeux allaient et venaient de l'écran de son ordinateur aux élèves assis devant elle.) Ah oui, Tire-au-flanc : une bagarre. Privé de nourriture pour aujourd'hui.

Tire-au-flanc, qui était adossé au mur du fond, jura et frappa sa table du poing. Comme je m'étais retourné vers l'estrade, je n'avais pas vu ce qu'il avait fait ensuite, mais le visage pâle de Laura s'empourpra et quand elle reprit la parole, elle bafouilla.

— Il semble, euh… qu'il n'y ait personne d'autre sur la liste des punitions. Parfait. Notre cours d'aujourd'hui diffère quelque peu de ce que nous avons étudié jusqu'ici, mais vous avez tous si bien réussi en sciences des matériaux qu'on a probablement décidé que vous pouviez passer à autre chose. Aujourd'hui, nous parlerons d'esthétique.

Jane et Lily échangèrent un regard et Lily leva les yeux au ciel.

— L'esthétique, poursuivit Laura en lisant le texte qui s'affichait sur l'écran de son ordinateur, est la philosophie qui s'attache à l'étude de la beauté. Dans ce cours, nous aborderons des questions telles que la nature de l'art et de la beauté.

Mason se pencha vers moi.

— Toutes les deux ou trois semaines, on a un nouveau cours, et toujours sur des bizarreries du même genre, chuchota-t-il. En sciences des matériaux, au moins, il était question d'explosifs.

Cette heure me parut durer une éternité. Laura ne parla que quelques minutes avant de nous remettre un questionnaire censé évaluer nos connaissances. Je fus incapable de répondre à une seule question. Ensuite, nous regardâmes une vidéo qui n'était qu'une interminable succession de diapositives représentant des statues, des vases et des peintures, commentées en voix off sur un ton monocorde par un type qui avait l'accent anglais. Quelques élèves paraissaient écouter attentivement, mais la plupart faisaient surtout de gros efforts pour rester éveillés. Même Laura, qui s'était rassise à côté de Becky, avait l'air de s'ennuyer.

Je passai pratiquement tout le cours à contempler l'arrière de la tête de Jane. Ses cheveux roux lui arrivaient au-dessous des épaules et leur extrémité frôlait mon pupitre.

Si ce collège ne répondait pas à mes attentes, je devais reconnaître que, par certains côtés, il valait mieux que tous ceux que j'avais fréquentés auparavant. J'avais assisté à des milliers de cours assommants dans des salles de classe crasseuses qui étaient soit des fournaises, soit des glacières, vu des gosses faire circuler de la drogue dès que le prof avait le dos tourné et j'en passe.

Je posai mon ordinateur de poche sur ma table et le fis glisser vers Jane afin de pouvoir toucher ses cheveux comme par inadvertance.

Non, pensai-je, je ne pourrais jamais me sentir à l'aise à Maxfield comme les autres élèves. Becky m'avait dit que, quitte à être prisonnier ici, mieux valait en profiter au maximum, mais moi, je ne comptais pas moisir ici.

6.

Quand je sortis de la salle, je me rendis compte que Jane marchait côté de moi au lieu de Mason. Lily et lui nous suivaient en bavardant.

— Laura se conduit comme si elle était spécialiste de ce sujet, dis-je. En fait, comme si elle était prof.

— C'est typique de La Société : ce sont les futurs décideurs de l'Amérique, mais dans la foire aux monstres qu'est ce collège, répliqua Jane.

— Quelqu'un a déjà essayé de s'évader ? demandai-je, la bouche dissimulée derrière ma main. Je veux dire, sérieusement essayé ?

Jane sourit.

— Il y a des micros ici, en plus des caméras, observa-t-elle.

J'acquiesçai en me demandant si elle avait quelque chose à me dire ou si elle voulait juste m'éviter des ennuis. Je doutais d'ailleurs que ce que je puisse raconter maintenant fût pire que ce que j'avais dit pour ma présentation.

Jane me mena à la cafétéria, qui était au rez-de-chaussée à l'arrière du bâtiment. Pendant que nous bavardions, j'observais le plafond, où je ne comptai pas moins de trente-deux caméras pendant les quatre minutes de notre trajet. Je n'avais pas repéré de micros, mais je croyais Jane sur parole.

Les élèves que nous voyions dans le couloir ne semblaient plus rien éprouver de la frénésie qui m'avait frappé chez eux à mon arrivée. Personne ne se révoltait contre sa situation. Personne ne tentait de s'évader. On se serait cru dans n'importe laquelle des écoles que j'avais fréquentées auparavant. Certains bavardaient, d'autres riaient, d'autres encore flirtaient. Je me demandais au bout de combien de temps ils avaient abandonné. Un mois ? Un an ?

La file d'attente pour le déjeuner se prolongeait jusqu'au couloir. Jane et moi prîmes place au bout.

— La bouffe n'est pas mauvaise, dit-elle. C'est Le Chaos qui a le contrat parce que ça rapporte un paquet de points, mais une partie de ces points dépend de notre notation. Ils ont donc intérêt à ce que ce soit bon.

— Ça fait combien de temps que tu es ici ? demandai-je en l'observant, adossé au mur.

Son nez et ses joues étaient semés de minuscules taches de rousseur très pâles.

— Oh ! j'étais parmi les premiers arrivants, répondit-elle, et elle croisa les bras contre sa poitrine.

— C'était quand ?

— Il y a deux ans et demi environ. J'ai arrêté de compter.

— Vous étiez combien à ce moment-là ?

Elle secoua la tête et son sourire disparut.

— Pas beaucoup, fit-elle. Une quinzaine. Tous les autres sont partis.

La queue avança d'un mètre.

— Partis où ?

— La plupart ont été arrêtés, répondit-elle à mi-voix, en suivant machinalement du doigt les panneaux en bois du mur. Personne n'a pu s'évader, si c'est ce que tu veux dire. À l'époque, les gens essayaient plus souvent de s'enfuir.

Une fille aux cheveux noirs et au visage rond se précipita vers Jane et m'adressa un bref regard avant de lui parler rapidement à voix basse.

— Tu es au courant pour les punitions ? demanda-t-elle. Curtis et Carrie sont privés de nourriture et ils sont de corvée pour toute la journée, acheva-t-elle sans laisser à Jane le temps de répondre.

— Quoi ? fit Jane, stupéfaite. Ils ne punissent jamais deux élèves ensemble, d'habitude.

— Je sais, répondit la fille. Je n'ai aucune idée ce qui s'est passé, mais Dylan les a emmenés dehors.

Jane secoua la tête et la fille partit en courant répandre la nouvelle.

— C'est parce qu'ils ont poursuivi la voiture ? demandai-je.

Jane acquiesça.

— Les punitions deviennent à chaque fois plus dures, expliqua-t-elle. Je répète sans arrêt à Carrie de laisser tomber.

J'aurais aimé parler encore, insister pour en savoir plus, mais elle s'était détournée.

Au bout d'un instant, après avoir tourné à un angle, nous entrâmes dans la cafétéria. Je m'étais attendu à l'aménagement habituel : d'énormes bacs de tambouille protégée par des panneaux transparents et servie à la louche par un personnel mort d'ennui. À la place, je vis un mur percé de centaines de portes minuscules. On aurait presque cru des rangées de boîtes aux lettres à la poste, sauf que les portes étaient vitrées et l'intérieur éclairé.

Jane me tendit un plateau.

— Tu as droit à un plat, un accompagnement et une boisson. La machine lit ta puce électronique, expliqua-t-elle.

Malgré son sourire, elle paraissait lasse et perdue dans ses pensées.

Je regardai à l'intérieur des minuscules vitrines et vis des plats appétissants : enchiladas, poulet frit, lasagnes et bien d'autres encore. Des odeurs de cuisine se répandaient dans la pièce tandis que d'autres élèves ouvraient les petites portes.

J'essayai de regarder à travers ces ouvertures, sans résultat.

Jane ouvrit l'une des portes et prit une salade garnie de morceaux de poulet et de bleu.

— Pas mal, non ? commenta-t-elle. Et c'est aussi bon que ça en a l'air.

Je choisis finalement des *fettucini al fredo*. Je n'en avais jamais mangé qu'en surgelé, mais même comme ça, c'était bon. Un minuscule écran s'alluma au-dessus de la vitre quand je l'ouvris et les mots « Benson Fisher, une entrée » défilèrent dessus.

Je posai l'assiette sur mon plateau et suivis Jane qui s'approchait des accompagnements.

— Quand j'ai appris que c'était les gens du Chaos qui travaillaient à la cafétéria, j'ai tout de suite pensé qu'ils allaient cracher dans mon assiette ou quelque chose du même genre, dis-je.

— Ils le feraient probablement s'ils voyaient qui prend les plats, répondit-elle, dressée sur la pointe des pieds pour regarder à l'intérieur d'une vitrine.

J'ouvris une autre porte et pris une petite assiette sur laquelle étaient disposés deux gressins.

— Apparemment, ça ne les tracasse pas trop d'enfreindre le règlement, repris-je.

— Beaucoup de personnes l'enfreignent, mais certaines règles sont plus importantes que d'autres. Si tu essaies de t'évader, on t'arrêtera, mais si tu ne portes pas l'uniforme, ton gang perdra seulement des points.

Elle prit un bol de salade de fruits, le posa sur son plateau, puis me fit signe de la suivre. Derrière un angle s'alignaient plusieurs distributeurs de boissons.

— Les gangs peuvent perdre des points ? demandai-je.

— Ouais, confirma-t-elle. C'est pour les obliger à maintenir la discipline dans leurs rangs. Si un gars des V ne se rasait pas, les autres lui diraient de le faire. Je crois que la direction a tout prévu pour nous contraindre à obéir, conclut-elle en engloutissant un croûton de pain.

— Je suis au courant pour la règle qui oblige à se raser, déclarai-je avec un rire forcé. Il y en a une du même genre pour les filles ?

— Pire qu'une règle, répondit Jane avec un sourire en montrant ses jambes. On est obligées de se balader en jupe tous les jours.

Le choix était plus limité pour les boissons : jus de fruits ou lait. Malgré tout, je n'avais pas à me plaindre : si tout était aussi bon que ça le sentait, ce serait mon meilleur repas depuis longtemps.

Je pris une bouteille de jus d'orange, mais alors que nous allions faire demi-tour pour sortir, je remarquai sur le mur opposé une rangée de vitres teintées. Elles étaient surmontées d'un écriteau sur lequel était inscrit le mot « discipline ».

— Qu'est-ce que c'est ? demandai-je en les désignant.

— Encore un gag, répondit Jane. Les punitions varient. Parfois, c'est la privation de nourriture, comme pour Carrie et Curtis, parfois, la restriction : on ne peut manger que certaines choses. Mais les restrictions sont plutôt rares.

— Tu as déjà été punie ?

Jane se mit à rire.

— Tout le monde l'est à un moment ou un autre, ditelle.

Je la suivis à l'extérieur. L'arrière de la cafétéria n'était qu'une immense baie vitrée. L'air frais d'automne circulait par une porte-fenêtre ouverte. Jane m'expliqua que les V mangeaient sur les gradins du stade quand le temps le permettait. J'aimais imaginer qu'ils sortaient dès qu'ils en avaient l'occasion pour se rapprocher un peu de la liberté, mais c'était plus probablement pour profiter de l'air frais et échapper aux autres gangs. En tout cas, j'étais vraiment heureux de me retrouver dehors. Mes pensées revinrent aussitôt au mur.

Un grappin devrait faire l'affaire et je trouverais bien une corde quelque part.

Mais j'allais d'abord manger.

Je m'avançai à côté de Jane, qui, malgré sa jupe, ne semblait pas gênée par le froid de novembre. Il y avait deux ans et demi qu'elle était ici. Quel âge avait-elle à son arrivée ? Quatorze ans ? Quinze ? Je pensai à Mason. Lui aussi était jeune. C'était déjà assez moche pour moi d'être ici… Ç'avait dû être bien pire pour les plus jeunes.

Nous étions les derniers V à nous asseoir sur les gradins. La fille que j'avais vue à la fenêtre à mon arrivée était là. Ses cheveux bruns étaient coiffés en nattes qui épousaient la forme de son crâne. Elle m'adressa un petit salut tout en mastiquant.

Je recensai en tout seize V, dix-huit en ajoutant Curtis et Carrie, qui devaient être encore de corvée quelque part. Mason me dit qu'ils formaient le plus petit gang : La Société comptait le double de membres et tout le reste appartenait au Chaos. Jane ajouta que de temps en temps, des marginaux refusaient de se joindre à un gang, mais ils ne tenaient jamais longtemps. Tout le monde avait besoin d'un gang.

Je fus pendant un moment le point de mire du groupe et je dus répondre à des questions sur mes origines et sur ma vie avant mon arrivée à Maxfield. Les V reprirent ensuite une conversation de déjeuner habituelle, sur les cours qu'ils détestaient le plus, une fille se déclara ravie de voir arriver l'hiver et une autre se demanda quand aurait lieu le prochain bal. Personne ne parla d'évasion. J'essayai d'aborder le sujet, mais l'intérêt retomba rapidement.

Pendant toute cette pause sur les gradins, j'observai les bois du coin de l'œil. Des gars de la Société traînaient par là-bas. L'un d'eux patrouillait en 4 × 4 devant la lisière et j'entendais un deuxième véhicule sans le voir.

Pourquoi se conduisaient-ils ainsi ? Pourquoi ne tentaient-ils pas de s'enfuir ?

Tout en les regardant, je pensais à ce dont ils avaient besoin pour l'entretien des 4 × 4 : essence, pétrole et outils. Tout cela pourrait m'aider à m'évader.

Après le déjeuner, le cours d'esthétique reprit, suivi d'une pause que le programme affiché à l'écran désignait sous le nom d'heure d'étude. Mason m'affirma cependant qu'on n'avait pas de devoirs à faire en dehors de la lecture des manuels scolaires, pour laquelle nous n'étions du reste jamais notés. La plupart des élèves se contentaient donc de traîner au dortoir ou de faire une sieste pendant cette heure.

J'explorai les lieux. À part les dortoirs, le troisième étage abritait une longue salle de séjour équipée de lourdes tables en bois et de canapés en cuir. Elle sentait la poussière et elle était complètement déserte.

Au deuxième étage se trouvaient les salles de classe. J'en dénombrai une trentaine, presque toutes identiques. Je me livrai à un calcul mental : il y avait soixante-quatorze élèves en tout et ma classe en comptait environ vingt-cinq, ce qui signifiait que trois ou quatre salles seulement étaient utilisées. Attendait-on de nouveaux arrivants ? Il y avait largement assez de place pour les accueillir.

Mason m'avait raconté que pendant une période, environ un an auparavant, plusieurs nouveaux arrivaient chaque semaine, parfois deux ou trois le même jour, et puis le flux s'était tari. J'étais le premier arrivant depuis quatre mois. Lily m'avait précédé.

Les rez-de-chaussée et le premier étage étaient plus intéressants. J'y découvris la bibliothèque (qui ne semblait pas posséder un seul livre datant de moins d'un siècle), la cafétéria, la salle des trophées, quelques vastes salles polyvalentes, un minuscule théâtre et une douzaine de petites pièces non meublées. L'architecture de ces lieux était surprenante, toute en bois teint, en plâtre peint et en pierre sculptée. Mais pourquoi restait-il tant d'espace inutilisé si l'on n'attendait pas de nouveaux pensionnaires ? Y avait-il eu auparavant davantage d'élèves, qui étaient partis ensuite ?

Les avait-on tous tués ?

J'essayai d'ouvrir toutes les portes et toutes les fenêtres, mais elles étaient verrouillées. Les détecteurs ne réagirent pas. Je me souvins alors que les V n'avaient pas de contrat leur permettant d'accéder à l'extérieur.

J'aurais voulu examiner aussi le sous-sol, mais le dernier cours de la journée allait commencer. Comme c'était un cours de sport, je devais remonter me changer. Alors que j'entrais dans le dortoir des garçons, je comptai les portes : soixante-quatre dans le couloir principal. J'ignorais leur nombre dans les autres couloirs et je ne tenais pas à rencontrer Isaiah ou Oakland, mais je devinais qu'il y en avait autant, voire plus. Ça faisait donc cent vingt-huit chambres au minimum, et comme chaque chambre pouvait héberger deux élèves… ça laissait la place pour plus de deux cent cinquante personnes. Et c'était sans doute pareil chez les filles.

Tous ces dortoirs seraient-ils remplis un jour ?

Quand j'entrai dans ma chambre, Mason était déjà habillé. Il regarda sa montre avec un sourire.

— Je commençais à croire que tu t'étais enfui, dit-il.

Je sortis ma tenue de gym, un T-shirt blanc et un short rouge.

— Je l'aurais peut-être fait si les portes pouvaient s'ouvrir, répondis-je.

Des nuages s'étaient amoncelés, mais on n'avait pas l'impression qu'il allait pleuvoir. Un vent frais soufflait et tout le monde avait froid.

Le cours de gym ne suivait pas de programme : c'était une heure d'entraînement libre. La plupart des élèves faisaient du jogging ou de la marche rapide sur la piste du stade. Quelques gars de La Société jouaient au foot. Je n'avais pas vraiment envie de faire du sport, mais cela paraissait le meilleur moyen de se réchauffer. Comme les V n'avaient aucun équipement sportif, nous restions presque toujours sur la piste. Mason et moi marchions ensemble tandis qu'un groupe de filles faisait du jogging. Au bout de vingt minutes, Lily les abandonna pour nous rejoindre.

J'esquissai mentalement un plan des lieux, mémorisai le tracé de la piste, la distance entre cette dernière et la lisière des bois et la disposition des hangars à outils. J'essayai d'établir un rapport entre ce plan et le paysage que j'avais observé par la fenêtre, les collines boisées et les affleurements rocheux que je ne voyais pas d'ici. Si je devais m'enfuir, j'avais intérêt à connaître les lieux comme ma poche.

J'observai ensuite Le Chaos. Ses membres s'étaient regroupés dans ce qui ressemblait à un jardin de sculptures : troncs d'arbres représentant des visages et des formes diverses, tas de pierres, massifs de fleurs géométriques. De temps en temps, Tire-au-flanc regardait dans ma direction en me montrant du doigt et parlait à un autre type, mais ils ne s'approchaient pas.

Un vent froid soufflait, chargé d'odeurs de forêt qui réveillaient en moi de vagues réminiscences. Avais-je déjà fait du camping ? Je n'en avais aucun souvenir.

— Ce collège devrait avoir tout pour me plaire, dis-je plus à moi-même qu'à Mason. Il est plus beau que n'importe quelle école que j'ai pu fréquenter et il n'y a pas de devoirs à faire.

— Et personne pour te dicter ta conduite, ajouta-t-il.

Lily ricana

— Personne sauf la direction, observa-t-elle. Quelqu'un nous contraint bel et bien à marcher dans le froid.

— Tu vois ce que je veux dire, reprit Mason. Quand nous rentrons au dortoir, nous sommes libres de faire ce que nous voulons.

— Sauf d'en sortir, répliqua-t-elle.

Je consultai ma montre. Il était cinq heures passées et le froid devenait plus vif.

— Est-ce qu'on ne devrait pas rentrer ? demandai-je.

— La cloche sonne à la fin du cours, répondit Lily. On est obligés d'attendre la sonnerie. Les portes ne rouvrent pas avant.

— Pourquoi n'y a-t-il pas de programme pour l'année ? demandai-je. Pourquoi ne pouvons-nous pas savoir à quelle heure les cours finissent chaque jour ?

— Tu te souviens du programme affiché sur l'écran ce matin ? Il change au jour le jour et c'est complètement arbitraire : les cours commencent tantôt à neuf heures, tantôt à sept. Parfois, on n'a pas cours de la journée, parfois, on y est encore à dix heures du soir.

— Pourquoi ?

— Si seulement on savait le pourquoi de tout ce qui arrive ici, commenta Lily. Tout est aléatoire et d'une stupidité sans nom.

Je ne pus m'empêcher de sourire. Il y avait au moins quelqu'un d'aussi excédé que moi.

Nous fîmes encore quelques tours de piste. Le vent se levait et un petit groupe était pelotonné contre la porte en attendant de rentrer. Curtis et Carrie apparurent à l'angle du bâtiment et s'assirent près des portes. Jane et quelques autres V interrompirent leur jogging pour se précipiter vers eux.

Alors que nous nous approchions du Chaos, j'essayai d'en compter les membres. Même en tenue de sport, ils avaient l'air de racailles. Une fille assise sur un gros tronc d'arbre abattu dessinait un tatouage aux motifs compliqués sur la jambe d'une autre. Oakland était adossé à un grand rocher mince qui donnait l'impression d'avoir été enfoncé à la verticale dans le sol et quatre de ses amis étaient assis autour de lui. Contrairement aux autres élèves, quelques gars du Chaos avaient ignoré le règlement pour porter une veste.

— Ce n'est pas contraire au code vestimentaire ? demandai-je en désignant leurs sweat-shirts à capuche.

— Ouais, répondit Mason. Ils seront peut-être sanctionnés pour ça, mais seulement en points.

— Pourquoi fait-on toute une affaire de ces points ?

— Parce que c'est la seule chose qui compte, répondit Lily sans que je puisse deviner si elle plaisantait.

Minnie passa devant nous en courant, puis ralentit pour s'arrêter devant le jardin de sculptures. Malgré le froid, elle avait noué le bas de son T-shirt au-dessus de sa taille et j'aurais juré que le haut de son short déjà court était roulé sur ses hanches. Je savais que je n'étais pas le seul gars à l'avoir remarqué.

Après avoir dépassé Le Chaos, nous nous retrouvâmes face à une étendue de pins. Une bourrasque emporta de minces feuilles et des brindilles, et je frissonnai. Les seuls arbres à garder quelques feuilles étaient les peupliers d'Amérique qui bordaient la route, mais ils avaient quand même perdu presque tout leur feuillage. Ici, l'automne n'était pas joli à voir.

— Bon, repris-je avec un regard à la ronde pour m'assurer que nous étions bien seuls, personne n'a répondu à ma question : quelqu'un a-t-il déjà sérieusement essayé de s'évader ?

Mason tarda à répondre et Lily le devança.

— Tout dépend de ce que tu appelles « sérieusement », fit-elle. Des gens ont essayé. Pas mal de monde, même, d'après ce que j'ai entendu dire.

— Et personne n'a réussi ?

— Pas à notre connaissance, répondit-elle. La plupart ont été pris sur le fait et nous avons seulement entendu parler de ce qui est arrivé aux autres.

— Qu'est-ce qui les empêche de s'enfuir ? demandai-je. Pourquoi ne peuvent-ils pas tout simplement escalader le mur et foutre le camp ?

— Ce n'est pas facile d'escalader le mur, dit simplement Mason. Ensuite, il faut franchir la grille. Il y a des caméras de surveillance et Dieu sait quoi encore.

— Un jour, je m'enfuirai, déclara Lily. Bientôt.

Je la regardai. Elle était jeune et de petite taille, mais à l'expression de ses yeux, je l'en croyais capable.

— Alors qu'est-ce que tu attends ? demandai-je.

Elle réfléchit un instant, la mâchoire rigide et le front plissé.

— Je n'ai pas encore trouvé le bon moment, répondit-elle. Il y a toujours trop de crétins de La Société dans le coin.

— Et si tu essayais tout de suite ? suggérai-je. Si tu fonçais dans la forêt ?

— Je ne cours pas assez vite, dit-elle.

Elle regardait fixement la lisière, et à son intonation, j'eus l'impression qu'elle était sérieuse. Elle se retourna et observa le 4 × 4, qui était garé près du groupe de La Société devant la porte.

— Je ne sais pas, reprit-elle. Qu'est-ce que tu en penses, Mason ? Tu crois que La Société nous donnerait la chasse de l'autre côté du mur ? Que ces messieurs oseraient le franchir ?

Il haussa les épaules.

— Moi, je ne prendrais pas le risque, déclara-t-il.

Nous marchâmes un instant en silence. Je réfléchissais aux risques. Je courais vite. Pourrait-on me rattraper si je m'enfuyais dans la forêt ? Je pouvais prendre une certaine direction, puis me cacher pour attendre que mes poursuivants m'aient dépassé. Ça ne devait quand même pas être si difficile ? Non, bien sûr. Et tous les élèves du collège auraient dû être de cet avis. Si seulement La Société refusait d'assurer la sécurité, nous pourrions nous en tirer.

Le vent se leva et je dus plisser les yeux afin de les protéger des grains de sable et des débris de feuilles qu'il soulevait. Comme une rafale me cinglait bras et jambes, je m'arrêtai pour lui tourner le dos.

— Je vais vérifier si les portes sont toujours verrouillées, annonçai-je alors que le vent retombait.

Je traversai le stade au trot, laissant Mason et Lily sur la piste.

C'était complètement crétin de nous empêcher de rentrer. Je projetais de bloquer l'une des portes à notre prochaine sortie, mais ce serait probablement une nouvelle infraction à l'une de ces règles stupides.

Je passai devant la foule des élèves qui attendaient et gravis les marches du porche en quelques bonds.

— C'est encore verrouillé, m'informa quelqu'un.

Je me retournai et vis Becky. Elle se frottait les bras pour se réchauffer. Ses jambes nues étaient couvertes de chair de poule comme les miennes.

— Mais toi, tu es du personnel administratif, dis-je. Tu ne peux pas les ouvrir ?

— Je ne demanderais pas mieux, répondit-elle avec son sourire éclatant de guide de voyage organisé. Je crois que je vais refaire un tour de piste.

— Moi aussi.

Elle fit un pas vers moi et me regarda avec attention.

— J'ai appris ce qui s'est passé hier soir. Désolée pour ton nez, reprit-elle.

— Ce sont des choses qui arrivent, déclarai-je en haussant les épaules.

Becky se pencha vers moi et parla à voix basse.

— Je ne devrais pas te le dire, mais Oakland était à l'infirmerie ce matin. Je crois que tu lui as cassé une côte.

Je ne pus réprimer un sourire, qu'elle me rendit.

— Est-ce que je vais avoir des ennuis à cause de ça ? demandai-je.

Elle secoua la tête.

— Probablement pas, répondit-elle. Les V perdront peut-être quelques points, mais si c'était vraiment grave, on nous l'aurait annoncé ce matin. Quand même, à ta place, je me méfierais d'Oakland.

— D'accord. (Je jetai un regard vers Mason et Lily, qui m'attendaient sur la piste.) Bon, si ces portes ne s'ouvrent pas assez vite, c'est moi qui vais me retrouver à l'infirmerie.

Elle acquiesça et se frotta les bras.

— Moi aussi, dit-elle.

Elle alla retrouver ses amis tandis que je me dirigeais à petites foulées vers la piste. Mason et Lily repartirent avant que je ne les aie rattrapés.

— Elle essaie encore de te recruter ? demanda Lily quand je les eus rejoints.

— Becky ? Non, on a juste parlé un peu.

— Tu sais, elles sont toutes pareilles – Becky, Laura, toutes les filles de La Société. Gentilles tout plein et aussi fausses que les nichons de Minnie.

Mason ricana.

— Becky a l'air sympa, observai-je.

Lily rentra ses bras sous son T-shirt.

— Ouais, elle est sympa, mais si la direction le lui ordonnait, elle t'enverrait à la chambre à gaz.

Mason éclata de rire.

— Tu exagères, fit-il.

— C'est toi qui le dis. Et les gars sont encore pires : arrogants et donneurs de leçons. Chez eux, l'obéissance est devenue un sport.

La cloche sonna soudain. Nous fîmes immédiatement demi-tour pour nous précipiter vers le bâtiment, mais alors que nous approchions, il devint clair que quelque chose n'allait pas. Personne ne rentrait. Les portes étaient toujours verrouillées.

Lily jura, puis se détourna vers la forêt.

— Parfois, ils font ça, m'expliqua Mason sur un ton un peu plus grave que d'habitude. La direction, je veux dire. Parfois, les portes restent verrouillées. Ou le courant est coupé. Ou on n'a plus rien à manger.

Une voix résonna au-dessus de la foule. Je me retournai et vis Isaiah, qui se tenait en haut des marches et essayait de mobiliser l'attention générale.

— Apparemment les portes sont verrouillées, déclara-t-il, mais je suis certain que ce n'est qu'une défaillance technique.

Les autres gangs le huèrent aussitôt. Les membres de La Société gardaient presque tous le silence, mais paraissaient aussi mécontents que les autres.

— C'est vraiment une défaillance ? demandai-je à Mason. Peut-être une panne d'électricité ou quelque chose du même genre, qui fait que nos puces n'ouvrent plus les portes.

— Ça m'étonnerait. Je parie que c'est encore un de leurs tests idiots.

— Ou peut-être une punition ?

Je pivotai sur moi-même et cherchai Curtis et Carrie des yeux. Ils étaient encore assis sur l'herbe et leurs T-shirts étaient tachés de boue et de sueur.

— Peut-être, admit Mason. Mais je pense qu'ils essaient juste de nous déstabiliser.

Je regardai l'horizon à l'ouest. Le soleil sombrait derrière une montagne lointaine.

— Tu te souviens quand j'ai dit que ce collège avait tout pour me plaire ? demandai-je.

Il eut un rire bref et sans joie.

— Ouais, répondit-il.

— Je n'ai pas envie de passer un mois, un an ou je ne sais combien de temps encore à jouer les cobayes pour une expérience merdique, déclarai-je.

Il hocha la tête, les yeux rivés sur les portes.

— Il n'y a même pas de caméras dehors, observa-t-il. Si c'est une expérience, qu'est-ce qu'ils peuvent bien observer ?

— Pas de caméras ? (Pourquoi ne me l'avait-on pas dit plus tôt ?) Elles sont peut-être cachées ?

— C'est possible. Ici, en tout cas, les gens se conduisent comme s'il y en avait en permanence. Bien entendu, La Société nous balancerait quoi qu'il arrive, caméras ou pas.

J'acquiesçai, mais je ne pensais plus aux portes.

— À plus tard, Mason, dis-je.

Je retournai au trot vers la piste, où quelques élèves essayaient encore de se réchauffer. Tout en la foulant, j'examinai la lisière de la forêt et repérai les endroits où les arbres étaient les plus rapprochés.

Je fis encore deux tours. Mes efforts pour me concentrer m'insufflaient un renouveau d'énergie. J'observai les élèves massés devant la porte. La plupart se serraient les uns contre les autres pour se tenir chaud, et personne ne me regardait. Alors que j'entamais mon troisième tour, je quittai la piste pour me diriger vers la forêt.

Je me réchauffai très vite parce que j'étais à l'abri du vent, mais je ne ralentis pas. Je courus sur le sol rocailleux et accidenté, slalomant entre les arbres et les troncs abattus. Comme la nuit tombait, je ralentis un peu et pris un chemin mieux tracé. Je n'avais pas envie de gâcher mes chances d'évasion en faisant une chute.

Je gardais le même rythme alors que ma poitrine me brûlait. J'estimai la distance entre le collège et le mur à deux kilomètres à partir de l'allée, et encore un kilomètre jusqu'au grillage. Mais je n'avais aucun moyen de savoir si le mur formait un cercle parfait et n'entourait que le collège.

J'entendis le moteur d'un 4 × 4 enfler derrière moi. J'étais bon : toute tentative d'évasion était une infraction à l'une des quatre règles principales, ce qui impliquait une arrestation.

Quand j'atteignis le mur, j'étais hors d'haleine. Il était impossible de l'escalader. Quatre mètres de brique bien solide se dressaient devant moi.

Je cherchai une prise pour mon pied, mais la surface était parfaitement lisse, car le mortier ne dépassait pas des briques. Je ne découvris pas le moindre interstice dans lequel glisser les doigts ou sur lequel poser le pied.

Le bruit du moteur se rapprochait, puis je crus en entendre un autre, et peut-être un troisième.

Je regardai frénétiquement autour de moi. À cinquante mètres sur ma gauche, un raton-laveur bien gras assis sur le mur me dévisageait nerveusement dans la lumière du crépuscule.

Comment as-tu réussi à grimper là-dessus ? pensai-je.

J'examinai les arbres pour choisir celui dans lequel j'allais grimper : peut-être pourrais-je franchir le mur ainsi. Mais on avait veillé au grain : entre le mur et les arbres les plus proches s'étendait un intervalle d'environ cinq mètres bien nettoyé de sa végétation et de ses pierres, une étendue de terre nue dans laquelle des pneus de 4 × 4 avaient laissé d'étroites ornières.

Il devait pourtant y avoir un moyen de franchir ce mur. Je grimpai dans le pin le plus proche en empoignant une à une ses branches poisseuses de résine. C'était difficile dans la semi-obscurité, mais en quelques minutes, je réussis à m'élever assez pour voir par-dessus le mur. De l'autre côté, il n'y avait que des arbres.

Maintenant, j'entendais les moteurs des véhicules, ainsi que le crissement des pneus sur les pierres et le bois sec, mais je ne perdis pas de temps à essayer de les repérer.

Je poursuivis mon ascension. J'étais maintenant à une dizaine de mètres au-dessus du sol. Il était désormais impossible de sauter. Même si, par miracle, je parvenais à franchir le mur, je me casserais une jambe ou une cheville. Et il y restait la grille de l'autre côté.

Le bruit de moteur se mua en un ronronnement au ralenti.

— Benson ! m'interpella une voix stridente que je ne reconnus pas. Je glissai, me rattrapai, mais sentis l'arbre osciller sous moi. Je compris aussitôt l'avantage je pouvais en tirer.

Je me balançai d'avant en arrière et sentis l'arbre vibrer sous moi. Je regardai en contrebas, regrettant de ne pas avoir choisi un arbre au tronc plus mince, qui aurait été plus flexible, mais il était trop tard. J'entendais déjà une autre voix.

L'arbre oscilla d'environ un mètre en direction du mur avant de reprendre sa position initiale. Je lui imprimai tout mon élan, et bientôt, il se balança d'avant en arrière avec un grincement. J'étais trop pressé pour échafauder un plan valable. L'arbre pencherait-il assez pour me permettre de sauter par-dessus le mur ? Et s'il rompait sous la pression et tombait ? S'il atterrissait contre le mur, je pourrais peut-être y grimper comme à une échelle. Quoi qu'il arrivât, je devais me préparer à une chute.

À présent, les voix hurlaient.

— Benson, descends de là !

— Tu vas être arrêté !

— Tu enfreins le règlement !

Je les ignorai.

Le grincement de l'arbre devint de plus en plus bruyant, et chaque lente oscillation semblait mettre la résistance du bois à l'épreuve. Il était trop tard pour abandonner. J'étais perché dans l'arbre et j'essayais de sauter par-dessus le mur. Si je redescendais maintenant, je serais arrêté, quel que fût le sens de ce mot. Je devais donc persévérer.

Alors que je me rapprochais du mur, je cherchai de quoi me retenir dans ma chute, mais l'autre côté du mur était semblable à celui-ci : cinq mètres de terre et de pierres.

Je devais me lancer. Je n'avais plus rien à perdre : j'avais enfreint la règle et La Société me guettait.

Quand le pin se rapprocha du mur, mes doigts se resserrèrent sur la branche comme si mon corps refusait d'instinct ce saut suicidaire.

Je remarquai soudain quelque chose dans la forêt, de l'autre côté du mur : de la fumée.

L'arbre revint en arrière et je lui imprimai l'élan de tout mon corps.

Ça ne pouvait pas être du brouillard, car il faisait trop sec et il y avait trop de vent, mais une fumée sombre planait au-dessus de la forêt, au milieu des arbres. Je ne voyais pas d'où elle venait.

Un coup de klaxon retentit au-dessous de moi. Ils appelaient du renfort.

L'arbre pencha vers le mur, puis s'en écarta. Je me préparai au saut. La prochaine fois, pensai-je.

Je sentis l'arbre arriver au bout de son élan, ralentir, puis repartir en arrière. Mon regard était rivé au sol de l'autre côté du mur. Il paraissait rocailleux et dur. Je devrais faire un atterrissage sans faute. Je ne pouvais pas serrer les genoux. Je devais suivre le mouvement. Peut-être que je...

J'entendis un claquement qui ressemblait à la détonation d'une arme à feu. La branche s'était rompue sous moi. Je tombais.

Je tentai frénétiquement de me raccrocher à des branches et à des brindilles, mais trop tard. Je dégringolai au milieu d'aiguilles de pin, rebondis de branche en branche et atterris brutalement, d'abord sur les genoux, puis face contre terre.

Je pantelais. Quand je voulus me relever, je sentis une violente douleur dans les jambes.

Un coup de pied dans le dos me rabattit à terre.

— Toute tentative d'escalade du mur est passible d'arrestation, déclara une voix masculine.

J'essayai de rouler sur le dos, mais un pied me cloua au sol, et je n'avais plus assez d'énergie ni de souffle pour me débattre.

— Tenez-lui les mains, ordonna une voix de fille, et quelqu'un me saisit les poignets.

Je me dégageai et sentis un élancement de douleur au flanc : j'avais reçu un coup de pied dans les côtes.

Je roulai sur le côté gauche. Ils étaient trois en tenue de sport : deux gars et une fille. Je ne connaissais pas les types, mais la fille était Laura, ma soi-disant prof.

— Salut, Benson, dit-elle quand elle vit que je la reconnaissais.

Elle tenait à la main un bâton noir d'environ soixante-dix centimètres de long, sans doute en métal.

— Il est interdit de franchir le mur, reprit-elle. On t'avait prévenu à ton arrivée.

J'étais incapable de répondre. Tout mon corps était douloureux et j'avais l'impression de respirer à travers un tissu épais qui m'étouffait.

— Maintenant, donne tes mains à Dylan pour qu'il les lie, ordonna Laura sévèrement, comme si elle récitait le règlement. Tu vas être ramené au collège et arrêté.

Quand Dylan voulut saisir mes mains, je me débattis, et au bout d'un instant, il recula. Je le vis tirer de sa ceinture un objet qu'il dissimulait dans sa main. Du gaz lacrymogène ?

— Toute résistance au personnel de sécurité est également passible de sanctions, déclara Laura, le visage rouge et convulsé de rage.

— Qu'est-ce qui vous prend ? demandai-je, pantelant.

— Nous respectons le règlement, Benson, répondit-elle.

— Vous ne voulez pas... sortir d'ici ? À... nous quatre, on pourrait abattre un arbre... et foutre le camp.

— Non, dit Laura. Allez, Dylan.

Dylan s'avança de nouveau vers moi pendant que l'autre type me contournait pour aller se placer derrière moi. Dylan brandit la bombe lacrymogène.

— Arrêtez ! lança une autre voix.

Dylan leva brusquement la tête.

— Il a essayé de s'enfuir, déclara Laura avec indignation.

Je roulai de nouveau sur moi-même et des pierres me meurtrirent les côtes. Cinq personnes se tenaient devant nous : Curtis, Mason, Jane, Lily et Carrie.

— Il n'essayait pas de s'enfuir, affirma Curtis. Il faisait du jogging pour se réchauffer.

Son visage était sale et rouge, ses traits tirés, et il était hors d'haleine.

Dylan poussa un gloussement de dérision.

— Il a essayé de franchir le mur en sautant de cet arbre, reprit Laura.

Curtis fit signe à Mason, qui vint m'aider à me relever. Dylan et l'autre gars de La Société paraissaient désemparés. Ils avaient envie de se battre, j'en étais sûr, mais nous étions plus nombreux.

— Benson faisait du jogging, répéta Curtis.

— Il devait me retrouver ici, ajouta Jane. On avait rendez-vous. Il est monté dans l'arbre pour guetter mon arrivée.

Je passai un bras autour des épaules de Mason et rejoignis les V en clopinant.

— En tout cas, poursuivit Curtis, c'est ce que nous dirons quand nous ferons appel contre son arrestation. Et tu connais le règlement, Laura : quelle est la sanction contre une accusation non fondée entraînant une arrestation ?

— Il a essayé de s'enfuir et tout le monde le sait, glapit Laura, la voix vibrante de rage.

Curtis s'approcha d'elle et lui parla à voix si basse que je l'entendais à peine.

— Tout le monde sait ce que signifie une arrestation, dit-il. C'est vraiment ce que tu veux ?

Les yeux de Laura paraissaient noirs dans la pénombre et elle serrait convulsivement le bâton métallique des deux mains.

— Si nous le laissons enfreindre le règlement, il mettra tout le monde en danger, répondit-elle. Tu veux retourner à la situation d'avant l'accord ?

— Tu es donc prête à le tuer pour préserver la paix ? demanda Curtis.

Il tourna les talons et rejoignit les V. Laura était furieuse, mais impuissante. Ils étaient trois et nous, six.

Malgré la lacrymogène et le bâton, nous avions l'avantage sur eux.

Nous foulâmes en silence le sol inégal de la forêt dans la lumière qui déclinait rapidement. J'avais mal dans tout le corps, mais je le dissimulais de mon mieux.

Curtis me rejoignit. Il regardait droit devant lui, scrutant la forêt.

— C'est la dernière fois que ça arrive, murmura-t-il. Ne refais plus une connerie pareille.

Je ne répondis pas.

Maintenant, je savais à quoi m'en tenir. Je savais que les vigiles de La Société étaient armés et avec quelle rapidité ils pouvaient réagir. Ma prochaine tentative serait la bonne.

7.

Les portes ne se rouvrirent pas de la nuit, que nous passâmes dehors.

C'était une expérience, comme l'avait fait remarquer Mason. Pendant que j'étais devant le mur, dix sacs de couchage étaient tombés des fenêtres du collège. Il y avait donc à l'intérieur quelqu'un qui était probablement arrivé comme nos vêtements par un ascenseur, sans que personne ne l'ait remarqué. On n'avait trouvé que les sacs de couchage, dix seulement pour plus de soixante-dix personnes.

Comme Curtis m'avait rejoint dans la forêt, les V n'en eurent aucun. La Société se les appropria sans la moindre opposition du Chaos, qui s'entassa dans les deux hangars.

Les V descendirent dans l'un des grands puits situés de part et d'autre du bâtiment qui apportaient de la lumière aux baies vitrées du sous-sol. Ce puits mesurait environ cinq mètres de large sur trois de profondeur. Nous devions nous entraider pour y descendre et en sortir. Quelqu'un proposa par plaisanterie de briser une vitre, mais personne ne parut prendre cette suggestion au sérieux. Je ne comprenais pas ce qui les retenait de le faire. Les dégâts d'ordre matériel ne faisaient pas partie des infractions prévues par les quatre règles principales, et la punition ne pouvait être pire que de passer une nuit dehors.

Comme je ne pouvais rien voir du fond du puits, j'ignorais où La Société s'était rassemblée, mais j'entendis les moteurs des 4 × 4 tourner toute la nuit. Avant de descendre dans le puits, j'avais vu Isaiah se quereller avec Curtis, et j'étais certain que c'était à propos de moi.

Personne ne fit de commentaire sur mon évasion ratée. Tout le monde devait être au courant : on nous avait vus revenir de la forêt et on avait certainement remarqué mes genoux saignants et mes bras et mes coudes écorchés. Peut-être chaque élève faisait-il une tentative d'évasion à son arrivée, même Becky et Isaiah, même Laura. Peut-être leur obéissance aveugle au règlement et à La Société découlait-elle de mois, voire d'années de tentatives d'évasion ratées.

Je regardai les autres V alignés au fond du puits. Curtis et Carrie causaient à voix basse, mais il avait du mal à garder les yeux ouverts. Mason dormait, la tête penchée en avant, le menton sur la poitrine. À côté de lui, Lily ronflait juste assez fort pour que je puisse l'entendre à un mètre. Jane se reposait à mon côté, les yeux fermés. Je sentais son corps se soulever légèrement à chacune de ses respirations paisibles.

Plusieurs centaines d'étoiles brillaient dans le rectangle de ciel au-dessus de nous, peut-être même plusieurs milliers. Je les contemplais. J'avais déjà entendu parler de cette profusion d'étoiles. J'avais entendu dire qu'on pouvait l'observer dès qu'on s'éloignait de la ville, au lieu des quelques dizaines d'étoiles les plus lumineuses qui restent visibles dans l'éclairage urbain. Il me semblait avoir déjà admiré ce spectacle une fois ou deux, sans pouvoir me rappeler où. Peut-être seulement à la télévision ?

En regardant le ciel, j'éprouvais une intense et surprenante sensation de liberté. Je voyais une foule de choses que je n'avais jamais vues chez moi, que je connaissais seulement par ouï-dire. Je me disais que si je pouvais sortir de ce puits, j'apercevrais peut-être la Voie lactée, ou même une planète ou deux.

— Elles sont belles, hein ?

La voix de Jane n'était plus qu'un murmure.

— Ouais.

— Comment te sens-tu ?

— Moulu. Tu crois que je vais être arrêté ?

Elle détourna les yeux du ciel et me regarda.

— Je ne sais pas, répondit-elle. Tout dépend si la direction croit ce que raconteront Laura et Dylan.

J'aurais voulu me tourner vers elle, mais nous étions si proches que nos nez se seraient probablement heurtés. Je restai donc immobile, le visage levé vers le ciel. J'aurais aimé lui poser d'autres questions. D'autres que moi avaient-ils franchi le mur, et comment ? Avaient-ils un plan d'évasion ? Avaient-ils emporté des provisions ? Mais je me sentais coupable. Jane et d'autres V étaient venus à mon secours en forêt. J'ignorais dans quelle mesure ils avaient pris un risque. Peut-être seraient-ils punis pour cela. De nouvelles questions sur les plans d'évasion ne seraient certainement pas la meilleure manière de la remercier pour ses efforts.

— Il fait froid, dit-elle.

Elle tendit les mains, les ouvrit et les referma plusieurs fois, puis croisa les bras.

— On pourrait allumer un feu, proposai-je. Est-ce que ça serait contraire au règlement ?

Elle sourit.

— Nous n'avons pas d'allumettes, observa-t-elle.

— On n'en a pas besoin, affirmai-je.

Jane haussa un sourcil, sceptique.

— Tu as été boy-scout ? demanda-elle.

— Non, répondis-je avec un petit rire, mais j'ai vu un tas de séries télé.

— Il y en a qui montrent comment allumer un feu ?

— Bien sûr. Tu n'as jamais vu *Seul au monde* ?

Jane secoua la tête.

— Jamais ? Et *Man versus Wild*, ou *Survivorman*, sur Discovery Channel ? Bon sang, je crois bien que même dans *Lost*, ils allument un feu.

— Je crois que je n'ai rien vu de tout ça.

— Quoi ?

— Il y a deux ans et demi que je suis ici.

— Ces séries sont plus anciennes. *Seul au monde* est beaucoup plus ancien.

Jane haussa les épaules, puis, à ma grande surprise, posa la tête sur mon épaule. Ses cheveux sentaient bon, un parfum rappelant le miel. Je pensai qu'elle avait peut-être envie que je passe un bras autour de ses épaules, mais je n'en fis rien.

J'apercevais vaguement mon reflet dans la vitre en face de nous. Je ressemblais à tous les autres V. Je distinguais mal mes traits dans la pénombre. Je n'étais plus qu'un T-shirt blanc parmi d'autres.

— Pourquoi ne pas briser cette vitre ? demandai-je doucement. Pour échapper au froid. Quelle est la punition pour ça ?

— C'est impossible, répondit-elle d'une voix ensommeillée. D'autres ont essayé, mais elle est à l'épreuve des balles, sans doute pour nous garder prisonniers.

J'acquiesçai. Le verre incassable transformait ce bâtiment en prison – une prison qu'en cet instant nous aurions aimé réintégrer.

Juste avant de s'endormir, Jane toucha mon bras.

— Ne va nulle part cette nuit, d'accord ? dit-elle. La Société n'est pas la seule à surveiller le mur.

— Il y a des gardiens de l'autre côté ?

— Je ne sais pas, mais il y a certainement quelque chose.

Les portes se rouvrirent juste avant l'aube. Dans le silence du petit matin, nous entendîmes de loin le bourdonnement et le déclic. Ceux de La Société avaient probablement passé la nuit à proximité des portes. Nous entendîmes leurs exclamations de soulagement, ainsi que le bruit d'ouverture des portes, avant que la plupart d'entre nous ne soient levés. Nous les suivîmes, encore somnolents. Quelques-uns firent la courte échelle pour aider les autres à sortir du puits. Je fus le dernier à en émerger, et Curtis et un autre V durent me hisser. Je sentis un élancement de douleur au flanc pendant cette opération. Personne ne fit le moindre commentaire.

Même si tout le monde semblait considérer notre exclusion de cette nuit comme de la routine, je m'étais attendu à trouver du changement à l'intérieur. Peut-être nous avait-on forcés à dormir dehors pour faire des travaux – repeindre des murs, installer de nouvelles caméras de surveillance ou poser des verrous sur les portes – mais non : rien n'avait changé. C'était toujours pareil, m'expliqua-t-on, une mise à l'épreuve stupide du style : donnons-leur dix sacs de couchage pour voir comment ils se les répartiront.

Au dortoir, j'allai prendre une douche aussi chaude que je pus le supporter. Je nettoyai mes genoux de la boue et des pierres qui y étaient incrustées, puis examinai mes écorchures. Rien de grave. Une ecchymose violette s'étalait sur mon flanc gauche, mais elle était moins importante que je ne l'avais cru. Ce n'était rien à côté de la douleur.

En rentrant dans ma chambre, je trouvai Mason en train de passer une tenue de camouflage.

— Qu'est-ce que c'est ? demandai-je.

Mason fronça les sourcils et me montra le téléscripteur.

— Aujourd'hui, à la place des cours, on a une séance de paintball, expliqua-t-il.

— Tu rigoles ?

Il poussa un soupir, puis enfila une veste de camouflage sur un T-shirt vert olive. Les couleurs de la veste étaient claires, dans les tons beige et brun.

— C'est notre version du sport ici, reprit-il. Paintball, jeux de guerre, débats, échecs. (Il se tut, puis sourit.) Barbouzes et binoclards, même combat.

Je touchai le pantalon de jogging beige suspendu à côté de mon uniforme, puis regardai de nouveau Mason.

— Pourquoi est-ce que tes fringues sont mieux que les miennes ? demandai-je.

— Je les ai achetées avec mes points. Tu auras intérêt à faire pareil, dès que tu seras payé. (Un sourire éclaira son visage grave.) On va te mettre la pâtée.

Je pris mon pistolet. Il était équipé d'un réservoir à air comprimé et surmonté d'un chargeur en forme de rognon.

— C'est dingue, commentai-je.

— Je sais, fit Mason. Certains élèves croient qu'on est soumis à un entraînement, comme si ce collège formait des soldats d'élite.

— Mais toi, tu ne le crois pas ?

— Non, répondit-il, et il s'assit pour nouer les lacets de ses bottes. Ce n'est sûrement pas un entraînement. Si c'était une initiative du gouvernement, on nous donnerait des cours de tactique et des trucs du même genre, non ?

— Je suppose que oui.

— On est comme des rats en cage, ici, Fish. Des rats en cage.

Nous quittâmes le bâtiment à dix heures moins dix pour nous diriger vers les bois. C'était un spectacle ridicule : plus de soixante-dix adolescents sortant d'un collège en tenues de camouflage variées. Certaines tenues, comme la mienne, étaient très simples, d'autres, au contraire, des plus sophistiquées. Certains élèves avaient recouvert leurs vêtements de feuillage artificiel. D'autres, couverts de longues herbes semblables à des poils, avaient des allures de yétis.

— Je fais des économies pour me payer la même chose, déclara Mason en me montrant un gars de La Société : c'est ce qu'on appelle une tenue de guide. Si tu restes allongé là-dedans, tu deviens invisible.

Dans un sens, c'était plutôt comique. Je n'avais encore jamais fait de sport à l'école. Et même si ce jeu bizarre était parfaitement en harmonie avec toutes les autres absurdités de Maxfield, il avait l'air marrant.

Une main se posa sur mon épaule. Quand je me retournai, je vis Curtis.

— Bienvenue au paintball, dit-il gaiement, comme s'il ne s'était rien passé de particulier la veille. Comme nous sommes la plus petite équipe du collège, chez nous, tout le monde joue.

— On joue gang contre gang ?

— Hé oui, répondit-il. En principe, on est censés former des équipes sans tenir compte des gangs, mais depuis peu, tout le monde a admis qu'il valait mieux jouer de cette manière. Alors nous avons soumis des listes à la direction, qui les approuvées.

Je ne pus m'empêcher de rire.

— En somme, le collège encourage les gangs, commentai-je.

— Tu aurais dû voir ce que c'était avant les gangs, dit-il en secouant la tête. Bref, le nombre de joueurs par équipe ne doit pas dépasser celui du plus petit gang : maintenant que tu es là, chaque équipe a droit à dix-huit joueurs.

— Je n'ai encore jamais joué au paintball, déclarai-je, la main crispée sur le pistolet et le doigt frémissant sur la gâchette.

Un attroupement s'était formé à une centaine de mètres devant nous dans les bois. Je remarquai un ruban rouge vif tendu entre des arbres qui s'étendait sur cent mètres dans toutes les directions.

— Je vais former une nouvelle équipe, annonça Curtis, et il me prit par le bras pour m'entraîner vers un groupe de V. Elle comprend Mason, Lily et toi.

Mason nous rejoignait déjà et Curtis fit signe à Lily de venir. Elle portait une tenue de camouflage plus élaborée que celles de la plupart des V. Assez semblable à la tenue de guide que Mason m'avait montrée, elle couvrait seulement la partie supérieure de son corps comme un poncho. Le masque qu'elle tenait à la main était orné d'herbes et de brindilles et elle avait enduit ses jambes nues de peinture verte et noire. Lily avait probablement le même âge que moi, mais elle était petite et frêle, si bien qu'elle était aussi cocasse dans cette tenue qu'un gosse déguisé pour Halloween.

— Voilà votre équipe, reprit Curtis à son arrivée. Lily à l'avant, Mason à l'arrière, et Benson au centre. C'est Lily qui commande. C'est la meilleure, me dit-il. Elle t'apprendra tout ce qu'il faut.

Il nous laissa pour aller préparer le reste du gang. Je me demandai dans quelles circonstances il en avait pris le commandement, mais décidai de poser la question à Mason plus tard.

Je me retournai vers Lily, qui, assise sur un rocher, resserrait les lacets de ses chaussures. Était-elle vraiment la meilleure ? Peut-être à cause de ses tresses plaquées sur son crâne, ou de ses jambes minces comme des allumettes sous la masse de son poncho, on l'imaginait mieux en train de prendre le thé avec des copines que sur un terrain de paintball.

— Tu as déjà joué au paintball ? demanda-t-elle.

— Non, jamais.

Elle me montra mon masque : une bande de plastique transparent protégeait les yeux et une autre la bouche.

— Garde-le toujours sur toi, recommanda-t-elle. Les balles font mal, même à travers les vêtements. Sinon, tu risques de perdre un œil ou une dent.

Lily m'expliqua le fonctionnement du pistolet. Elle me montra comment charger le réservoir de peinture et installer une nouvelle cartouche à air comprimé.

— En général, le jeu est du genre « la capture du drapeau[1] », poursuivit-elle, mais la direction aime bien les surprises dans le genre de leur petite plaisanterie avec les portes hier soir, dit-elle d'un air renfrogné.

— Je vois.

— Dans un instant, l'un des gars de La Société lira la règle du jeu et nous rejoindrons nos positions. Nous ne jouerons peut-être pas aujourd'hui : deux équipes jouent et la troisième arbitre.

— Quoi, on laisse Le Chaos arbitrer ?

Elle leva les yeux au ciel.

— Ces petites frappes savent très bien que tôt ou tard, c'est une autre équipe qui arbitrera, alors tout le monde joue le jeu… en général.

J'acquiesçai. Comme il n'y avait pas de caméras dehors, je m'attendais à tout de la part du Chaos, ou même de La Société.

— Que voulait dire Curtis quand il a annoncé que tu serais à l'avant et moi au centre ? demandai-je.

— Ce sont nos positions dans notre équipe. La personne qui est à l'avant se déplace plus vite et sert d'éclaireur aux deux autres. Mason, qui est à l'arrière, est celui qui tire le plus souvent. C'est toi et moi qui essuierons le plus de tirs, ce qui lui laissera un peu de champ pour se déplacer et tirer.

---

1. Jeu dans lequel chaque équipe doit s'emparer du drapeau de l'équipe adverse.

Les yeux de Lily s'animaient pendant ces explications. C'était la première fois que je voyais en elle une émotion proche de la gaieté.

— Toi, tu es au centre, poursuivit-elle, ce qui veut dire que tu fais un peu de tout. Tu dois aussi me couvrir. Tu sais comment on fait ?

Je haussai les épaules avec un sourire devant l'étrangeté de cette question.

— Je suppose que oui, répondis-je. J'ai vu des films.

— On s'entraîne parfois à ça en cours de gym. Je regrette qu'on n'ait pas su hier ce qu'on ferait aujourd'hui. On aurait pu s'entraîner cette nuit.

On entendit quelqu'un parler dans un mégaphone : Isaiah criait à tout le monde de venir.

— Désolée, mais je n'aurai pas le temps de tout t'expliquer, reprit Lily alors que nous gravissions la pente menant au point de rassemblement. Si c'est nous qui jouons aujourd'hui, ne nous quitte pas d'une semelle, Mason et moi, et débrouille-toi pour ne pas te faire abattre.

— Bah, ce n'est qu'un jeu, pas vrai ? plaisantai-je.

— Pas tout à fait, répondit-elle.

Je n'avais pas encore remarqué que les élèves étaient plus ou moins rassemblés autour d'un grand rocher sur lequel Isaiah montait à l'instant même.

Le Chaos était à l'extrémité opposée de notre équipe. Ses membres étaient reconnaissables même sous leur attirail de paintball. Beaucoup avaient le visage couvert de tatouages semblables à des peintures de guerre. Minnie était en tête, dans une tenue noire qui me rappela les unités de forces spéciales que j'avais vues dans des films. Le tissu était fin et moulant, et son visage était sombre et solennel comme si elle partait réellement à la guerre. Oakland était à côté d'elle. Quand il vit que je la regardais, il braqua son pistolet sur moi avec un éclat de rire.

Isaiah brandit son ordinateur miniature et fit signe à tout le monde de se taire. Alors que le silence se faisait, il ouvrit son ordinateur et frappa quelques touches.

— « Opération sauvetage », lut-il. Le Chaos est à la défense et les Variants à l'attaque. La Société arbitre. L'équipe gagnante sera conviée aujourd'hui à une soirée dans la salle des trophées. L'équipe perdante sera privée de nourriture pendant deux jours.

Des grognements s'élevèrent dans la foule et les joueurs commencèrent à échanger des railleries.

— C'est pas mal, comme jeu, murmura Lily. Ils tiennent l'un des nôtres en otage et l'un de nous doit monter au sommet de la colline pour les abattre. Et il est interdit d'éliminer l'otage.

— Mais pourquoi nous affamer ? Qu'est-ce que c'est censé nous apprendre ?

— À toi de me le dire. Ils le font très souvent.

Je regardai Mason, qui se contenta de lever les yeux au ciel.

Lily esquissa un sourire amer.

— Mais ce n'est pas la peine de nous en faire, parce que nous allons gagner, déclara-t-elle.

— C'est Rosa qui sera l'otage ! annonça Curtis après un instant de délibérations avec les V.

L'une des filles les plus âgées acquiesça, l'air un peu déçue, mais nullement surprise. Dans sa lourde et sombre tenue de camouflage à laquelle était cousue une multitude de feuilles en tissu, elle ressemblait à un croisement de ninja et de créature des marais.

— Rosa est asthmatique, chuchota Lily. C'est elle qui a le meilleur équipement et la meilleure arme des V, mais elle ne tient jamais longtemps sur le terrain.

— Et ces salauds de la direction refusent de lui donner le moindre médicament, ajouta Mason, penché vers moi.

Isaiah fit signe à Rosa de venir. Elle tendit à une autre fille des V son coûteux pistolet. Isaiah agita les bras pour réclamer l'attention générale.

— Chaque équipe a un médecin, annonça-t-il en lisant les instructions.

Jane se porta aussitôt volontaire.

— Que fait le médecin ? demandai-je à Lily.

— Si tu es blessé, tu restes sur place et le médecin te guérit en te touchant. Mais si lui-même est blessé, il est éliminé. Et il ne peut pas guérir une blessure à la tête : si tu es touché là, tu dois quitter le terrain.

Isaiah tendit à Jane et au médecin de l'autre équipe un brassard blanc orné d'une croix rouge, puis envoya Le Chaos en forêt. Rosa fermait la marche. Plusieurs arbitres de la Société se déployèrent en éventail dans la forêt.

Curtis envoya notre équipe vers l'extrémité gauche du terrain et nous attendîmes à l'extérieur du périmètre délimité par les rubans que les arbitres donnent le coup d'envoi. Alors qu'il avait fait très froid pendant la nuit, le soleil de midi était brûlant même à l'ombre des arbres. Lily avait relevé son masque sur son front en attendant le coup d'envoi et des gouttes de sueur roulaient sur ses tempes.

Je regardai la forêt qui s'étendait au-delà du ruban. Plusieurs des pins et des rochers portaient encore des taches de peinture de séances précédentes.

— Quelle est la taille du terrain ? demandai-je.

— D'après ce que j'ai entendu dire, entre dix et quinze hectares, répondit Mason. Ne me demande pas pourquoi, je n'en ai aucune idée. On ne l'a pas mesuré. Fais juste attention à rester dans le périmètre : ce sont les limites du terrain.

— Je vais partir en courant, annonça Lily, les yeux rivés sur le sol inégal. Restez à environ vingt mètres derrière moi et arrêtez-vous quand je m'arrête.

J'acquiesçai, mais je ne pensais plus au paintball. J'étais de nouveau la veille au soir, en train de grimper dans cet arbre. Aurais-je une chance de m'éclipser du terrain ? À quelle distance du mur se trouvait ce dernier ? Quel était le degré de vigilance des arbitres ? Et si c'était notre équipe qui arbitrait ?

Non, pensai-je. Comme La Société l'emportait en nombre sur les autres gangs, elle aurait toujours des joueurs à l'extérieur du terrain. Même si notre équipe arbitrait, des membres de La Société rôdaient toujours dans les parages et patrouilleraient peut-être à proximité du mur en 4 × 4.

Je regardai de nouveau Lily. J'avais peine à croire que nous pouvions acheter tout cet équipement avec des points. C'était à croire que la direction nous incitait à nous évader.

Le coup de sifflet retentit. Lily se glissa sous le ruban et partit en courant. Je la suivis à la même allure, mais malgré son lourd poncho, elle était plus rapide que moi. Nous courûmes plus vite et plus longtemps que je ne l'aurais cru possible. Je n'avais aucune idée de la distance que pouvaient représenter dix hectares, mais notre course dura plusieurs minutes avant que Lily ne commence à ralentir pour observer le dispositif de défense du Chaos.

La forêt était silencieuse, à l'exception du crissement de mes pas sur le sol. Lily marchait comme les soldats dans les films, presque accroupie et prête à tirer. J'essayais de l'imiter.

J'entendis quelque part sur la droite une fille hurler : « Médecin ! », puis, un instant plus tard, un gars dire la même chose. Je ne reconnaissais pas leurs voix. Je me retournai vers Mason en me demandant s'il savait qui c'était. Je le repérai aussitôt. Il était adossé à un arbre. Il me fit signe de regarder devant moi.

Lily se figea pour observer quelque chose et me fit signe de me baisser. Je m'accroupis à côté d'un buisson épineux et la regardai en faire autant au ralenti. Quand ses jambes étaient étendues à terre, sa tenue de camouflage la dissimulait presque entièrement.

J'entendis soudain une brève détonation derrière moi, pivotai et vis Mason arroser les bois. Je cherchai sa cible des yeux, mais ne vis rien. Un instant plus tard, il s'arrêta.

Je me haussai un peu pour tenter de repérer mon adversaire et mon buisson se mua en une explosion de peinture. Je retombai sur le ventre et entendis Mason riposter.

Quand les tirs cessèrent, un coup de sifflet retentit, puis un arbitre se dirigea vers moi et me demanda de me lever. Il examina mes vêtements, me pria de tourner sur moi-même et déclara : « Tu n'es pas touché. » Les balles, qui avaient éclaté de l'autre côté du buisson, ne contenaient pas assez de peinture pour me mettre K.O.

Je me laissai retomber à terre et cherchai Lily du regard. Elle était repartie vers la droite, mais elle me fit signe de rester où j'étais.

Si je ne l'avais pas connue auparavant, je n'aurais jamais deviné que la joueuse aux allures de vétéran qui progressait devant moi était en réalité une petite jeune fille de dix-sept ans. Tout avait changé en elle, ses mouvements, son attitude : elle était constamment aux aguets. Sous la peinture dont ses jambes étaient barbouillées, je distinguais des muscles aux contours bien dessinés. Je me réjouissais qu'elle fasse partie de notre équipe. Avec un peu de chance, nous ne devrions pas jeûner pendant deux jours.

Comme je restais au sol, je la perdis de vue alors qu'elle disparaissait derrière une ondulation de terrain et un buisson de genièvre. J'entendis le sifflement de balles, puis le juron d'une voix masculine qui appelait un médecin.

Je regardai Mason avec un large sourire et il leva le pouce.

Lily resurgit de derrière le pli de terrain et nous fit précipitamment signe de la rejoindre. Je jaillis de mon buisson pour foncer vers elle. Ma contusion me lancinait, rappel de mon dernier tour en forêt, mais je l'ignorai.

Je faillis dépasser Lily et ne la repérai qu'à la dernière seconde, derrière un tronc d'arbre abattu. Je me laissai choir à côté d'elle. À dix mètres devant nous gisait le gars qu'elle avait touché. C'était probablement lui qui avait tiré sur moi.

— Nous allons tendre une embuscade au médecin, déclara Lily, hors d'haleine. (Elle regardait toujours droit devant elle, mais elle nous montra un gros rocher à plusieurs mètres sur notre gauche.) Abrite-toi derrière ce rocher. Quand ils arriveront, attends qu'ils se rapprochent pour tirer, puis reste au sol. Mason, va derrière ce buisson là-bas. On va leur faire croire que Benson est seul et ne se rend pas compte de ce qu'il fait.

— Ça ne sera pas difficile, plaisantai-je, mais Lily ne réagit pas.

— Va, chuchota-t-elle.

Le blessé appela de nouveau un médecin. Lily m'avait expliqué que les joueurs touchés n'avaient pas le droit de dire autre chose. Il ne pourrait donc pas avertir les autres de notre présence.

J'attendis, adossé au rocher, assez haut pour qu'on puisse me repérer. J'observai la forêt au devant de moi. Il y avait largement de quoi se cacher. Un minuscule ruisseau coulait de l'autre côté du fourré et de hautes broussailles – de plus d'un mètre cinquante par endroits – poussaient sur ses bords.

Le blessé roula sur le dos, puis ôta une pomme de pin qui était sous lui. Je me demandai lequel des gars du Chaos c'était. Il paraissait trop petit pour être Oakland.

J'entendis le tir, le sifflement sec de l'air comprimé, mais je ne vis pas le tireur avant d'avoir senti l'impact d'une balle sur mon épaule. Je reçus un second choc dans les côtes, juste au-dessus de ma contusion. Je poussai un cri étouffé, puis levai les bras en signe de défaite. J'étais mort.

— Médecin ! hurlai-je, une main plaquée sur les côtes.

Ces balles faisaient vraiment mal.

J'entendis des rires en sourdine derrière les hautes herbes, puis deux masques se frayèrent un chemin au milieu d'elles pour aller identifier leur blessé. L'un d'eux fit un geste. L'autre joueur, qui était accroupi, traversa la clairière en courant dans ma direction, visiblement inconscient de la présence de Lily et de Mason. Il se déplaçait prudemment en scrutant les parages, et, au bout d'un instant, il fit signe à son compagnon.

Quelqu'un se précipita vers le blessé. C'était le type qui avait le brassard de médecin. Il venait de le guérir quand Lily et Mason ouvrirent le feu, éclaboussant de peinture le joueur masqué, le médecin et le blessé. Le joueur jura, le médecin hurla quelque chose, arracha son brassard et le jeta à terre. Je vis le dernier masque, qui observait les alentours à travers les herbes, se lever. Une balle s'était écrasée sur ses lunettes de protection. Quatre morts au total.

Je levai le pouce à l'adresse de Lily, qui me rendit la pareille.

Un instant plus tard, la voix d'Isaiah résonnait dans le mégaphone.

— Le médecin de la défense a été abattu. Aucun joueur du Chaos ne peut plus être guéri. Si l'un d'eux est touché, il devra quitter le terrain.

Lily et Mason se préparèrent pour une autre embuscade en prenant de nouvelles positions à côté de moi, puis nous attendîmes notre médecin.

Jane apparut quelques minutes plus tard. Contrairement au médecin du Chaos, elle était seule. À sa vue, je hurlai : « Médecin ! » pour l'aider à me retrouver, et elle s'élança vers moi, rapide et légère. Elle ne ralentit pas, baissa seulement le bras pour effleurer mon épaule du bout des doigts, puis s'éloigna et s'enfonça dans la forêt. Je me relevai et frôlai du dos de la main les taches de peinture fraîche qui émaillaient le buisson.

Même sans voir sa bouche sous le masque, je devinais aux yeux de Lily qu'elle souriait.

— Quand je t'avais demandé d'agir comme si tu ne savais pas ce que tu faisais, je ne pensais pas que tu le prendrais aussi littéralement, commenta-t-elle.

— Je fais tout à fond.

— Parfait, murmura-t-elle. Bon, on continue en remontant le long des rubans.

Mason et moi acquiesçâmes, et elle fila. Je lui laissai quinze mètres d'avance avant de la suivre, encore plus au ras du sol qu'avant.

Lily nous avait décrit notre objectif avant le début du jeu. Rosa serait probablement gardée prisonnière dans un groupe de fortifications, rien d'extraordinaire, juste de petites constructions en bois percées de meurtrières qui permettaient de tirer. Il devait y en avoir cinq ou six quelque part à l'extrémité du terrain. La pente devenait plus raide et nous nous déplacions lentement et avec circonspection. Lily faisait halte dès qu'elle pouvait se mettre à couvert, derrière des buissons, des arbres ou des rochers, puis, quand elle se sentait en sûreté, se ruait vers le prochain abri. Mason et moi la suivions de près.

À hauteur d'un grand affleurement rocheux, elle décida de s'écarter du ruban pour se diriger vers l'intérieur du terrain. Nous devions être tout près des fortifications, ce qui signifiait que nous allions nous retrouver sous peu en danger.

Lily se dissimula derrière un buisson de genièvre pendant ce qui me parut durer dix minutes, bien qu'en réalité ce fût certainement moins long. Elle repartit enfin et gravit la pente. Je l'observai et la laissai prendre de l'avance avant de la suivre. Comme je n'avais aucun camouflage, je ne pouvais pas évoluer aussi lentement qu'elle. Si je quittais l'abri de mon rocher, je serais repéré en l'espace d'un instant.

Une rafale de tirs éclata derrière moi. Je m'accroupis et pivotai sur moi-même, mon arme braquée vers le bruit. Quelqu'un tirait sur Mason, mais je ne voyais ni ce dernier, ni le tireur.

Je jetai un coup d'œil par-dessus le rocher à la recherche de Lily, mais ne la repérai nulle part.

Les tirs cessèrent. Mason n'avait pas appelé de médecin, ce qui était bon signe.

Mes choix étaient limités. Presque toute la pente était couverte d'épais fourrés, dans lesquels n'importe qui pouvait se dissimuler. Faute de savoir où était Mason, je pouvais difficilement aller l'aider.

Soudain, une succession de tirs retentit et des éclaboussures de peinture jaillirent un peu partout dans les arbres et les buissons. Mason hurla : « Touché ! » et se leva. Son masque ruisselait de peinture.

J'inspirai profondément et le regardai quitter le terrain, le pistolet levé. Je n'avais plus personne pour me couvrir et je savais que quelqu'un se dissimulait à proximité dans les broussailles.

Je regardai à nouveau devant moi, sans voir Lily nulle part.

J'attendis cinq minutes, dans l'espoir d'entendre des tirs indiquant que Lily était revenue sur ses pas et avait tué le joueur qui avait abattu Mason, mais en vain.

Le seul signe de vie aux alentours était un arbitre de La Société, qui se tenait à environ quarante mètres de moi. Je jouai un instant avec l'idée de m'enfuir vers le mur, tout en sachant que c'était impossible. Tous les arbitres avaient des sifflets et mon pantalon beige était aussi visible qu'une tache lumineuse dans la pénombre de la forêt.

Faute de m'évader, je pouvais jouer le jeu. Je n'avais aucune envie de rester deux jours sans manger.

La main crispée sur mon pistolet, je me levai d'un bond et me ruai vers les buissons de genièvre derrière lesquels Lily s'était dissimulée. Je m'arrêtai en dérapant derrière un tronc noueux et me tins prêt à l'attaque, mais je n'entendais aucun bruit.

Je chuchotai le nom de Lily. Avec son camouflage presque parfait, elle se trouvait peut-être à quelques mètres de moi. Pas de réponse.

Et merde, pensai-je.

J'attendis encore quelques minutes, à l'affût d'un mouvement ou d'un bruit, sans résultat.

Je n'avais pas encore tiré une seule fois.

Tout en priant pour ne pas saboter à mon insu une tactique de Lily (je supposais qu'elle était toujours en vie, puisque je ne l'avais pas entendue appeler le médecin), je m'accroupis et repartis. Personne ne me tira dessus.

J'avançais lentement, courbé vers le sol et prêt à tirer. Mes chaussures faisaient du bruit dans la boue semée de pierres, même si j'essayais d'éviter les brindilles et les herbes sèches. Je gravis la pente sur laquelle j'avais vu Lily pour la dernière fois, sans découvrir le moindre signe de sa présence, ni empreintes, ni traces de peinture récentes.

Par ici, les arbres étaient plus nombreux, plus petits mais plus resserrés. J'allais d'un tronc à un autre, sur le qui-vive. Il y avait longtemps que je n'avais plus rien vu ni entendu, et je commençais à me demander si le match n'était pas terminé et si je n'avais pas manqué l'appel au mégaphone.

Au bout de quelques minutes, j'arrivai en vue du premier bunker. Je me laissai tomber à terre. Comme je ne pouvais me cacher nulle part, je restai à plat ventre, mon pistolet pointé vers la forteresse en bois. Sa façade était éclaboussée de peinture dans une douzaine de couleurs différentes, sans que je sache si ces taches dataient de ce match ou d'un autre.

Où était Lily ?

Je repris ma position accroupie et me dirigeai vers la cachette la plus proche, une grande souche. Personne ne tira.

Et puis merde, je fonce, pensai-je.

Je m'élançai vers le bunker et m'arrêtai juste devant lui. J'inspirai profondément, puis braquai mon pistolet vers l'intérieur pour y jeter un coup d'œil.

Le bunker était vide.

Je voyais au fond une porte qui donnait sur l'arrière. Au-delà s'étendait une clairière où l'on apercevait le dos d'un autre bunker. Je contournai le bunker, plié en deux, avec de vains efforts pour ne pas faire de bruit.

La clairière était encerclée de cinq bunkers donnant sur l'extérieur. Rosa était assise en tailleur au centre, à environ quinze mètres de moi. Elle avait l'air de s'ennuyer.

Ça ne peut être qu'un piège, pensai-je.

J'observai les quatre autres bunkers, à l'affût de tout mouvement, sans rien repérer. Rosa ne m'avait pas vu. Si je me souvenais bien du règlement, il suffisait que je la touche pour la délivrer. Je devais donc la rejoindre avant d'être abattu.

Si elle ne m'avait pas vu, peut-être que personne n'avait détecté ma présence. Si j'étais rapide, mes adversaires mettraient quelques secondes à réagir. Même s'il s'agissait d'un piège, j'aurais l'avantage pendant quelques secondes.

À quelle vitesse pouvais-je couvrir une quinzaine de mètres ?

Je posai mon pistolet à terre, car je n'en avais plus besoin. Soit je la rejoindrais à temps et gagnerais la partie, soit j'échouerais et serais éliminé d'office.

Je cherchai Lily des yeux une dernière fois, sans la voir nulle part.

Avant même de m'en rendre compte, je me retrouvai debout, en train de courir de toutes mes forces vers Rosa. Je ne voyais pas ses yeux à travers son masque, sur lequel l'éclat du soleil était aveuglant, mais à mon approche, elle protégea son corps de ses bras.

Des tirs jaillirent de tous côtés et je sentis l'impact d'une douzaine de balles à la poitrine, aux bras et à la tête. J'essayai de m'arrêter, trébuchai et m'étalai dans la boue.

— Pas mal, Fisher, commenta une voix familière. Tu croyais vraiment qu'on ne t'avait pas entendu il y a dix minutes ?

Je roulai sur le dos et vis Oakland devant la porte de l'un des bunkers, son pistolet braqué sur moi. D'autres joueurs se tenaient devant deux autres portes, et un autre encore, en tenue de guide, dans les hautes herbes au bord de la clairière. Aucun ne m'était familier

Je me relevai maladroitement, les mains levées, et criai : « Touché ! »

Un autre tir m'atteignit à l'arrière de la tête, où la peinture dégoulina comme du sang. Je pivotai sur moi-même et reconnus Minnie.

« Touché ! » répétai-je.

Une autre balle vint s'écraser dans mon dos, juste au-dessous de ma clavicule. Je me retournai et me trouvai face à Oakland. Où était l'arbitre ?

— Tu te crois fortiche ? lança Oakland, et il tira cinq fois de suite. Si je ne les avais pas esquivées, ces balles m'auraient touché au bas-ventre. J'étais heureux qu'il ne voie pas mon visage, car j'avais du mal à dissimuler ma douleur.

Un instant plus tard, un arbitre de La Société surgit dans la clairière, siffla et vint m'examiner de la tête aux pieds.

— Ils ont mis le paquet, commenta-t-elle, les sourcils froncés devant les taches de peinture dont j'étais couvert. Est-ce qu'ils ont tiré après que tu as dit : « touché » ?

Je regardai Oakland et pensai que je tenais peut-être un moyen de le calmer.

— Non, répondis-je.

L'arbitre observa l'équipe du Chaos d'un air méfiant, puis me regarda.

— Quitte le terrain, ordonna-t-elle, puis elle siffla pour faire redémarrer le jeu.

J'entendis soudain derrière moi le claquement sonore de tirs – deux de suite – puis la voix de Lily.

— Nous avons gagné, déclara-t-elle.

Je me retournai et la vis, la main posée sur le bras de Rosa.

Le masque de Minnie dégoulinait de peinture et Oakland avait été touché au cou.

8.

— Coucou, Benson ! lança Jane, qui venait de nous rattraper, en me poussant de l'épaule. Les gangs se reformaient lentement à mesure que les joueurs arrivaient de la forêt.

— Merci de m'avoir guéri, lui dis-je.

— De rien, répondit-elle. (Elle recula, examina mon pantalon beige tacheté de peinture rouge et bleue et sourit.) Regarde ce que tu as fait, après tout le mal que je me suis donné !

Je réprimai un sourire.

— Je me suis conduit en héros, déclarai-je.

Jane regarda Lily et Mason.

— Ne me regarde pas comme ça, dit Mason en levant les mains, je n'étais pas là quand c'est arrivé.

Lily, les yeux baissés vers le sol, sourit.

— Ça a chauffé, commenta-t-elle.

Jane rit et me bouscula de nouveau.

— Je t'avais dit qu'on rigolait bien ici, fit-elle.

— Tu parles, approuvai-je, puis je regardai Lily.

Je me demandais si, elle aussi, elle avait joué pour rigoler. À sa manière d'agir sur le terrain, j'aurais plutôt cru que c'était une question de vie ou de mort.

Curtis et Carrie nous rejoignirent un instant plus tard, main dans la main. Quelques minutes plus tard, les V réunis presque au complet plaisantaient et exultaient. Lily expliqua sa tactique et chacun raconta sa version des événements. Nous devions être ensemble depuis peut-être dix minutes lorsque je me rendis compte que je m'amusais bel et bien. J'avais l'impression d'être avec des amis, et je me sentais heureux et détendu.

Jane me parla de la soirée qui nous attendait. C'était la récompense la plus courante pour une victoire au paintball. Le collège nous livrait notre dîner par l'un des monte-charge et c'était toujours quelque chose de sensationnel. Si ce que le Chaos préparait à la cafétéria était toujours bon, le menu de ces soirées ressemblait plutôt à celui d'un cinq étoiles. On nous envoyait même le genre de petits plaisirs introuvables à la cafétéria : des sodas, des sucreries, des gâteaux, des brownies et toutes sortes de snacks. Ces soirées se terminaient généralement tard, et à ces occasions, le collège dérogeait à certaines règles, comme le couvre-feu et le port de l'uniforme. Ça me paraissait fantastique.

Nous sortîmes de la forêt et avançâmes sur l'herbe qui poussait autour de la piste. Mes jambes étaient endolories. Je sentais encore la marque de chaque balle et je savais que ce serait pire demain, mais je n'en tenais aucun compte : j'étais trop heureux.

— Alors, Benson ? demanda Jane assez fort pour que tout le monde l'entende. Lily nous a donné sa version sur le déroulement du match. Et toi, qu'en dis-tu ?

— C'était *Il faut sauver le soldat Ryan*, répondis-je. Le massacre d'Omaha Beach.

Quand nos yeux se rencontrèrent, elle m'adressa un sourire malicieux, mais les autres me regardèrent en silence. Nous arrivions juste à cet instant dans le jardin de sculptures qui était au bord de la piste. Je me perchai d'un bond sur une souche sculptée.

— Avez-vous vu la fin du film *Butch Cassidy et le Kid* ? demandai-je en me tournant vers les V, prêt à leur raconter mes démêlés au paintball.

À l'expression de leurs visages, je compris aussitôt que quelque chose n'allait pas. Leur sourire avait disparu et leur regard était sombre. Jane retenait son souffle et Lily se mordait la lèvre. Mason fendit la foule et m'empoigna par le bras pour me faire descendre de la souche.

— Qu'est-ce qu'il y a ? demandai-je.

Sans répondre, il me montra ce qui était gravé sur le bois.

« Heather Lyon, lus-je. Morte au combat. Elle nous manquera. »

Sur un côté de la souche qui était plus bas et moins bien sculpté, quelqu'un avait griffonné un : « Je t'aime ».

Je dévisageai Mason, trop choqué pour dire quoi que ce soit, puis examinai un autre exemplaire de ce que j'avais pris pour de simples sculptures, une pile de pierres de la taille de balles de basket. La pierre posée au sommet était plate et on avait peint dessus les mots suivants :

« Jeff "L.A." Holmes

Été 09 »

Curtis posa la main sur mon épaule.

— C'est notre cimetière, expliqua-t-il. Je suis désolé. Nous aurions dû te prévenir.

— Qu'est-ce que tu veux dire ? demandai-je en regardant fébrilement une tombe après l'autre. Comment tous ces gens sont-ils morts ?

— Je t'avais prévenu, intervint Mason. Ce collège est dangereux.

Curtis acquiesça. Il me suivait tandis que j'allais d'un tronc d'arbre abattu à une petite plaque en bois, puis une grande pierre lisse. On avait déposé sur cette dernière des fleurs fraîches qui avaient probablement été cueillies deux ou trois jours auparavant. Je lus le nom gravé sur la pierre, celui d'un gars qui avait mon âge.

— Avant, c'était pire, reprit Curtis. Avant l'accord, je veux dire.

— Qu'est-ce que c'était que cette guerre ? demandai-je.

— Ça remonte à l'époque où les gangs se formaient. Les choses ont plutôt mal tourné.

Je les regardai fixement, lui et les autres V. Je vis des larmes sur les joues de certains. Jane s'était détournée. J'étais oppressé et je sentais mes poings se serrer convulsivement, comme s'ils avaient une volonté propre. Ces gens n'avaient pas été tués par les autorités du collège, mais par d'autres élèves. J'avais vu au moins une douzaine de tombes.

— Viens, dit Curtis, rentrons.

Malgré l'insistance de Mason, je refusai de me rendre à l'infirmerie. Quand j'enlevai ma chemise dans ma chambre, je remarquai que les ecchymoses résultant de ma tentative d'évasion ratée s'étaient étendues sur ma poitrine, dans mon dos, et, dans une moindre mesure, sur mes bras. J'avais deux bosses à l'arrière du crâne et la peau de ma cheville était fendue.

Après avoir pris une douche, je passai la soirée dans ma chambre. Je n'avais envie de parler à personne, et encore moins d'assister à cette soirée. En revenant du match, j'avais eu l'impression de m'intégrer parmi les V, ce qui m'avait paru bon signe. J'avais pensé que même si ce collège était aberrant, peut-être valait-il mieux pour moi que n'importe quelle autre solution. La nourriture était bonne, ces parties de paintball marrantes et je me faisais des amis, de vrais amis. Mais tout avait changé depuis que j'avais découvert le cimetière. Je ne voulais plus d'amis, ni de bonne bouffe. Je ne voulais plus qu'une chose : foutre le camp d'ici.

Curtis passa nous voir à la tombée de la nuit et tenta de me convaincre d'assister à la soirée, mais je lui dis que j'étais trop courbaturé et trop crevé après ma nuit à la belle étoile. C'était une excuse minable, car il en avait vu de pires et il n'avait pas plus dormi que moi. Je suppose qu'il avait deviné pourquoi je ne voulais pas assister à cette soirée, mais il fit semblant de me croire.

— Tu peux prendre de l'Ibuprofen à l'infirmerie, dit-il.

— Non, je n'ai pas envie de me coltiner un crétin de La Société, répondis-je.

— Tu aimeras sûrement bien la fille qui travaille là-bas, dit-il. Elle est blonde et très mignonne.

J'étais allongé sur le dos sans pouvoir trouver de position confortable.

— Laura aussi est blonde et mignonne, et elle a voulu me faire arrêter, rétorquai-je.

— C'est Laura, mais cette fille-là est sympa. Elle s'appelle Anna.

— Non merci.

Mason m'avait parlé de l'infirmerie. Je savais que Dylan travaillait là-bas. Je n'avais aucune envie de le revoir, et encore moins de lui demander de l'aide.

Curtis hocha la tête, puis se pencha pour examiner une petite photo du pont de Brooklyn que Mason avait accrochée au-dessus de son bureau.

— Tant pis pour toi, déclara-t-il. Il y a plein de filles mignonnes ici.

Je poussai un soupir, les yeux levés vers le lit supérieur.

— Je sais, répondis-je.

Je roulai sur le côté, mais mon flanc était aussi endolori que mon dos. Curtis était toujours là, comme s'il attendait quelque chose.

— Je dois quand même accorder un bon point à Maxfield pour le port de l'uniforme, repris-je. Chez moi, les filles ne portaient jamais de jupe.

Curtis éclata de rire.

— Tu ne penses à personne en disant ça ? demanda-t-il.

Je secouai la tête, et ce simple geste provoqua des élancements de douleur dans ma nuque.

— Je crois que Jane t'aime bien, me taquina-t-il. Ce sont les V qui ont les plus belles filles : Jane, Gabby, Rosa, Lily... et Carrie, bien sûr, mais elle est déjà prise.

— Je ne veux pas sortir avec une fille, mais foutre le camp d'ici, répondis-je, les yeux fermés.

— Comme tu voudras.

J'entendis ses pas résonner sur le parquet alors qu'il sortait de la chambre.

Tout cela me paraissait incroyablement absurde et artificiel : ici, les élèves vivaient en vase clos et paraissaient persuadés que tout allait bien. Ils sortaient ensemble. Ils travaillaient. Lily m'avait dit qu'elle étudiait de nouvelles tactiques de paintball pendant ses heures de loisir. En ce moment même, les V faisaient la fête parce qu'ils avaient remporté la victoire à un match. Au cours de ces trois derniers jours, j'avais été enlevé, j'avais perdu deux combats, j'étais tombé d'un arbre au cours d'une tentative d'évasion et on m'avait tiré dessus. Et cet après-midi, au cimetière, j'avais compris que mes ennuis ne faisaient que commencer.

Quand Mason revint de la douche, un instant plus tard, j'étais allongé, les yeux fermés. J'avais envie de pleurer, mais je ne voulais pas que les caméras de surveillance le voient.

— C'est quoi, ton équipe préférée ? demandai-je à Mason, car j'avais besoin de parler d'autre chose. (J'ouvris un œil.) Ton équipe de sport, je veux dire.

Mason parut déconcerté.

— Je n'ai pas d'équipe préférée, répondit-il. Enfin, plus maintenant, bien sûr. (Il fouilla dans son armoire à la recherche de vêtements.) Maintenant, je joue au paintball.

Je regardais fixement le lit supérieur.

— Qu'est-ce que tu aimais comme sport, avant d'atterrir ici ? demandai-je.

— Je jouais un peu au baseball.

— Ce sont les Devil Rays qui ont remporté la victoire l'an dernier. Tu viens d'où, au fait ?

Il tapota la photo accrochée au-dessus de son bureau.

— De New York, répondit-il. Je l'ai arrachée à un manuel il y a quelques mois. Ne me dénonce pas.

— Les Yankees vont faire une bonne saison, les Mets aussi, mais pas les Knicks : ils ne font pas le poids.

Mason passa un polo. Il s'habillait pour la soirée.

— Je me souviens à peine des équipes. Ça fait trop longtemps, je crois, dit-il.

Je roulai sur le côté. J'ai besoin d'un médicament, pensai-je.

— Moi, je ne resterai pas assez longtemps ici pour oublier quoi que ce soit, affirmai-je, plus pour moi-même que pour lui.

J'essayai de dormir, mais le sommeil ne venait pas. J'avais trop mal pour me détendre et je ne cessais de passer en revue ma tentative d'évasion, de réfléchir à un autre moyen de franchir le mur. Je pouvais fabriquer une corde. Avec des draps, ça ne devrait pas être trop difficile. Je comprenais pour la première fois l'origine de ce cliché : les draps étaient de loin le plus simple substitut à une corde que je pouvais imaginer. Mais à quoi cela me mènerait-il ? Le mur de brique trop lisse n'offrait pas la moindre prise pour un grappin, même si je pouvais en fabriquer un.

Je pourrais peut-être abattre un arbre, l'adosser au mur et y grimper comme à une échelle. Ce serait plus facile de s'y prendre à plusieurs, mais personne ici ne semblait prêt à sauter le pas pour une évasion, même parmi les V.

Peut-être pourrais-je creuser un passage sous le mur. Je trouverais sûrement des pelles dans les hangars, mais il faudrait convaincre Le Chaos de me laisser entrer dans l'un d'eux, ou m'y introduire par effraction.

Je me levai, car il était inutile d'essayer de dormir plus longtemps, et m'approchai de la fenêtre pour consulter ma montre dans le pâle clair de lune. Il était trois heures passées.

Il y avait juste assez de brume pour brouiller les contours des arbres et des collines. J'aurais donné gros pour que ce soit de la fumée : qui dit fumée dit feu, et qui dit feu dit présence humaine. J'avais cru apercevoir de la fumée du sommet de l'arbre : peut-être y avait-il bel et bien quelqu'un là-bas, de l'autre côté du mur.

Mais cette nuit, il était impossible d'en être sûr. Peut-être n'y avait-il rien, sauf l'obscurité et la vitre sale d'une fenêtre.

Mason, profondément endormi, ronflait trop fort pour se réveiller et remarquer ainsi que je veillais. Il était rentré une heure auparavant. J'avais entendu les bavardages joyeux des V rentrant au dortoir, mais depuis une demi-heure, tout était calme.

Je regardai à l'intérieur des armoires pour voir si on nous avait livré quoi que ce soit, mais rien n'avait changé. Mon pantalon éclaboussé de peinture était encore par terre et mes chemises froissées pendues à des cintres.

Je passai le doigt au fond de l'armoire pour chercher où finissait le mur et où commençait le monte-charge. Je repérai un minuscule interstice et crus sentir un léger courant d'air, mais peut-être était-ce un tour de mon imagination.

Il y avait quelque chose que je n'avais pas encore tenté : sortir du dortoir de nuit. Rien dans le règlement ne l'interdisait, mais je me demandais si la porte s'ouvrirait. Comme toutes les autres, elle était équipée d'un détecteur et d'un pêne dormant.

La porte de ma chambre doit être déverrouillée, raisonnai-je, au cas où nous aurions besoin d'aller aux toilettes, par exemple.

En effet, la poignée tourna sans difficulté sous ma main et l'air plus frais du couloir s'insinua dans la chambre pendant que je jetais un coup d'œil au-dehors. La seule lumière que je voyais, à part celle de la fenêtre au bout du couloir, était l'étroit rai lumineux au bas de la porte de la salle de bains.

Je sortis de ma chambre. Je ne portais qu'un short et un T-shirt. Le parquet était froid comme la glace sous mes pieds nus, mais j'avançais prudemment et sans bruit. Les planches ne grinçaient pas sous mon poids.

Les seuls bruits audibles étaient le sifflement d'un radiateur et, de temps en temps, un ronflement assez fort pour être perceptible à distance.

Je m'arrêtai à l'embranchement des deux couloirs de La Société et du Chaos et tendis l'oreille, au cas où d'autres élèves auraient été éveillés, mais n'entendis rien. Dans la pénombre, je distinguais à peine ce qui pendait en désordre du plafond dans le couloir du Chaos.

Je ne devrais pas me balader dehors tout seul. Cette pensée me poursuivait, mais je la repoussai. Les autres gangs ne me portaient pas dans leur cœur, mais tout le monde dormait.

J'entendis un léger déclic dans le couloir de La Société. Je ne voyais pas de lumière au bas des portes.

Je repartis dans le couloir et passai devant plusieurs douzaines de chambres vides. Leurs portes étaient fermées, mais non verrouillées. J'entrai dans une chambre et m'approchai de la fenêtre pour regarder au-dehors. Elle donnait sur la façade du collège. L'étroite route qui traversait la forêt paraissait noire. Je ne voyais pas la lune, mais les étoiles brillaient du même éclat que la nuit dernière.

Non qu'un magnifique ciel étoilé puisse compenser quoi que ce soit, pensai-je.

Je m'éloignai de la fenêtre et regagnai le couloir.

C'était bon de se balader la nuit. C'était ce que je faisais autrefois quand j'avais envie de m'échapper : sortir, marcher dans les rues, seul. J'aurais aimé sortir tout de suite, mais je ne pouvais même pas ouvrir une fenêtre.

J'étais presque parvenu à la porte du dortoir quand j'entendis le bourdonnement et le déclic familiers, mais plus fort que d'habitude et venant de toutes les portes en même temps. Je saisis la poignée la plus proche. La porte était verrouillée.

Des voix s'élevaient à l'autre bout du couloir, des voix coléreuses qui tentaient vainement de se calmer.

Je traversai en courant les derniers mètres qui me séparaient de la sortie, mais la porte resta hermétiquement close. J'étais pris au piège : toutes les issues étaient verrouillées. Sauf...

La porte de la chambre que je venais de quitter était encore ouverte, car je ne l'avais pas refermée en sortant. Je me précipitai vers elle sans que mes pieds nus fassent le moindre bruit sur le sol. Je me glissai à l'intérieur et refermai presque complètement la porte, en la laissant entrebâillée de quelques millimètres pour ne pas m'enfermer, puis tendis l'oreille.

— Sors, on sait que tu es là ! lança une voix enjouée.

J'étais pourtant loin, mais on avait dû m'entendre. Oakland voulait se venger de moi et savait que j'étais seul.

J'entendais à présent d'autres voix, des appels étouffés. Des gens frappaient du poing les murs de leurs chambres. Oakland ne pouvait pas fermer toutes ces portes à lui seul. Personne ne le pouvait.

Personne, sauf la direction.

Les voix ne se rapprochaient pas. J'entrouvris un peu plus la porte et jetai un coup d'œil au-dehors.

J'aperçus des silhouettes sombres à l'embranchement des couloirs.

— Petit cochon, petit cochon, ouvre-moi... chantonnait la voix.

Je connaissais cette voix. Je l'avais déjà entendue. Etait-ce celle de Tire-au-flanc, ou celle d'Oakland ?

Les ombres venaient du couloir de La Société et se dirigeaient vers le dortoir du Chaos.

— Ouvre, Noisette ! ordonna la voix, qui était celle de Dylan.

La Société traquait Le Chaos au beau milieu de la nuit, et la direction avait verrouillé toutes les portes.

J'avais envie de me rapprocher pour voir ce qui se passait, mais je n'osais pas.

Le martèlement rappelait maintenant un tremblement de terre : les membres du Chaos essayaient de sortir de leurs chambres.

— Wallace Jackson ! lança une autre voix – c'était Isaiah, qui parlait fort et sans la moindre trace d'émotion. Tu as enfreint le règlement et nous sommes venus t'arrêter sur l'ordre de la direction.

Quelqu'un – probablement Noisette derrière sa porte – hurla quelque chose que je ne compris pas.

— Nous ne faisons que remplir notre contrat, poursuivit Isaiah. Tu connaissais le règlement, tu connaissais les conséquences d'une infraction et tu as décidé de désobéir. Nous n'avons rien contre toi personnellement.

— Tu parles ! gloussa Dylan, plein d'une joie mauvaise. Ça ne me fait vraiment pas plaisir de te punir...

Une douzaine d'élèves riaient, enchantés de ce qui attendait Noisette.

On entendit des hurlements étouffés. Maintenant, je comprenais à peine les paroles d'Isaiah par-dessus le vacarme.

Les doigts frémissants de peur, j'examinai la porte derrière laquelle je me dissimulais. Elle était en bois massif, avec des verrous d'acier et de grands gonds en cuivre. Ces portes étaient comme les barreaux d'une prison, faites pour confiner les gens dans leurs chambres. Noisette était seul, et probablement le seul dont la porte ne fût pas verrouillée.

J'aurais voulu me ruer sur les membres de La Société, frapper du poing la bouche hilare de Dylan et fracasser la tête d'Isaiah contre le mur. Nous étions tous prisonniers ici : pourquoi ne pouvaient-ils le comprendre ?

Maintenant, il était impossible de deviner ce qui se passait. Il y avait trop de bruit, trop de cris, trop de coups contre les portes. J'écoutais et je regardais, mais sans rien voir.

Soudain, j'entendis un craquement et la voix de Noisette s'éleva, haute et rageuse. Il jurait et hurlait. Quelqu'un d'autre – probablement son compagnon de chambre – criait comme lui, mais ils étaient seuls face à la douzaine d'ombres que j'avais entrevues dans le couloir. La Société comptait plus de trente membres et j'étais prêt à parier que tous étaient là pour maîtriser Noisette.

La sueur ruisselait sur mon visage malgré le froid. Je ne pouvais rien faire pour Noisette. Les autres étaient trop nombreux.

Un instant plus tard, une nouvelle ombre surgit du couloir du Chaos et je me repliai dans la chambre vide. Je repoussai la porte en la laissant légèrement entrebâillée pour observer le couloir.

La Société passa devant moi en triomphe, avec des rires joyeux. Isaiah venait en tête, calme mais visiblement fier. Ils traînaient Noisette qui hurlait. Pieds et poings liés, il était torse nu.

— Qu'est-ce que j'ai fait ? hurlait-il frénétiquement. Qu'est-ce que j'ai fait ?

J'avais envie de me ruer hors de la chambre. Je pouvais toujours en retenir quelques-uns.

Non, me dis-je. Ça ne suffirait pas.

Ils disparurent, puis j'entendis le bourdonnement et le déclic de la porte qui s'ouvrait. La lumière de l'extérieur se répandit dans le couloir tandis que la meute sortait du dortoir. Leurs rires s'interrompirent un instant. Noisette poussait des grognements.

Isaiah dit quelque chose que je n'entendis pas. Je rouvris la porte de la chambre juste assez pour jeter un coup d'œil. Laura était là, visiblement pour attendre leur retour.

Isaiah ajouta autre chose, mais ses paroles furent noyées sous les lamentations du prisonnier.

— Elle est en bas, déclara Laura, que j'entendais entre les cris de Noisette.

Les derniers à sortir laissèrent la lourde porte en bois se refermer et l'obscurité m'enveloppa de nouveau.

J'inspirai profondément et me rendis compte seulement à cet instant que j'avais retenu ma respiration. J'entendais encore les coups et les cris désespérés du Chaos dans le couloir, mais La Société était partie. Je me levai, les jambes tremblantes, et sortis de la chambre d'une démarche titubante.

Une partie de moi-même aurait voulu suivre La Société dehors pour savoir ce que signifiait une arrestation et ce qui attendait Noisette. Je me demandais également qui était cette « elle » mentionnée par Laura : avait-on arrêté quelqu'un d'autre ?

Pourtant, je ne sortis pas. Depuis mon arrivée, j'avais été trop insolent, trop sûr qu'il n'arriverait rien de grave, sauf quelques bagarres à mains nues et un paquet d'engueulades. Mais pour moi, tout avait changé cet après-midi, avec la découverte du cimetière, et l'arrestation de Noisette était la goutte qui faisait déborder le vase : La Société emmenait quelqu'un de force en riant.

J'ignorais ce que j'étais censé ressentir à cet instant. Je voulais plus que jamais m'évader, mais j'avais l'impression que c'était impossible. Quand j'étais tombé de l'arbre, ce n'avait pas été une mince affaire de dissuader Laura et Dylan de me punir, et j'avais eu de la chance de recevoir le soutien des V. Je n'aurais pas toujours une telle chance.

À l'idée de devenir la cible de La Société, je sentais mon cœur battre avec violence. Je ne voulais pas finir comme Noisette.

Alors que mon affolement s'apaisait, je me rappelai qu'il avait un compagnon de chambre. Je traversai rapidement le couloir et entrai sur le territoire du Chaos. Les portes des chambres étaient encore verrouillées, mais on n'entendait plus de bruit. Ils avaient dû comprendre que ça ne servait à rien.

La porte de Noisette était ouverte et un peu de lumière gris pâle filtrait de la fenêtre. J'entrai dans la chambre.

Un corps gisait près de l'un des murs.

Je m'approchai de lui. C'était l'un des gamins les plus gras. Son crâne était rasé et couvert de tatouages aux lignes brisées. Je ne le connaissais pas. Je savais seulement qu'il était dans ma classe et je croyais me souvenir qu'il portait un surnom du genre Purée quelque chose, Purée de patates ou Presse-purée.

Il respirait. J'entendais sa respiration rauque et courte. Ses mains et ses pieds étaient liés.

— Ça va ? demandai-je.

Il tressaillit et ouvrit un œil.

— Qui c'est ? glapit-il.

— Benson. Tous les autres sont enfermés.

— Et pourquoi pas toi ? demanda-t-il sur un ton agressif.

— Je n'étais pas dans ma chambre quand ils ont verrouillé les portes.

— Enlève-moi ces saletés de menottes. Y a un couteau sur le bureau.

Il ne me fallut qu'un instant pour le retrouver dans le fouillis amoncelé sur la table. C'était un petit couteau à viande qui venait probablement des cuisines. Peut-être était-ce la raison pour laquelle Le Chaos voulait le contrat pour la cantine. Je m'agenouillai derrière Purée et sciai rapidement les fils en plastique.

Il jura et se frotta les poignets.

— Pourquoi l'ont-ils emmené ? demandai-je.

— À ton avis ? riposta-t-il. Parce que la direction le leur a ordonné, qu'est-ce que tu crois ?

— Tu sais quelle règle il a enfreinte ?

Purée se leva et je vis alors qu'il saignait un peu au-dessus de l'œil droit.

— Pourquoi je devrais te répondre, d'abord ? lança-t-il. Tu es un V.

Il passa devant moi, sortit dans le couloir où je le suivis, et se dirigea vers la porte toujours verrouillée de la chambre d'Oakland. Il boitait, mais faisait de son mieux pour le dissimuler.

— Hé ! cria-t-il.

On lui répondit de la chambre, mais je ne compris pas quoi.

— Ils l'ont eu, annonça Purée. Il est parti, mon pote.

J'étais démoralisé. Je me sentais faible, fait comme un rat et parfaitement impuissant.

Je regagnai ma chambre. Comme la porte était encore verrouillée, je m'assis par terre dans le couloir, dos au mur. J'avais le vertige. Environ une heure plus tard, les gars de La Société revinrent, mais ils ne me virent pas et je ne dis rien.

Si les V n'étaient pas venus à mon secours, j'aurais pu me retrouver à la place de celui qu'ils avaient emmené.

Je fermai les yeux et appuyai la tête contre le mur, sans parvenir à trouver le sommeil.

Les portes restèrent longtemps verrouillées. L'écran du couloir s'alluma peu après l'aube pour nous informer que les cours commençaient à dix heures.

Je commençais à somnoler quand j'entendis le bourdonnement et le déclic des portes. Je me relevai aussi vite que me le permettaient mes courbatures, ouvris la porte de ma chambre et me retrouvai face à Mason.

— Où étais-tu ? demanda-t-il, les yeux agrandis et injectés de sang.

— Dans le couloir, répondis-je.

Je passai devant lui et commençai à m'habiller. Je voulais sortir du dortoir en vitesse.

— J'ai cru qu'ils t'avaient embarqué ou quelque chose de ce genre. Je suis resté debout le reste de la nuit.

— Non, c'est Noisette qu'ils ont embarqué, répondis-je.

Mason sortit de la chambre. J'entendis plusieurs personnes parler dans le couloir : chacun pouvait enfin sortir de sa cellule de prisonnier et voulait savoir ce qui était arrivé. Mason revint alors que je laçais mes chaussures.

— Tu étais dehors quand c'est arrivé ? demanda-t-il.

— Ouais.

— Mais ils ne t'ont pas vu ?

Avant que je n'aie eu le temps de répondre, l'écran du couloir émit un signal sonore et nous nous précipitâmes hors de la chambre. Quand nous arrivâmes, les autres V étaient déjà rassemblés devant le téléviseur.

Le Tueur regardait droit devant lui comme s'il observait quelque chose qui se tenait derrière la caméra. Sa mâchoire était rigide, ses yeux gris et froids.

L'un des V, un certain Hector, me saisit par le bras.

— Mason m'a dit que tu étais là quand c'est arrivé, fit-il.

Je hochai la tête, les yeux rivés sur l'écran.

— C'était Noisette, répondis-je.

— Ils l'ont arrêté ?

Le Tueur regardait devant lui et j'avais l'impression qu'il plongeait ses yeux dans les miens.

— Wallace Jackson et Maria Nobles ont été arrêtés cette nuit, annonça-t-il d'une voix calme.

Un V étouffa une exclamation et un autre jura. J'entendis des cris rageurs et des insultes s'élever dans le couloir.

— Qui est Maria ? demandai-je à Mason à voix basse.

— C'est Roudoudou, répondit-il.

Roudoudou. J'avais déjà entendu ce surnom, sans pouvoir l'associer à un visage.

Le Tueur se pencha un peu en avant et je crus voir ses yeux s'assombrir.

— J'aimerais que les choses soient claires, dit-il. Ce n'est pas nous qui décidons d'arrêter les élèves, mais vous seuls. À vous de faire le bon choix.

— Débranchez-le ! lança Curtis, et il s'éloigna dans le couloir en secouant la tête.

— Les autres punitions de la journée seront annoncées en cours, poursuivit Le Tueur. Et ceci s'adresse au Chaos : ne vous imaginez pas que ce qui est arrivé cette nuit change quoi que ce soit à votre punition pour avoir perdu le match de la veille.

Je repartis vers la sortie. Alors que je passais devant le couloir de La Société, je vis que toutes les portes de leurs chambres étaient encore fermées. Le Chaos mijotait-il quelque chose ? La Société lui était supérieure en nombre, elle représentait presque le double, mais Le Chaos serait déchaîné. Et ils avaient des couteaux.

Les couloirs étaient vides et froids. Il me semblait qu'il y faisait toujours froid. Je crois que seuls les dortoirs et les salles de cours étaient chauffés.

Je descendis l'escalier quatre à quatre et arrivai devant le bureau de Becky en moins d'une minute. Comme personne n'était là, je sonnai et attendis.

Trois minutes plus tard, Becky arrivait à la hâte, les cheveux encore mouillés et une serviette autour du cou. Sans sa coiffure années trente et son maquillage impeccables, elle paraissait normale. Pourtant, elle souriait joyeusement malgré tout ce qui était arrivé cette nuit, ce qui était à coup sûr tout sauf normal.

— Salut, Bense ! Que se passe-t-il ? demanda-t-elle.

— Je me demandais juste si je pouvais parler un instant avec toi, répondis-je.

— Bien sûr, pas de problème. (Elle s'approcha de la porte, qui se déverrouilla dans un bourdonnement, tourna la poignée et l'ouvrit.) Entre. Que puis-je faire pour toi ?

— Que s'est-il passé la nuit dernière ?

Elle ne se retourna pas, se dirigea vers son bureau et remua des papiers posés dessus en désordre.

— Que veux-tu dire ? demanda-t-elle.

Je levai les yeux au ciel.

— Tu sais très bien de quoi je parle : de ce qui est arrivé à Wallace et à Maria, répondis-je.

— Pourquoi ne t'assieds-tu pas ?

— Je ne veux pas m'asseoir. Je n'ai pas fermé l'œil de la nuit, j'ai des courbatures depuis le match et j'ai vu traîner sur le dos un type qu'on arrêtait.

Becky se tourna vers moi, puis se reprit avant que nos regards ne se soient rencontrés. Elle tripotait la manche de sa chemise et détournait les yeux.

— Je n'en sais pas plus que toi, répondit-elle simplement.

— Arrête : tu as le contrat pour ce job.

— Non, déclara-t-elle, et elle me jeta un bref regard.

Elle s'assit sur le canapé et croisa les jambes. Elle portait des tongs au lieu des chaussures et chaussettes de rigueur.

— Je veux dire que La Société a le contrat, repris-je, adossé au classeur de rangement du mur opposé.

— Je ne suis pas chargée de la sécurité, je te le jure, fit-elle en me regardant enfin dans les yeux. J'ai un arrangement avec Isaiah : je m'occupe seulement de l'orientation.

— Dylan a bien deux jobs, à l'infirmerie et à la sécurité.

Elle baissa de nouveau les yeux sur sa manche.

— Je ne suis pas Dylan, dit-elle.

Je me frottai les yeux. J'étais épuisé et je n'avais pas l'énergie de discuter avec Becky.

— Mais les autres t'en parlent, non ? demandai-je. Tu as bien dû apprendre ce qui s'est passé.

— On a reçu un message par ordinateur hier soir, répondit-elle. (Elle avait détourné les yeux de sa manche et elle ôtait maintenant une miette invisible de sa jupe.) Il nous indiquait à quelle heure nous devions emmener les deux élèves.

— Quelle règle ont-ils enfreinte ?

— Ce n'était pas précisé.

— Quoi ? (Je m'écartai brusquement du mur, mais comme la pièce était exigüe et la porte verrouillée, je m'immobilisai, les bras croisés.) Ce message vous disait juste de les arrêter sans même leur poser de question ?

— C'est comme ça que ça fonctionne.

Je me souvins des hurlements de joie des membres de La Société qui traînaient Noisette dans le couloir. Ils ne savaient même pas quelle règle il avait enfreinte. Évidemment, ce n'était pas difficile à deviner : il n'y en avait pas trente-six dont l'infraction vous faisait arrêter. Pourtant, que La Société prenne tant de plaisir à son boulot sans même savoir quelles règles elle faisait respecter me rendait malade.

Je m'affaissai sur le canapé à côté de Becky.

— C'est ridicule, commentai-je.

— Ça ne me plaît pas d'avoir ce contrat, dit-elle.

Nous restâmes silencieux pendant quelques secondes Becky ne feignait plus de nettoyer sa jupe et je me contentais de regarder le mur.

— Je suppose que tu n'as pas d'Ibuprofen ici ? repris-je. Je n'ai pas envie d'aller à l'infirmerie.

Elle me jeta un retard mi-amusé, mi-désapprobateur.

— Non, répondit-elle. Tu seras obligé d'aller voir Anna ou Dylan.

Je portai la main à la contusion sur mes côtes.

— Dylan est vraiment censé guérir les malades et les blessés ? demandai-je.

Becky parut mal à l'aise.

— Si tu veux, je peux vérifier quand Anna est de service, proposa-t-elle. Tu pourrais aller à l'infirmerie à ces heures-là.

— Ouais, d'accord.

Elle tendit la main vers son bureau et saisit son ordinateur portable.

— Faut que je foute le camp d'ici, déclarai-je en regardant droit devant moi. Ce collège est une maison de fous.

Le sourire de guide de voyage de Becky réapparut et elle inclina la tête de côté.

— Tu ne penses pas vraiment ce que tu dis, fit-elle.

— Je le pense très sérieusement. Tout est délirant, ici. Ce collège est dirigé par des racailles comme Laura, et j'en passe.

Becky croisa les bras.

— Laura est ma compagne de chambre, dit-elle.

— Elle a voulu me faire arrêter.

— Parce que tu as essayé de t'évader, répondit-elle sèchement, puis elle leva les yeux vers les caméras, l'air gêné.

— Regarde-toi, repris-je en élevant la voix. Tu as peur de gens que tu n'as jamais vus de ta vie. Crois-tu que ce collège pourrait fonctionner sans notre consentement ? Que se serait-il passé si vous, les gens de La Société, aviez tout simplement refusé d'emmener Wallace et Maria ?

Becky ouvrit la bouche pour répondre, mais je poursuivis sur ma lancée :

— Et si nous essayions de nous enfuir tous ensemble, à soixante-quatorze ? On n'a qu'à fabriquer des échelles et foutre le camp. Personne ne nous retient prisonniers ici, sauf nous-mêmes.

Becky alla s'asseoir derrière son bureau.

— Ce n'est pas si simple, déclara-t-elle.

— Si, ça l'est. C'est aussi simple que ça. Peut-être que la seule personne qui se trouve de l'autre côté de ces caméras est cette bonne femme qui m'a déposé ici. Ce n'est peut-être qu'une richarde qui s'amuse toute seule à nous détraquer la cervelle.

— Non, fit Becky d'une voix ferme, puis elle me dévisagea longuement.

J'ignorais à quoi elle pensait, mais son regard me transperçait et je ne lisais pas la moindre émotion sur son visage.

— Qu'est-ce que c'est, alors ? insistai-je. Qu'est-ce qui nous empêche de partir ?

Une larme apparut dans l'œil de Becky, mais ne coula pas. Quand elle reprit la parole, sa voix n'était plus qu'un murmure et elle détournait le visage des caméras.

— Je ne sais pas, mais quelque chose nous en empêche, répondit-elle. Au printemps dernier, quatre élèves de La

Société ont essayé de s'enfuir. Ils travaillaient ensemble à la sécurité. Ils n'ont pas réussi à s'évader.

— Qu'est-ce qui les en a empêchés ?

Elle s'essuya l'œil avec son pouce, puis se détourna.

— Je t'emmène à l'infirmerie, dit-elle finalement, et elle tapota de l'ongle l'écran de son ordinateur. D'après le planning, c'est Anna qui est de service.

Elle se leva et alla ouvrir la porte. Elle était bien de La Société : quand la logique et la raison entraient en conflit avec l'obéissance, elle se contentait de les ignorer.

Je la suivis dans le couloir. Elle passa devant l'escalier du rez-de-chaussée sans lui accorder un regard, alors que j'avais cru qu'il menait à l'infirmerie.

— Je crois que tu aimeras bien Anna, dit-elle. Elle vient de Pennsylvanie comme toi. Peut-être avez-vous des amis en commun ?

Ouais, bien sûr : c'est tout petit, la Pennsylvanie, pensai-je.

Elle tourna à un angle et ouvrit une petite porte donnant sur une volée de marches usées et étroites. Elle me tint la porte, puis la laissa se refermer derrière elle. Dès qu'elle se fut refermée, elle posa la main sur mon bras.

— Il n'y a pas de caméras ici, chuchota-t-elle.

J'attendis qu'elle poursuive, car elle voulait visiblement me dire quelque chose, mais elle avait l'air effrayée.

— Qu'est-ce qu'il y a ? demandai-je.

— Je... je préférerais que tu arrêtes, répondit-elle. Je ne sais pas grand-chose de ce qui se passe ici, mais j'aimerais que tu comprennes deux choses. (Elle inspira profondément.) Premièrement, l'arrestation signifie la mort. Nous ne savons presque rien là-dessus. Ceux qu'on arrête sont enfermés dans une salle au sous-sol, où ils passent la nuit. Le lendemain, il n'y a plus personne dans la salle.

— Alors comment sais-tu si on les tue ? l'interrompis-je. Peut-être que c'est comme les armoires des dortoirs, avec des monte-charge secrets ou un truc du même genre.

Maintenant, Becky tremblait. Elle croisa les bras pour se contenir.

— Il n'y a rien dans cette salle qui y ressemble, répondit-elle, mais il y a parfois du sang. (Sa voix se brisa.) Sur le sol.

J'ouvris la bouche pour répondre, mais j'étais incapable d'articuler. Elle me regardait droit dans les yeux.

— Et deuxièmement ? demandai-je.

Becky secoua la tête comme pour s'éclaircir les idées.

— Personne ne peut s'évader d'ici, dit-elle. Parfois, des élèves parviennent à franchir le mur – les responsables de la sécurité en ont vus – mais ils se font toujours prendre, comme ceux dont je t'ai parlé. Je ne crois pas que nous soyons les seuls à surveiller le mur. C'est pour cette raison que je fais partie de La Société. Je veux empêcher les gens de se faire arrêter. On n'est pas si mal, ici. À quoi bon risquer…

Elle se tut.

— Risquer quoi ?

— Rien, répondit-elle avec un geste de la main. Ça suffit. Si nous restons ici trop longtemps, les caméras nous repéreront.

Elle passa devant moi et dévala l'escalier.

— Il faudra bien foutre le camp tôt ou tard, lui lançai-je. Nous n'allons pas passer le reste de notre vie ici.

Elle ne se retourna pas. Arrivée au bas des marches, elle ouvrit brusquement la porte, l'air presque soulagée de se retrouver sous l'œil des caméras. Je dus courir pour la rattraper. Elle s'arrêta.

— Nous sommes à l'infirmerie, annonça-t-elle d'une voix joyeuse, mais le regard encore troublé.

— Becky... commençai-je, mais elle porta un doigt à ses lèvres.

— Je dois aller en cours, répondit-elle. Anna, je te présente Benson, dit-elle à la fille qui se tenait à la réception.

Et, avant que j'aie eu le temps d'ajouter autre chose, elle était déjà ressortie.

Anna ne se donna même pas la peine d'examiner mes plaies. Elle leva à peine les yeux, puis me montra un panier rempli de médicaments sur le bureau en me signalant qu'elle-même avait toujours un tas de contusions et de douleurs après les séances de paintball.

Je pris des médicaments que j'avalai avec de l'eau du distributeur. Quand je me retrouvai dans le couloir du sous-sol, Becky avait disparu.

Je remontai les marches cimentées du vieil escalier en éprouvant une satisfaction fugace à l'idée d'échapper aux caméras ne fût-ce que quelques instants. Quand j'atteignis la porte, je m'arrêtai, répugnant à retomber sous leur surveillance.

Je m'étais trompé quand j'avais dit à Becky que nous étions soixante-quatorze : nous n'étions plus que soixante-douze.

Je regagnai lentement la salle de classe au troisième étage. Au moins, je n'aurais pas de mal à rester éveillé, car j'avais un sujet de réflexion : pourquoi tuer ceux qui étaient arrêtés ? Ce n'était pas un avertissement pour les autres : si telle était l'intention, ne leur montrerait-on pas les cadavres ? Et parlerait-on simplement d'« arrestation » ?

Ou peut-être la direction préférait-elle que tout reste à l'état de rumeurs et de conversations furtives. Peut-être était-ce plus effrayant qu'un cadavre. Un cadavre risquait de les pousser à bout et de les inciter à la révolte.

À Pittsburgh, j'avais toujours côtoyé des gangs, des vrais, pas comme ici. Il y avait toujours eu des bagarres, de la violence, mais les gens avaient réagi seulement le jour où un gars avait été abattu sur le parking d'une épicerie un samedi après-midi. On assassinait pourtant depuis des années, mais ça se passait toujours dans des ruelles ou des arrière-cours, et en pleine nuit. Les gens n'avaient voulu mettre fin à tout ça qu'après l'avoir vu de leurs propres yeux.

Le collège de Maxfield voulait nous faire peur sans nous dévoiler la raison de notre présence.

Mais moi, je vais la découvrir, pensai-je.

J'étais presque arrivé devant la salle de cours quand j'entendis prononcer mon nom.

— Benson !

Je me retournai juste à temps pour voir Jane tout près de moi. Elle se jeta à mon cou.

— Oh mon Dieu ! s'exclama-t-elle. Ça va ?

Déconcerté, je lui rendis son étreinte. Je ne voulais pas lui dire que j'avais mal uniquement parce qu'elle appuyait sur mes contusions.

— Mais oui, je vais bien, répondis-je.

Elle recula pour scruter mon visage. Elle souriait, mais ses yeux étaient rouges.

— J'ai appris ce qui est arrivé cette nuit, expliqua-t-elle. Qu'est ce que tu fabriquais dans le couloir ?

— Je jetais juste un œil, répondis-je.

Je me rendis compte seulement à cet instant que nous étions enlacés au milieu du couloir. Je la relâchai.

— Ne recommence plus, dit-elle avec un rire nerveux. Et si Isaiah te coinçait ? demanda-t-elle à mi-voix.

— Rien dans le règlement n'interdit de se balader de nuit dans le couloir, déclarai-je.

— Sauf s'il croit que tu veux t'évader.

J'acquiesçai. Elle saisit mon bras et le pressa.

— Fais attention, d'accord ? reprit-elle.

— OK.

Laura faisait de nouveau cours avec le même sourire éclatant que d'habitude, mais elle évitait soigneusement mon regard. Nous discutâmes sans entrain du contenu du manuel d'esthétique que nous étions censés avoir lu, alors que personne, pas même les membres de La Société, ne l'avait fait. Je n'avais même pas pensé à ce livre.

Quand midi sonna, Laura lut un message sur son ordinateur.

— Nous avons reçu une information de la direction, annonça-t-elle joyeusement. Il y aura un bal dans dix jours. Comme les contrats seront renouvelés et les points décernés la semaine prochaine, veuillez noter que des tenues de bal sont en vente. Vous pourrez aussi acheter la musique que vous voudrez entendre jouer pendant le bal. Ceux qui obtiendront le contrat de gardiennage pour ce mois-ci seront responsables de l'organisation et de la décoration.

Lily s'affaissa sur sa chaise.

— Ça, ça veut dire des heures sup' pour les V, commenta-t-elle.

— Les contrats vont être changés ? demandai-je.

— Renouvelés, rectifia Jane, qui s'était retournée vers moi. Personne ne négocie plus rien, maintenant : nous avons conclu un accord.

J'acquiesçai, prêtant l'oreille au bavardage des élèves sur le bal. Après ma conversation avec Becky, tout cela me paraissait terriblement déplacé. Je comprenais ce qu'elle voulait dire, qu'il était plus sûr de respecter le règlement, mais comment pouvais-je assister à un bal en sachant ce que je savais sur ce collège ? En sachant que ceux qui nous vendaient des smokings et de la musique assassinaient des gosses au sous-sol ?

— Ça va ? demanda Jane.

Encore troublé par mes réflexions, je remarquai enfin que la plupart des élèves se levaient et se dirigeaient vers la sortie. Jane était encore assise devant moi.

— Ouais, je suppose, répondis-je.

— C'est la première semaine qui est la plus dure, déclara-t-elle. Tout le monde a du mal. (Elle s'accouda à ma table et posa le menton entre ses mains avec un sourire malicieux.) Tu t'exprimes un peu plus fort que d'autres, mais au début, tout le monde pense comme toi.

Je regardais les élèves sortir en parlant fébrilement du bal.

— Ça prend combien de semaines, ce lavage de cerveau ? demandai-je.

— Écoute, chuchota-t-elle, tu es avec les V et nous sommes tous d'accord avec toi. C'est vrai qu'il se passe beaucoup de choses terribles, ici. (Je lus dans ses yeux une douleur dont je ne pus déchiffrer le sens.) Mais as-tu pris le temps de te demander où tu irais si tu t'enfuyais ? Tu n'as pas de famille. Ici, personne n'en a.

— J'aurais au moins ma liberté.

— La liberté de faire quoi ? De toucher le salaire minimum et de vivre dans un taudis… si tu as de la chance ?

Je saisis mon manuel.

— Alors, ça te plaît d'être coincée ici ? demandai-je.

— Ce n'est pas ce que je veux dire.

— Qu'est-ce que tu veux dire, alors ?

Jane s'écarta de ma table, inspira profondément et passa les doigts dans ses cheveux d'un air las.

— Viens, allons déjeuner, dit-elle en se levant.

9.

Cet après-midi-là, nous n'avions pas cours. Le Tueur nous avait annoncé qu'il nous restait juste le temps de remplir nos contrats avant leur renouvellement. Les V se réunirent dans la salle d'entretien, où Curtis et Carrie distribuèrent les tâches.

En plus des aspirateurs et des balais, cette salle contenait toute une série d'outils – marteaux, clefs anglaises et scies – et je pensai aussitôt à l'usage que je pourrais en faire pour m'évader. Je cherchai parmi eux des pinces à métaux qui me permettraient d'ouvrir la grille, sans rien découvrir de prometteur. Je vis seulement des cisailles qui auraient pu convenir, mais dans le doute, il aurait été suicidaire de franchir le mur.

En revanche, les rallonges pouvaient parfaitement servir de cordes. J'en comptai au moins trois. Je ne pus réprimer u sourire quand je me tournai vers Curtis pour me voir confier ma tâche.

J'étais de service pour le ramassage des poubelles.

C'était intéressant, car ça me donnait un prétexte pour parcourir les couloirs du collège et en inspecter tous les recoins. Je commençai par l'étage supérieur, avec un grand conteneur sur roues que je poussais. J'entrai dans le dortoir des gars, pendant qu'une V faisait la même chose chez les filles. Je fouinai dans quelques chambres, mais sans résultat.

Quelques types avaient des livres, un autre une guitare, et trois chambres contenaient des télévisions et des jeux vidéo. Mason m'avait dit que ces derniers valaient en points l'équivalent de six mois de salaire.

Je ne savais trop ce que je m'attendais à trouver dans la chambre d'Oakland : une collection d'armes à feu ? La liste des gens qu'il voulait tabasser ? Mais à part un lit en désordre et quelques chaussettes malodorantes, rien ne sortait de l'ordinaire.

J'allais d'étage en étage et de chambre en chambre, mais le collège était si vaste et nous si peu nombreux que la plupart des poubelles étaient inutilisées.

En redescendant, je m'arrêtai au bureau de Becky pour vider sa poubelle, mais comme Isaiah était en train de lui parler, je ne m'attardai pas.

J'explorai le sous-sol, à la recherche de la salle dont Becky m'avait parlé. J'y trouvai l'infirmerie, plusieurs dizaines de débarras et la salle de la chaudière. Grâce au contrat d'entretien des V, je pouvais ouvrir chaque porte grâce à ma puce électronique, mais je ne découvris rien d'intéressant. Le rez-de-chaussée ressemblait à celui de n'importe quel vieux bâtiment : exigu, sombre et nu.

Alors que j'allais abandonner mes recherches, je trouvai enfin cette salle. Elle était semblable à n'importe quel débarras, avec ses murs en ciment et son éclairage défectueux. Quand j'ouvris la porte, pourtant, elle me parut lourde. En l'examinant de plus près, je constatai qu'elle était en métal, mais on l'avait peinte pour lui donner la même apparence que les autres portes, qui étaient toutes en bois. Et le sol rendait un son creux sous mes pieds, comme si je ne marchais plus sur des fondations en ciment. J'étais à l'intérieur d'un ascenseur.

Je sortis rapidement, inquiet à l'idée qu'il puisse soudain descendre.

Arrivé devant la porte, je remarquai des égratignures sur sa peinture : peut-être les traces de prisonniers qui avaient tenté de s'évader avant que l'ascenseur ne descende ?

Je sentis mes muscles se contracter et j'eus envie de m'enfuir, mais quelque chose m'en retint. J'inspirai à fond, levai les yeux vers la caméra, vers son œil de verre mort qui me dévisageait, et crachai dans la salle. Puis je remontai à l'étage.

Quand tous les sacs poubelles furent rassemblés devant la porte du collège, je jetai un coup d'œil par la fenêtre. J'aperçus quelques membres du Chaos, dont l'un maniait une grande tondeuse, et deux autres, plus proches de moi, qui taillaient les buissons et arrachaient les mauvaises herbes. Curtis m'avait prévenu que si le règlement m'autorisait à porter les ordures à l'incinérateur, la porte ne s'ouvrirait pas pour moi : je devais demander à l'un des membres du Chaos de la déverrouiller.

Alors que j'allais frapper à la vitre, j'entendis quelqu'un m'appeler : c'était Jane.

— Attends ! cria-t-elle en me rejoignant.

Elle portait un balai qu'elle posa contre le mur en arrivant à ma hauteur.

— J'y vais avec toi, d'accord ? reprit-elle. Les V travaillent en équipe.

Elle balaya quelques mèches de son visage et rajusta l'élastique de sa queue de cheval. Ses yeux brillaient joyeusement, comme si sortir les poubelles était son passe-temps préféré.

Je me retournai vers la fenêtre pour cesser de la dévisager.

— Alors, ça te plaît, d'être concierge ? demanda-t-elle avec un sourire tout en frappant à la vitre.

Je vis par la fenêtre deux personnes se diriger vers nous. L'une d'elles était Tire-au-flanc, l'autre une fille que je ne connaissais pas.

— C'est fantastique, répondis-je. C'est pour ça que je me suis inscrit à ce collège.

Je ne me sentais pas plus en sécurité parce que j'étais avec Jane, mais je n'allais pas le lui dire. Mais je me sentais moins vulnérable face au Chaos : je n'avais pas dénoncé Oakland et Minnie aux arbitres pendant le match et j'avais libéré Purée. Je pensais donc qu'ils allaient me laisser un peu tranquille.

Quand je voulus ramasser les sacs, Jane me foudroya du regard et en prit deux.

— Au fait, qui est le soldat Ryan ? demanda-t-elle.

— Pardon ?

— Tu as parlé de lui hier : le soldat Ryan, à Omaha. C'était quelqu'un de ta famille ?

— Quoi ? Non. C'est un film. Tu n'as pas vu celui-là non plus ?

Jane rougit.

— Ça fait deux ans et demi que je suis ici, répondit-elle.

— Ce film est même plus ancien que *Seul au monde*, dis-je.

— Je n'allais pas beaucoup au ciné avant d'atterrir ici.

Je me demandai quel âge elle avait maintenant, et deux ans et demi auparavant, mais la porte s'ouvrit avant que je n'aie eu le temps de lui poser la question.

— Tiens, mais on dirait le nouveau et sa petite amie, lança Tire-au-flanc.

Je l'ignorai, sortis en le forçant à s'écarter, et me retournai pour m'assurer qu'il ne barrait pas la route à Jane.

— On va juste à l'incinérateur, expliquai-je.

Jane ne paraissait nullement gênée par la présence des deux autres, mais ne les regardait pas en face. Nous nous dirigeâmes vers l'arrière du collège.

Dans le lointain, vers la lisière de la forêt, j'aperçus l'un des vigiles de La Société dans un 4 × 4.

— Vous avez besoin de vous isoler un petit moment ? persifla Tire-au-flanc.

La fille et lui nous suivaient lentement.

— Quel âge as-tu ? demandai-je à Jane pour détourner son attention du Chaos.

Elle leva les yeux vers moi avec un sourire.

— À ton avis ? répondit-elle.

— Je ne sais pas. Dix-sept ans ? avançai-je, en supposant qu'il valait mieux lui donner plus que son âge.

— Seize, répondit-elle. J'en aurai dix-sept en juin.

Tire-au-flanc nous suivait de près, mais ne paraissait pas vouloir autre chose que nous intimider.

— Donc, quand tu es arrivée ici... commençai-je en me lançant dans un calcul mental.

— J'avais treize ans et demi, m'interrompit-elle. Pas mal, non ?

Je ne pouvais même pas imaginer ce que c'était d'arriver si jeune dans un endroit pareil. Personne ici n'avait moins de quatorze ans, et seuls quelques élèves avaient cet âge. Je contemplais Jane. J'aurais voulu dire quelque chose parce que j'étais bouleversé, mais rien ne me vint.

— Ça va, je t'assure, déclara-t-elle. C'est ce que je te dis toujours : ce n'est pas si mal, ici, une fois qu'on est habitué.

— Mais tu n'as rien connu d'autre.

Elle leva les yeux au ciel, puis sourit.

— C'est un peu mélodramatique, comme vision des choses, fit-elle.

L'incinérateur était une grande machine rectangulaire d'environ deux mètres cinquante de hauteur qui puait atrocement. Curtis m'avait expliqué que je n'aurais rien à faire pour le mettre en marche, car tout était automatique. Une petite pancarte indiquait où il fallait déposer les ordures. Je jetai un premier sac dedans.

— Tu t'es drôlement bien démerdé au match, hier, me lança Tire-au-flanc.

Je jetai un deuxième sac, puis un troisième. Tire-au-flanc prit Jane pour cible.

— Tu savais que ton Benson adoré n'était pas dans sa chambre, cette nuit ? demanda-t-il. Je crois qu'il te trompe, mais comme il était chez les gars, je me demande ce que ça peut bien vouloir dire...

Je lançai les deux derniers sacs dans l'incinérateur, puis me retournai pour regarder Tire-au-flanc. Il avait un mauvais sourire. La fille qui l'accompagnait n'était plus là.

Jane me prit par la main.

— Viens, dit-elle.

Je hochai la tête, puis inspirai profondément. Ça faisait du bien de tenir sa main, mais je sentis que je la serrais trop fort parce que j'étais furieux contre Tire-au-flanc.

Nous n'avions fait que quelques pas quand je repérai une petite porte sur le côté du bâtiment. À en juger par l'inclinaison de la pente gazonneuse, elle donnait sur le sous-sol. Je ne me souvenais pourtant pas d'avoir vu une porte extérieure alors que j'étais au sous-sol.

— Tu sais sur quoi elle donne ? demandai-je à Jane.

L'image de la salle du sous-sol était imprimée dans ma mémoire et je savais qu'il y avait quelque chose au-dessous.

Elle haussa les épaules en signe d'ignorance. Nous nous approchâmes de la porte, mais sans entendre le bourdonnement familier de l'ouverture, et la poignée ne tourna pas dans ma main.

— Qu'est-ce que tu fais ? hurla Tire-au-flanc.

— Tu sais sur quoi donne cette porte ? lui demandai-je.

— Est-ce que j'ai une gueule d'architecte ?

— Non, certainement pas.

Il ricana, puis me rejoignit. J'attendis en vain le bourdonnement. On ne pouvait donc pas ouvrir cette porte quand on avait un contrat d'entretien ou de jardinage.

— Tu n'es pas censé aller récurer les chiottes ou quelque chose dans ce goût-là ? demanda Tire-au-flanc.

Les doigts de Jane se crispèrent sur les miens.

J'expirai lentement.

— Je crois qu'on ferait mieux de rentrer, dis-je.

Ce soir-là, j'allai voir Curtis. Allongé sur son lit, il pianotait sur son portable. Je frappai à la porte de sa chambre, qui était ouverte.

— Qu'est-ce que c'est ? demanda-t-il en s'asseyant. Tiens, salut, Benson ! J'étais en train de taper les offres pour les contrats.

Il pressa encore quelques touches, puis referma le portable.

— À propos, on sera payés demain, annonça-t-il. Tu auras quelques points.

— Très bien, fis-je en m'adossant au mur. Dommage que je ne puisse pas m'offrir une belle robe de bal.

Il rit.

— Ne t'en fais pas, la plupart des V porteront seulement leur uniforme, déclara-t-il. Les filles peuvent toujours acheter des robes si elles veulent, mais je ne pense pas que beaucoup de gars gaspilleront leurs points en smokings.

— Je voulais te demander quelque chose.

Je jetai un coup d'œil par la fenêtre. La nuit était tombée et la lune se levait au-dessus de l'horizon. Il n'y avait pas de brouillard.

— Bien sûr. Qu'est-ce que tu veux ? demanda-t-il.

— Il y a combien de temps que tu es ici ?

— Moins longtemps que d'autres, je pense. Peut-être un an et demi. Je ne fais plus attention.

— Y avait-il plus d'élèves à ton arrivée ?

Il hocha la tête d'un air entendu, croisa les mains et regarda le sol.

— Tu veux dire au total, ou est-ce que tu me demandes si des élèves sont partis entretemps ?

— Je parle du total, répondis-je. Je sais déjà que des élèves sont partis – qu'ils sont morts.

Il leva les yeux vers moi.

— Tu sais, je n'ai jamais vu de cadavre... sauf au combat, dit-il.

— Pardon ?

— Je n'ai jamais vu le cadavre de quelqu'un qui a été arrêté. J'ai toujours espéré que ceux à qui c'est arrivé ont survécu.

— J'ai entendu parler de ce qui se passe en détention, dis-je. J'ai entendu parler des traces de sang dans la salle.

Il se leva avec un sourire sinistre et s'approcha de la fenêtre.

— Chapeau ! fit-il. Tu es plus fouineur que la plupart d'entre nous. J'étais ici depuis bien plus longtemps que toi quand j'en ai entendu parler.

J'avais du mal à comprendre Curtis. Comme il avait foncé derrière la voiture de Mrs Vaughan, j'avais cru qu'il essayait de s'évader comme moi, mais la plupart du temps, il donnait l'impression que ça ne l'intéressait pas.

— Alors, le total des élèves ? demandai-je.

— Il n'a jamais été très élevé, répondit-il en me regardant par-dessus son épaule. Tu te demandes pourquoi le collège est si grand, hein ?

— Ouais.

— Je ne sais pas. On s'est tous posé la question.

Sur un panneau en liège placé au-dessus de son bureau étaient exposés une douzaine de dessins au crayon représentant le collège, des natures mortes et des visages que je ne reconnus pas.

— C'est toi qui les as dessinés ? demandai-je en me penchant pour les examiner.

— Non, c'est Carrie.

— Elle est douée.

— Je le lui dirai.

Je me redressai et me tournai vers Curtis.

— Qui est le plus ancien, ici ? demandai-je. Je veux dire, qui est ici depuis le plus longtemps ?

— C'est facile, comme question : Jane.

— Vraiment ? Mais elle m'a dit qu'il y avait des élèves avant elle.

— Ça, c'est un mystère, déclara-t-il avec un haussement d'épaules. Elle en a parlé à Carrie un jour. Il y avait quinze élèves ici avant elle, et puis, un beau matin, ils ont tous disparu. Je suppose qu'il s'agissait d'une évasion en masse.

— Ils ont réussi à s'enfuir ?

Curtis secoua la tête, puis alla s'allonger sur son lit.

— Personne ne s'évade d'ici, répondit-il. Si quelqu'un y parvenait, il préviendrait la police et ce collège serait fermé. Ces quinze disparus étaient notre seul lien avec le passé, mais aucun ne s'est confié à Jane. Elle est restée seule jusqu'à l'arrivée de nouveaux élèves.

Je hochai la tête, le cœur serré. Elle était très jeune à l'époque – treize ans et demi – et elle avait dû endurer ce que j'endurais maintenant, mais seule. Elle avait dû avoir peur en permanence. Pas étonnant qu'elle répète toujours qu'on n'était pas si mal, ici : pour elle, ç'avait été bien pire.

Je regardai de nouveau Curtis et m'efforçai d'oublier Jane.

— Donc, à notre connaissance, ce collège fonctionne ainsi depuis plusieurs années, peut-être même plusieurs décennies, raisonnai-je.

— Peut-être. C'est pour ça que je ne suis pas membre de La Société.

— Qu'est-ce que tu veux dire ?

— Certains pensent que nous devons tenir bon en jouant le jeu, c'est-à-dire en respectant le règlement et en gardant un profil bas. Je suis d'accord avec eux jusqu'à un certain point, fit Curtis avec un sourire. Je ne pense pas que ce soit une solution de monter des plans d'évasion tordus et de grimper à des arbres, mais je suis convaincu que, tôt ou tard, nous devrons nous jeter à l'eau.

— C'est juste, approuvai-je. On ne nous laissera jamais sortir d'ici, parce que sinon, nous préviendrions la police. Mais qu'en pense La Société ?

— Je crois qu'ils ont peur. Je sais qu'ils n'en ont pas l'air, mais je crois qu'ils ont trop peur des sanctions pour réagir autrement, probablement parce qu'ils savent mieux que n'importe qui ici ce que sont ces sanctions.

Curtis avait raison : les membres de La Société n'avaient pas l'air d'avoir peur. Peut-être Becky avait-elle peur, mais Dylan ? Ou Isaiah ? Ils ne pouvaient pas faire respecter le règlement juste parce qu'ils avaient trop peur de l'enfreindre.

Je regardai par la fenêtre et cherchai le mur des yeux, mais ne vis que des arbres.

— Une dernière question, repris-je en scrutant l'obscurité. Tu as déjà vu de la fumée dans les bois ?

— Celle des feux de camp ?

Je me retournai afin de le regarder d'un œil. Il hocha la tête.

— On les voit mieux du dortoir des filles, poursuivit-il. Ce sont seulement des filets de fumée. Il y en a parfois un, parfois huit ou dix. Nous pensons que ce sont peut-être des gardes.

— Ou un campement, mais pourrait-on trouver des secours aussi près d'ici ?

Curtis se mit à rire.

— Un campement, voilà qui est optimiste ! commenta-t-il.

De retour dans ma chambre, je travaillai tard sur mon ordinateur portable. Je parcourais des catalogues de vêtements, d'équipement, de bijoux et de jeux. Aucun de ces articles ne donnait le moindre aperçu du monde extérieur. Il n'y avait ni livres, ni magazines, et même la musique des CD que nous pouvions acheter pour le bal datait de cinquante ou soixante ans.

— Tu t'y connais un peu en informatique ? demandai-je à Mason vers minuit.

— Un peu seulement.

— Il n'y a pas de spécialistes du piratage ici ?

Il eut un rire las.

— Des élèves ont régulièrement essayé de pirater le réseau depuis que je suis ici, répondit-il. Oakland s'y est collé. Il s'y connaît. Il a dit que la connexion ne durait pas assez longtemps : le réseau fonctionne seulement quelques secondes par jour, quand le collège télécharge nos achats et enregistre nos offres pour les contrats. On n'a donc pas le temps de le pirater.

— Oakland a essayé ?

— Il n'est pas aussi bête qu'il en a l'air.

Je parcourus les contrats. Chacun présentait une liste des tâches à effectuer et des critères à remplir, ainsi que les offres en cours. Comme d'habitude, aucune offre émanant des gangs n'était contestée. Elles ne dépassaient pas le plafond maximal de points. J'aurais pu en faire une si j'avais voulu, comme tout le monde. Je l'envisageai un instant, pour provoquer Le Chaos, mais si je le faisais, les V se retrouveraient avec des corvées supplémentaires.

Je revins aux articles en vente. La page principale présentait tout un assortiment de robes de bal et quelques complets.

Qui était le plus tordu dans cette histoire, la direction du collège, qui nous faisait subir tout ça, ou les élèves qui dépensaient leurs points péniblement gagnés en robes de soie, ceintures de smoking, nœuds papillon et fleurs ?

10.

Malgré ma résistance, je m'habituais à la vie au collège. Chaque matin, je me levais, j'allais écouter Le Tueur, prendre ma douche et m'habiller. Cet écran de télévision qui nous disait où aller, quand et comment nous habiller, gouvernait mon existence. Comble du ridicule, il avait également amorcé un compte à rebours pour le bal.

En classe, nous en avions fini avec l'esthétique – après une semaine seulement – et Laura nous faisait maintenant un cours palpitant sur les techniques d'arpentage. La ou le responsable du programme semblait choisir les sujets au petit bonheur. Je me jurai que, quand je réintégrerais un vrai collège, je suivrais des cours de biologie et de chimie pour m'initier à la démarche scientifique, en particulier à la vérification d'hypothèses. Si quelqu'un nous observait bel et bien au moyen de ces caméras et se livrait à des expériences sur nous comme si nous étions des rats en cage, cette étude ne valait pas un pet de lapin. Ces expériences n'avaient rien de scientifique : elles comportaient bien trop de variables.

À la fin du cours, Jane se tourna vers moi. Nous avions passé l'heure à observer des diagrammes de déconstruction du théodolite[1] optique, et elle avait du mal à garder les yeux ouverts.

1. Instrument de topographie servant à mesurer les axes horizontaux et verticaux.

— J'en regrette presque de ne plus plancher sur la définition de la beauté, déclara-t-elle.

Elle se leva et je la suivis vers la sortie.

— Moi, je préfère ça à la philosophie, dis-je. (Je rendis mon manuel d'esthétique à Laura et pris le nouveau, intitulé *Techniques d'arpentage*.) Là, au moins, on apprend quelque chose de pratique.

Jane marchait à mon côté dans le couloir.

— Il y beaucoup de choses pratiques que je ne voudrais pratiquer pour rien au monde, commenta-t-elle. Tu comptes vraiment te mettre à l'arpentage ?

J'éclatai de rire.

— Oui, répondis-je. En sortant d'ici, je créerai ma boîte.

Elle passa son bras sous le mien.

— On pourrait s'associer : moitié arpentage, moitié esthétique, proposa-t-elle.

Je ris de nouveau. Je ne savais trop que penser de Jane. Nous passions le plus clair du temps ensemble et il n'était pas rare qu'elle me prenne par le bras ou par la main. J'étais loin de m'en plaindre, sans être sûr que ce soit plus qu'un geste amical de sa part.

Je ne connaissais rien aux rites amoureux : quand pouvait-on se tenir par la main ? Quand pouvait-on s'embrasser ? Mais ils devaient être encore plus étrangers à Jane qu'à moi, puisqu'elle avait passé presque toute son adolescence dans ce collège.

Le bal aurait lieu demain soir. Peut-être cela éclairerait-il un peu ma lanterne.

À la cafétéria, face à la file d'attente, Minnie disposait des boîtes en carton et des sacs en papier brun sur une table. J'examinai l'inscription tracée à la main sur l'une des boîtes.

— Qu'est-ce que c'est ? demandai-je.

Minnie prit la boîte et la poussa vers moi.

— Changement de programme, expliqua-t-elle. Tu vas manger ça dans ta chambre.

Jane prit un sac.

— Et qu'y a-t-il au programme ? interrogea-t-elle.

— Une séance de paintball, répondit Minnie avec un clin d'œil. Peut-être aurons-nous le plaisir de nous revoir sur le terrain, Fisher.

— Je l'espère de tout mon cœur.

Nous nous levâmes et je suivis Jane dans le couloir. Sur un écran placé très haut au-dessus du distributeur d'eau s'affichait le nouveau programme : les cours de l'après-midi étaient remplacés par un match de paintball. Il nous restait trois quarts d'heure pour nous changer et pour nous rendre sur le terrain. Jane poussa un soupir.

— Je n'avais déjà pas beaucoup de temps aujourd'hui, fit-elle.

Carrie et elle s'étaient portées volontaires pour la décoration de la salle de bal.

— On aura tout le temps, répondis-je. Je peux t'aider.

Elle fit la grimace et jeta un regard à l'écran.

— Ça va te faire veiller tard, observa-t-elle.

— Je n'ai pas de rendez-vous le lendemain matin. Je pourrai dormir pendant le cours d'arpentage.

Elle rit.

— C'est ce que j'ai failli faire ce matin, dit-elle.

Nous nous dirigions vers l'escalier. Elle pointa les doigts vers moi comme si sa main était un pistolet.

— Essaie de ne pas te faire transformer en passoire aujourd'hui, reprit-elle. Je n'ai pas envie de t'entendre geindre toute la nuit.

— Je me ferai blesser juste pour que tu viennes me guérir.

Je mangeai mon déjeuner à mon bureau pendant que Mason se changeait. J'avais toujours mon pantalon de jogging sans camouflage, mais j'étais résolu à m'améliorer malgré ce handicap. Lily et Mason m'avaient confié quelques astuces et je comptais bien mettre en pratique mes nouvelles connaissances.

— Attrape ça, dit Mason en me lançant un lourd ustensile en plastique. Il mesurait environ dix centimètres de long et il était composé de deux tubes collés à l'intérieur d'un cylindre plus grand.

— J'en ai acheté deux après le dernier match, expliqua-t-il. Je viens de les recevoir ce matin. Ce sont des grenades de peinture.

— Il suffit de les balancer pour qu'elles explosent ?

— Non, elles sont pressurisées. L'un des tubes est rempli d'air, l'autre de peinture. Il faut tirer sur le percuteur, puis le jeter, et ça tournoie en arrosant. Avec ça, on peut éliminer tout le monde dans un bunker.

Je souris et lui relançai l'engin.

— Alors j'espère qu'on attaquera dans un bunker, fis-je.

— Elles ne sont en vente que depuis ce mois-ci. Je parie que les autres gangs en ont aussi.

— Elles sont seulement à un coup ? Ça fait cher de la bête.

— Non, on peut recharger le réservoir de peinture et acheter de nouvelles cartouches d'air comprimé, répondit Mason avant de se diriger vers la porte. Faut que je voie Lily avant le match. Tu crois que tu pourras trouver le terrain tout seul ?

— C'est le même que la dernière fois ?

— Non, c'est de l'autre côté du bâtiment. Si tu te grouilles, tu devrais pouvoir suivre quelqu'un d'autre.

Je m'habillai en vitesse tout en pensant au jeu. Peut-être le collège nous soumettait-il à un entraînement militaire, ou peut-être pas, mais je m'en foutais. J'avais l'impression que le paintball pourrait m'aider à préparer une évasion. J'apprenais à me déplacer sans bruit en forêt, à me dissimuler et à observer l'adversaire. Peut-être cela se révélerait-il utile sous peu ? Je l'espérais du moins.

J'avais seulement quatre ou cinq minutes de retard sur Mason, mais le collège était déjà presque désert. J'entendis quelques voix dans le couloir de La Société, mais ne vis personne avant d'arriver au rez-de-chaussée.

— Salut, Bense !

Becky sortit de son bureau juste au moment où je passais devant. Elle s'était également changée pour le match, même si elle paraissait moins enthousiaste que d'autres. Elle portait une tenue de camouflage, mais toute simple et bon marché, et elle n'avait pas amélioré son arme alors que c'était une priorité pour la plupart des joueurs. Elle était comme toujours impeccablement coiffée et elle tenait son masque à la main.

— Salut, répondis-je. Tu sors ?

— Maintenant, oui, dit-elle avec son habituel sourire. J'avais juste deux ou trois petites choses à finir.

Nous franchîmes le portail et descendîmes les marches du perron. Quelques élèves s'attardaient à la lisière de la forêt. Je consultai ma montre pour vérifier que nous n'étions pas en retard. Il nous restait dix minutes avant le match.

— Il fait froid, aujourd'hui, dit Becky.

— Chez moi, il neigerait.

— Ça te manque, la neige ?

Je haussai les épaules.

— C'est mieux qu'ici, mais je parie que vous avez des étés torrides, répondis-je.

Elle passa son pistolet à son épaule. Elle n'avait pas ôté la bandoulière alors que même moi, je l'avais fait.

— Ce n'est pas si mal, ici, dit-elle. Après tout, on est en montagne.

Je n'avais rien contre Becky, mais c'était toujours un peu déroutant de parler avec elle ailleurs que dans son bureau. La Société ne me portait pas dans son cœur et Isaiah n'apprécierait probablement pas que nous bavardions, elle et moi. Mais peut-être Becky essayait-elle encore de me recruter. Peut-être avait-elle pour mission de m'aborder ?

— Alors, tu as hâte d'être au bal ? demanda-t-elle.

— Je pense que oui, même si ça paraît un peu ridicule, tu ne trouves pas ?

Elle se renfrogna.

— Moi, je trouve ça sympa, répondit-elle. On est coincés ici et la direction pourrait très bien nous empêcher de nous amuser.

— Si c'était le cas, nous serions plus nombreux à essayer de fuir, non ?

Becky ne répondit pas. Nous entrâmes dans la forêt. J'aperçus les autres élèves, qui étaient regroupés à une centaine de mètres devant nous.

— Dans ce cas, je suis encore plus contente qu'il y ait un bal, conclut-elle.

Je me mis à rire, mais elle pressa le pas pour rejoindre La Société.

Quand j'arrivai, Isaiah était déjà debout sur un rocher. Il déchira l'enveloppe qu'il tenait à la main.

— Aujourd'hui, le jeu consiste à défendre ses couleurs, lut-il. Chaque équipe a un drapeau. Elle doit rejoindre le mât placé au centre du terrain, hisser son drapeau et le défendre pendant cinq minutes.

— Ces grenades nous seront utiles, murmurai-je à Mason. On n'a qu'à laisser les autres rejoindre le mât, et là, on les descend.

— Je ne sais pas, mon pote, répondit-il. Le terrain est difficile. Le mât est au sommet d'une petite colline, où on ne peut pas se mettre à couvert.

— Les Variants jouent contre La Société, poursuivit Isaiah, et Le Chaos arbitre. Chaque équipe a un médecin.

Jane leva de nouveau la main et reçut un brassard de médecin. Dylan en reçut un autre pour La Société. J'espérais avoir l'occasion de l'abattre. Décidément, la liste de ceux que je n'avais pas envie de descendre rétrécissait à vue d'œil.

— Les gagnants recevront le double du nombre de points de cette semaine pour tous leurs contrats. Les perdants n'auront aucun point, mais devront quand même remplir leurs contrats.

Des grognements s'élevèrent dans les deux équipes, mais se transformèrent aussitôt en railleries.

— Le match commence dans un quart d'heure, annonça Isaiah avant de descendre du rocher.

Il remit le mégaphone à Oakland. L'idée d'avoir Le Chaos pour arbitre ne me disait rien qui vaille. Je n'aurais pas été surpris qu'ils me tirent dessus à la place de l'autre équipe.

Curtis nous rassembla et nous regardâmes La Société s'éloigner vers l'autre extrémité du terrain.

— OK, dit-il à mi-voix. Nous avons mis au point une stratégie pour ce match et je dois dire qu'elle me plaît. Quand on sifflera le coup d'envoi, la Société se précipitera sur le drapeau – c'est ce que fait tout le monde. Cette fois, on fera la même chose, sauf que ce sera du chiqué. (Il montra du doigt Joël, l'un des plus jeunes chefs d'équipe.) Joël, toi et tes potes, vous êtes rapides. Toi, Gabby, et toi, Tapti, au coup d'envoi, vous foncerez au sommet de la colline – magnez-vous. Nous autres, on va prendre position le long des rubans du périmètre, puis on filera vers le fond du terrain. L'équipe de Joël ralentira La Société quand elle montera sur la colline, et nous, on les attaquera par derrière.

Joël acquiesça.

— On restera donc sur la colline jusqu'à ce que mort s'ensuive ? demanda-t-il.

Curtis approuva, puis éclata de rire.

— Oui, mais ce sera une mort héroïque, déclara-t-il.

— Et si ça ne marche pas ? demanda Joël. S'ils nous repoussent et réussissent à rejoindre le sommet ?

— Si ça arrive, on les attaquera de trois côtés : Lily sur la droite, moi sur l'arrière et Hector sur la gauche. C'est compris ? (Il consulta sa montre.) Jane, tu viens avec nous.

Elle hocha la tête et nous nous dispersâmes pour prendre nos positions. Lily, Mason et moi-même nous éloignâmes vers la droite, où nous attendîmes près du ruban.

Lily abaissa son masque sur son visage. Ses cheveux étaient tirés en queue de cheval.

— Toi, tu cours vite, non ? me demanda-t-elle.

— Pas assez pour ne pas me faire descendre, répondis-je en ajustant mon propre masque.

Elle s'agenouilla et ramassa une poignée de terre humide au pied d'un pin.

— Tu as fait nettoyer tes vêtements, observa-t-elle avant de frotter mes bras de ses mains pleines de terre.

J'acquiesçai, puis l'imitai en m'accroupissant pour ramasser de la terre.

— Je croyais que c'était une bonne idée de les nettoyer, dis-je. Les miens étaient tout éclaboussés de peinture rouge et bleue : pas vraiment le camouflage idéal.

Tout en imprégnant de terre mon jogging, je me demandai si cela servirait à quelque chose. Le beige de ce pantalon était si clair qu'il en était presque lumineux.

— C'est toujours mieux que d'être bien propre sur soi, affirma Lily. Quelle heure est-il ?

Je consultai ma montre.

— Il nous reste deux minutes, répondis-je.

— Quand je pars, fonce, mais reste au moins six mètres derrière moi. Si je prends trop d'avance, essaie de me rattraper quand je m'arrête.

— OK.

Le coup de sifflet retentit et Lily fila comme un lapin entre les arbres et les buissons. Elle portait sous sa tenue de guide une sorte de paquet qui semblait attaché à sa taille, mais ne la ralentissait pas dans sa course. Je me demandai si elle avait acheté un assortiment de grenades. Je m'élançai derrière elle, mais elle était bien plus rapide que Mason et moi.

Sur ma gauche, je voyais Joël, Gabby et Tapti courir vers le milieu du terrain. Le drapeau claquait dans la main de Gabby. Aucun ne brandissait d'arme : c'était un sprint à fond les gaz.

Ce terrain n'était pas aussi grand que le précédent, et j'aperçus bientôt la colline. J'aurais bien aimé voir si notre équipe irait au sommet, mais le chemin devenait plus rocailleux et j'avais du mal à garder un œil sur Lily. Soudain, elle se jeta à terre. Je m'accroupis à la hâte et continuai au même rythme, prêt à tirer.

Je ne vis personne tandis que je prenais position derrière Lily. Mason s'agenouilla à côté de moi, hors d'haleine.

— Bon sang, elle est rapide ! commentai-je en essayant de reprendre mon souffle.

— C'est la meilleure joueuse des V, et probablement de tout le collège.

— Il y a longtemps qu'elle s'entraîne, ou est-elle seulement douée ?

Il rit doucement, sans quitter des yeux la forêt qui s'étendait devant nous.

— Elle s'entraîne en permanence, répondit-il. Je parie que c'est elle qui a mis au point notre stratégie pour ce match.

— Elle a vraiment envie de devenir un soldat d'élite ?

Mason ricana.

— Ouais, c'est l'idée générale, dit-il.

Une détonation retentit.

— Les V ont hissé leur drapeau, annonça Oakland dans le mégaphone. Le minutage commence maintenant.

Lily me fit signe de la suivre. Elle s'accroupit, puis s'éloigna lentement vers la gauche. Je l'imitai.

Un instant plus tard, elle s'agenouilla et se cacha derrière un arbre. J'entendis les sifflements de balles et leurs impacts au sol autour d'elle. Mason tirait derrière moi, sans que je sache qui il visait.

Lily était coincée. Mon regard croisa le sien et elle me désigna la position de son adversaire, mais son geste était trop vague pour me permettre de le localiser.

J'observai les tirs de Mason pour repérer l'attaquant et en conclus qu'il arrosait à l'aveugle.

Le silence retomba. Lily risqua un coup d'œil de derrière son arbre, dont le tronc se retrouva immédiatement éclaboussé de peinture.

Je levai la main pour attirer son attention, en regrettant de ne pas connaître le langage des signes. Cinq doigts, quatre, trois, deux…

Je me ruai hors de ma cachette, courus vers la gauche et plongeai derrière un grand buisson. Une rafale de peinture me poursuivit en traversant le feuillage, mais sans m'atteindre. Je n'observais plus Lily, car je voulais perdre le moins de temps possible, mais je la vis du coin de l'œil pivoter et faire feu.

— Touché ! cria quelqu'un. Médecin !

La diversion avait fonctionné. Lily avait atteint sa cible.

Je m'attendais à la voir tendre une autre embuscade autour du blessé, et pour ma part, j'avais bien envie d'attendre Dylan, mais elle était visiblement pressée. Elle leva le pouce à mon adresse, puis fit signe à Mason et à moi de la suivre.

Nous nous approchions de la colline avec précaution. J'essayais de me déplacer sans bruit, comme Lily me l'avait appris, en posant d'abord le côté du pied, puis toute la plante à terre.

Les tirs au sommet de la colline étaient rapides et continus. Je me demandai au bout de combien de temps Joël et son équipe se retrouveraient à court de peinture. Chacun de nous avait des munitions, mais ces tirs représentaient plusieurs centaines de balles.

Lily se déplaçait d'arbre en arbre. J'essayais de ne pas la perdre de vue tout en restant à l'affût. La plupart des joueurs devaient être en train de prendre la colline d'assaut. Les cinq minutes devaient être presque écoulées, et si personne n'abaissait notre drapeau, le match allait se terminer d'un moment à l'autre.

Lily surgit de derrière un pin et se rua vers un autre. Lorsqu'elle fut à couvert, je sortis de derrière mon rocher et...

Je ne vis pas le tireur avant qu'il ne m'ait atteint, mais je passai en courant devant un joueur en tenue de guide qui était dissimulé dans l'herbe.

— Médecin ! hurlai-je en m'asseyant sur un tronc d'arbre abattu. Un instant plus tard, mon adversaire appela à son tour le médecin. Il avait deux éclaboussures bleues sur l'épaule.

Mason accourut et s'accroupit devant moi.

— Tu n'as toujours pas tiré, Fish, dit-il en réprimant une envie de rire.

— Le drapeau des V a été abaissé, annonça-t-on dans le mégaphone. Les cinq minutes sont écoulées.

Lily fit signe à Mason.

— Désolée, Benson, mais nous ne pouvons pas attendre, fit-elle.

Je les regardai s'éloigner. Mason semblait savoir ce qu'il faisait – bien mieux que moi, en tout cas – mais Lily était une pro qui évoluait aussi vite et adroitement qu'un daim dans la forêt.

Quand ils furent assez loin pour que je ne risque plus de trahir leur position, j'appelai de nouveau le médecin.

Le silence retomba, seulement troublé par le ronronnement lointain d'un 4 × 4. Soudain, le joueur en tenue de guide m'adressa la parole.

— Alors, Benson, demanda-t-il en s'étirant, puis en s'adossant à une souche, toujours satisfait de ton choix ?

Je le regardai et reconnus son visage sous le camouflage. C'était Isaiah.

— Quel choix ? fis-je.

Il ôta un réservoir cylindrique de sa ceinture et commença à recharger son arme.

— Le choix de ton gang, répondit-il. As-tu tout ce que tu veux chez les V ?

Je gardais les yeux fixés sur la forêt en attendant l'arrivée de Jane.

— Ils valent mieux que les autres, déclarai-je.

Il referma le réservoir, puis leva les yeux vers moi. J'évitai son regard.

— La Société a hissé son drapeau ! annonça-t-on dans le mégaphone.

Mais Isaiah paraissait indifférent au jeu.

— En quoi les V valent-ils mieux que les autres ? interrogea-t-il.

— Parce que vous autres, vous êtes dingues : ça te va, comme réponse ? Médecin ! hurlai-je de nouveau, les mains en coupe devant la bouche.

— Je ne parlais pas de La Société, reprit Isaiah, mais tu ne crois pas que tu serais mieux avec Le Chaos ?

— Qu'est-ce que tu racontes ? fis-je, et je regardai ses yeux, qui étaient immobiles.

— Je pense que tu serais à ta place dans ce gang, dit-il simplement. Tu es agressif, tu te soucies plus de toi-même que des autres, tu es...

Je sentis mon doigt remonter machinalement vers la gâchette de mon pistolet.

— Je me soucie plus de moi-même que des autres ? répétai-je.

— Ce n'est pas vrai ? demanda-t-il d'une voix calme et neutre.

— Si quelqu'un ici peut-être accusé d'égoïsme, ce serait plutôt toi et tes boy-scouts, ripostai-je. Si vous vouliez aider qui que ce soit, vous laisseriez tomber la sécurité et nous pourrions tous franchir ce mur.

Cet argument laissa Isaiah de glace. Il paraissait sans réaction.

— Mettons qu'on franchisse ce mur, dit-il. À quoi ça nous avancerait ? Ça n'a jamais aidé personne jusqu'ici. Tu as certainement appris que personne ne peut s'évader d'ici.

— A-t-on déjà tenté une évasion en masse ? Et si nous essayions à soixante-douze ? Les gardes ne pourraient pas tuer tout le monde.

Isaiah se tut un instant.

— Combien d'entre nous devront s'évader pour que la mort des autres en vaille la peine ? demanda-t-il.

— Quoi ?

Il se pencha en avant et posa son pistolet sur le sol à côté de lui.

— Mettons que nous nous évadions à soixante-douze, reprit-il. Quel nombre de morts serait acceptable pour que certains réussissent à s'enfuir ? Dix ? Vingt ? À partir de combien de morts le jeu n'en vaudrait-il plus la chandelle ?

Je secouai la tête et me détournai de lui. On entendait encore des tirs dans le lointain, ainsi qu'un cri de temps à autre, mais le seul mouvement que je voyais était celui d'un écureuil brun et gras qui, assis dans un arbre, mâchonnait quelque chose.

— Tu fais partie de La Société, que tu le veuilles ou non, reprit Isaiah. Ce collège est une société dans laquelle nous jouons tous un rôle. Il y a ceux qui veulent garder les autres en vie, et ceux qui veulent leur mort.

Je lui lançai un regard.

— Et Noisette, il avait envie de mourir ? demandai-je.

— Il connaissait le règlement. Il connaissait les conséquences d'une infraction.

— Médecin ! hurlai-je de nouveau, les mains en coupe. Mais Jane demeurait invisible.

— Ça va durer combien de temps encore ? demandai-je à Isaiah sans le regarder. Pendant combien de temps allez-vous garder les élèves en vie dans cette prison ?

— Jusqu'à ce que les conditions soient réunies pour notre départ. Je ne comprends vraiment pas pourquoi tu résistes comme tu le fais, Benson. Ici, tu as tout ce que tu peux désirer dans un collège : le couvert, le gîte, de l'instruction, des distractions. J'ai même entendu dire qu'il y avait quelque chose entre toi et Jane. Et pourtant, tu es prêt à risquer ta vie et celle des autres, uniquement parce que tu ne supportes pas de rester entre quatre murs ? Et c'est toi qui me traites de dingue ?

J'entendis un bruit de pas et quand je me retournai, je vis accourir Dylan, son badge de médecin bien en évidence.

— Chaque élève est furieux à son arrivée ici, reprit Isaiah en levant la main pour attirer l'attention du médecin, mais prends garde à ne rien faire que tu risquerais de regretter ensuite.

Dylan toucha l'épaule d'Isaiah et ils s'enfuirent.

Je les regardai filer au milieu des arbres en direction du drapeau. Je le haïssais. J'enrageais d'avoir été incapable de lui répondre. Il avait tort. Je savais qu'il avait tort. Ses discours ne manquaient pas d'une logique tordue, mais j'étais certain qu'il avait tort.

Un joueur marchait dans la forêt, le pistolet levé comme pour quitter le terrain. Quand il s'approcha, je vis que c'était Lily. Elle avait deux taches de couleur vive à l'épaule, mais rien à la tête. Je me demandai pourquoi elle n'attendait pas le médecin.

— Est-ce que Jane est morte ? demandai-je, ce qui aurait expliqué pourquoi elle n'était pas venue me guérir.

— Je ne sais pas, répondit Lily sans me regarder. J'ai été touchée.

Je la vis s'éloigner en direction du ruban.

Lorsqu'elle disparut, d'autres bruits de pas troublèrent le silence de la forêt. Jane surgit au milieu des arbres. Elle courait tout en scrutant les alentours. À ma vue, elle modifia sa trajectoire, passa rapidement devant moi et ses doigts me frôlèrent le dos.

— Vite, cria-t-elle, fonce sur la colline !

Je me levai d'un bond et détalai. Accroupi, le pistolet pointé vers l'avant, je m'élançai d'un genévrier vers un gros rocher, puis vers une étendue d'herbe. J'étais furieux et je me sentais chargé d'adrénaline. J'espérai qu'Isaiah avait rejoint le drapeau.

Les tirs se prolongeaient sur la colline et j'entendais une multitude de joueurs appeler un médecin.

— Encore une minute ! hurla la voix dans le mégaphone.

J'étais dans la même situation qu'auparavant, seul, sans avoir fait feu, et maintenant, je devais prendre la colline d'assaut.

J'inspirai, puis sprintai sans chercher à me mettre à couvert. La colline était juste devant moi, mais je ne voyais personne et personne ne me tirait dessus.

— Médecin ! cria quelqu'un au sommet.

Pantelant, j'escaladai la pente abrupte. Deux joueurs surgirent et me regardèrent avec stupeur. L'un d'eux était Dylan. Je fis feu sur eux en hurlant.

Dylan jura. Il ne pouvait voir mon visage sous mon masque, mais je souriais jusqu'aux oreilles.

Je tombai à genoux devant le drapeau et attendis que quelqu'un d'autre me tire dessus, mais il n'en fut rien.

Je tendis la main droite vers le mât et empoignai la corde de la gauche.

— Fin du match ! claironna la voix dans le mégaphone. La Société a gagné !

— Quoi ?

Je me relevai d'un bond et cherchai l'arbitre des yeux. Oakland était debout sous un pin au pied de la colline, un chronomètre à la main. Je dévalai la pente rocailleuse pour le rejoindre, mais Curtis me devança.

— Il a tué les deux derniers adversaires, dit-il à Oakland. Tous les joueurs de La Société sont morts !

Oakland haussa les épaules d'un air suffisant.

— Ce n'est pas comme ça qu'on gagne, répliqua-t-il. Le drapeau de La Société est resté hissé pendant cinq minutes d'affilée.

— C'est... !

Curtis se tut, puis se détourna, les poings serrés.

Mason surgit à mon côté. Sa tenue de camouflage était ruisselante de peinture blanche.

— Jolis tirs, commenta-t-il en repoussant son masque au sommet de son crâne, et il sourit. Il va quand même falloir travailler tes attaques. La charge-suicide n'est pas toujours la meilleure tactique.

— Mais ça a marché, non ?

Mason hocha la tête et éclata de rire.

— Ouais. C'est seulement dommage que tu ne sois pas arrivé dix secondes plus tôt, fit-il.

Ce soir-là, les V se réunirent dans la cafétéria pour la transformer en salle de bal. Rosa avait récupéré des lampes dans les dortoirs, et avec d'autres élèves, elle fabriquait des abat-jours en papier à dessin. Quelques types découpaient de grandes feuilles de papier de boucherie en forme de serpentins et de banderoles, tandis que Jane et moi-même peignions une banderole. On avait l'impression qu'une bande de gamins décoraient leur chambre.

— Pourquoi es-tu toujours médecin pendant les matchs de paintball ? demandai-je à Jane, tout en peignant la banderole suivant ses instructions.

— Parce que je n'aime pas être allongée dans la boue, répondit-elle en souriant.

— Vraiment ?

— Non, pas vraiment, dit-elle avec un rire. Mais je n'aime pas être en équipe.

— Je comprends ça, déclarai-je en me penchant en arrière pour m'étirer. Personnellement, j'ai réalisé toutes mes prouesses en solitaire.

Jane éclata de rire.

— J'aurais bien aimé voir ça, fit-elle.

— C'était franchement impressionnant.

— Mais on a quand même perdu ce match.

— C'est encore mieux, affirmai-je en trempant mon pinceau dans la peinture. C'est beaucoup moins héroïque quand on gagne. J'étais comme Bruce Willis quand il explose à l'intérieur de l'astéroïde, ou comme Slim Pickens à cheval sur la bombe.

Jane repoussa derrière son oreille une mèche de cheveux roux qui la gênait.

— Je ne sais même pas de quoi tu parles, avoua-t-elle.

— C'est vrai qu'il n'y a pas des masses de films ici, concédai-je.

— Ça doit être dur pour toi, dit-elle en riant. Tu passes ton temps à en citer.

Je haussai les épaules.

— Quand est seul toute la journée, on regarde beaucoup la télévision, expliquai-je.

— Il ne faut pas oublier que les gangs se sont formés il y a moins d'un an, reprit Jane, ramenant la conversation à son point de départ. Avant, c'était vraiment la pagaille. Pour le paintball, on ne fonctionnait pas en équipes : c'était chacun pour soi. Alors j'ai pris l'habitude d'être seule.

J'acquiesçai, puis déposai mon pinceau dans un bol rempli d'eau.

— Jane, que faisais-tu avant d'arriver ici ? demandai-je.

Elle me lança un regard oblique, puis se concentra de nouveau sur sa banderole.

— Pourquoi tiens-tu à le savoir ? répondit-elle.

— Par curiosité. Je trouve que tu es quelqu'un d'intéressant.

C'était vrai, car elle me fascinait, mais depuis le match, je pensais surtout à ce qu'Isaiah m'avait dit. Peut-être avait-il raison : peut-être ne me souciais-je que de moi-même. Je ne savais pas trop ce que je pouvais y changer, mais je me disais que je pourrais toujours commencer par Jane.

— Et toi, que faisais-tu avant de venir ici ? demanda-t-elle.

— J'ai pas mal bougé. J'étais adopté. Je n'ai pas connu mon père. Ma mère est partie quand j'avais cinq ans, je crois. Elle m'a laissé avec une baby-sitter et elle n'est jamais revenue.

Jane posa son pinceau.

— Je suis désolée, dit-elle.

— Ce n'est pas grave, répondis-je, car je ne voulais pas qu'elle croie que j'avais besoin d'être plaint. Je ne me souviens pas vraiment d'elle. En tout cas, depuis, j'ai passé mon temps à me balader : Bluff, Elliott, Southside – pas exactement les hauts lieux du tourisme à Pittsburgh.

Jane tendit la main par-dessus la banderole et la posa sur la mienne.

— Tu ne trouves pas qu'ici c'est un peu mieux ? demanda-t-elle.

Et, l'espace d'un instant, je me demandai pourquoi au juste je voulais partir.

— Et toi ? repris-je.

Elle se renfrogna. J'eus peur qu'elle ne retire sa main, mais elle la laissa.

— J'étais à Baltimore, répondit-elle, mais ses yeux verts ne me regardaient plus.

— Je sais, tu me l'as déjà dit, la taquinai-je.

— J'étais à la rue.

Un long silence suivit. J'aurais voulu lui dire quelque chose de réconfortant, mais rien ne me vint. Vivre dans la rue, si jeune. Et maintenant, ce collège. Pas étonnant qu'elle répète qu'ici on n'était pas si mal.

Elle leva enfin les yeux vers moi.

— Ça te plairait d'aller au bal avec moi ? demandai-je.

Jane sourit. Les coins de sa bouche se relevèrent lentement, je vis ses dents blanches et, sur son visage, une expression de joie sans mélange.

Ses doigts se refermèrent sur ma main et je les serrai dans les miens.

11.

Tap-tap-tap.

J'ouvris les yeux. Il faisait noir comme dans un four. Je distinguais à peine le lit de Mason au-dessus du mien. Aucune lumière ne filtrait des rideaux, ni même sous la porte.

Ça recommençait : un martèlement lointain. Je m'assis dans mon lit, aux aguets. Le bruit persistait. Il venait du couloir.

Je me levai. Mason dormait encore. Comme il faisait plutôt froid, je passai mon sweatshirt des Steelers, puis ouvris la porte de la chambre.

Le couloir était plongé dans la pénombre, mais j'étais sûr qu'il était désert. Je m'étais attendu à surprendre quelqu'un qui essayait d'entrer dans l'une des chambres, mais le couloir était vide. Je consultai ma montre. Il était trois heures trente-quatre.

Le bruit venait de l'autre extrémité du couloir. Je me hâtai dans cette direction, même si je savais que c'était une erreur de se balader seul la nuit. De plus près, il devint clair que ce bruit provenait de l'extérieur du dortoir. Quelqu'un frappait à sa porte. Je pressai le pas et allai l'ouvrir avec ma puce électronique.

Carrie était devant moi, seule.

Elle saisit mon bras.

— Benson ! dit-elle.

— Qu'est-ce qui cloche ?

— Lily a disparu. Va réveiller Curtis.

Je hochai la tête et repartis en sens inverse. Lily avait-elle tenté de s'évader ou avait-elle été arrêtée ? Carrie affirmait qu'elle avait disparu, et non qu'on était venu la chercher, mais peut-être n'avait-elle rien entendu. J'imaginai Laura et des types de La Société traînant Lily comme ils l'avaient fait avec Noisette.

Curtis avait dû nous entendre, car il m'ouvrit dès que j'eus frappé à la porte de sa chambre. Quelques secondes plus tard, nous avions rejoint Carrie.

— Elle n'est plus au dortoir, expliqua celle-ci. Nous l'avons cherchée dans toutes les chambres, y compris chez les autres gangs.

Dans la pénombre, le visage de Curtis paraissait sinistre.

— Quand l'a-t-on vue pour la dernière fois ? demanda-t-il.

— Nous étions tous à la cafétéria hier soir pour préparer le bal, mais personne ne se souvient de l'avoir vue, répondit Carrie.

J'étais sûr d'avoir aperçu Lily pour la dernière fois quand elle avait quitté le terrain avec deux blessures à l'épaule. Etait-elle à la cafétéria hier soir ? Il m'était impossible de m'en souvenir.

— Et sa camarade de chambre ? demandai-je.

— Tapti n'est rentrée qu'après minuit, quand toutes les lumières étaient éteintes. Elle a cru que Lily dormait déjà : elle couchait dans le lit du haut.

Pourquoi Lily n'avait-elle pas attendu le médecin pendant le match ? Avait-elle voulu quitter le terrain à ce moment-là ?

Curtis passa un bras autour des épaules tremblantes de Carrie.

— Lily est maligne, fit-il. Elle a probablement juste… Je vais quand même réveiller tout le monde et nous allons fouiller le collège.

— OK.

— Je crois qu'elle a essayé de s'évader, dis-je enfin.

— Quoi ? s'exclama Carrie, suffoquée.

— Tu étais au courant ? demanda Curtis sur un ton sec.

— Non, répondis-je en élevant les mains dans un geste de défense. Je ne sais pas ce qui est arrivé, mais Lily est l'une des rares personnes qui voulaient s'évader. Elle en parlait tout le temps.

Curtis poussa un soupir et se passa les mains sur le visage.

— Elle n'est pas la seule, commenta-t-il.

Carrie et lui n'avaient visiblement aucune envie de m'entendre parler d'évasion, mais je commençais à reconstituer les événements.

— Elle est partie pendant le match, repris-je. J'étais blessé et j'attendais Jane quand Lily est passée devant moi. Elle avait été touchée seulement à l'épaule, mais elle n'a pas attendu le médecin.

Curtis et Carrie échangèrent un regard.

— Je ne sais pas ce qui est arrivé, dis-je enfin. Peut-être a-t-elle essayé de s'enfuir, ou peut-être pas. Allons à sa recherche.

Vingt minutes plus tard, tous les V étaient levés et réunis au rez-de-chaussée. Jane se tenait devant la porte et regardait par la fenêtre. J'allais lui parler quand Curtis réclama l'attention générale.

— Pour simplifier les choses, restons en équipe comme pendant les matchs, dit-il. Je ne veux voir personne se balader seul.

— Que se passe-t-il avec l'éclairage ? demandai-je, car j'avais appuyé en vain sur les interrupteurs.

— Je ne sais pas, répondit Curtis, visiblement exaspéré. Ça ne marche plus.

— Comme des rats en cage, mon pote, murmura Mason, qui se frottait les yeux.

— Joël, tu cherches au deuxième étage, Hector, au premier, et toi, John, au rez-de-chaussée, ordonna Curtis. (Il se tut et nous regarda, Mason et moi : notre équipe n'était plus au complet.) Mason et Benson, vous vous chargez du sous-sol. On se retrouve ici. Je vais prévenir Oakland et Isaiah pour voir s'ils sont au courant.

— C'est sûrement Isaiah qui a fait le coup, gronda Hector.

— Ne dis pas ça, protesta l'une des filles. Je suis certaine qu'elle va bien.

Curtis frappa dans ses mains comme il le faisait avant chaque match de paintball et nous nous dispersâmes. Mason et moi nous dirigeâmes en silence vers l'escalier principal et descendîmes au sous-sol, dont l'obscurité nous enveloppa. En bas, j'appuyai sur l'interrupteur, mais il ne marchait pas non plus.

— Attends, dit Mason à mi-voix.

Je distinguais à peine ses contours dans l'obscurité, mais je l'entendis manipuler quelque chose. Un instant plus tard, une minuscule lampe ronde s'alluma.

— C'est pour lire, expliqua-t-il. (Dans la lueur bleue qui l'éclairait faiblement, il avait l'air d'un fantôme.) Je l'ai achetée il y a quelques mois, mais je me suis retrouvé à court de bouquins intéressants.

J'appelai Lily, puis tendis l'oreille. Les murs en ciment de la pièce exigüe étouffaient tout bruit. Nous attendîmes un instant, en vain.

Sans un mot, Mason se dirigea vers la porte la plus proche, qui s'ouvrit avec un déclic. Il projeta le faisceau lumineux de sa lampe à l'intérieur de la pièce, qui était vide et de mêmes dimensions que la précédente. L'un des puits destinés aux fenêtres du sous-sol l'éclairait et le faible clair de lune se répandait sur le sol.

J'ouvris la porte suivante, puis toutes celles du couloir. Elles donnaient parfois sur des débarras dans lesquels étaient entreposés de vieux pupitres, des manuels, des bouts de poutre et de tuyaux, mais la plupart des salles étaient vides, comme le jour où j'étais passé pour le ramassage des poubelles. Grâce à nos contrats de gardiennage et d'entretien, nous pouvions aller pratiquement partout où nous voulions. Nous fouillâmes les salles de l'infirmerie, y compris les armoires où elle aurait pu se dissimuler, sans trouver la moindre trace de Lily.

Je plaçais mes plus grands espoirs dans l'escalier du fond que Becky m'avait montré, mais il était aussi désert que le reste. D'ailleurs, pourquoi Lily aurait-elle voulu se cacher ?

— Tu l'as vue quand elle était blessée ? demandai-je à Mason tandis que nous ouvrions une autre porte. La pièce contenait plusieurs rangées de boîtes empilées jusqu'au plafond, sur lesquelles Mason promena le faisceau de sa lampe.

— Non, répondit-il sur un ton las. On t'a laissé, j'ai été blessé à mon tour et elle est repartie.

— Elle est passée devant moi, mais elle n'a pas attendu le médecin.

— Tu crois qu'elle a franchi le mur ?

— Peut-être. Je ne sais pas.

Il regarda de nouveau les boîtes, puis en ouvrit une. Elle contenait ce qui ressemblait à du matériel de labo : élastiques, becs Bunsen et toutes sortes de flacons et de bocaux.

— Je détestais le cours de chimie. Tu peux t'estimer heureux de l'avoir manqué, fit-il d'un air absent, comme s'il se sentait tenu de faire de l'esprit sans en avoir la moindre envie.

— Tu crois qu'elle était sérieuse quand elle parlait d'évasion ? demandai-je alors que nous passions dans la pièce suivante. Je veux dire, est-ce qu'elle y pensait sérieusement ? Elle en parlait sans arrêt.

Il me montra en réponse une caméra de surveillance.

— Il y a un an, j'ai travaillé dans un hôpital, repris-je. J'étais juste concierge pour un mois, mais je connaissais les vigiles et je traînais parfois dans leur bureau. Ils n'avaient même pas d'écrans pour regarder ce que filmaient les caméras. Ils étaient là seulement pour visionner les bandes au cas où un crime aurait été commis.

Mason poussa un soupir.

— Et alors ? demanda-t-il.

— Je crois que nous avons trop peur de ces caméras. Il doit y en avoir un millier ici. Ils ne peuvent pas regarder en permanence tout ce qu'elles filment.

— Mais des élèves sont punis tous les jours, objecta Mason. Quelqu'un doit donc nous surveiller.

J'acquiesçai sans conviction. Comment pouvait-on être sûr que rien n'échappait à cette surveillance ? Les élèves étaient le plus souvent ensemble, en cours, à la cafétéria ou dans les dortoirs. On n'avait donc pas besoin de regarder les bandes de toutes les caméras.

À vrai dire, on nous punissait parfois sans raison, caméras ou non.

Je changeai de sujet.

— Je me demande si ces produits chimiques pourraient nous servir, dis-je. On pourrait peut-être trouer la grille avec de l'acide ?

Mason pivota sur lui-même et me foudroya du regard.

— Qu'est-ce qui cloche chez toi ? lança-t-il.

— Quoi ?

— Lily est peut-être morte, mais toi, tu t'en fous. Tu ne parles que d'évasion et tu montes des plans tordus.

Je le dévisageai un instant, stupéfait.

— Et toi, tu n'as pas envie de t'évader ? demandai-je.

— Pas en cherchant Lily, répondit-il en se détournant pour ouvrir une nouvelle porte.

Dix minutes plus tard, nous retrouvâmes Tapti, Gabby et Joel. À leur expression démoralisée, je devinai qu'ils n'avaient pas eu plus de succès que nous dans leurs recherches. Nous rejoignîmes les autres au rez-de-chaussée. Curtis était assis sur un banc, les coudes sur les genoux. Je m'installai à côté de lui.

J'entendais sans cesse ce que m'avait dit Mason. Il avait raison : mon évasion pouvait attendre.

Je n'avais pas traité les V en amis. Pour moi, ce n'étaient que des gens comme d'autres, les élèves d'un collège que je détestais. J'avais le cœur lourd et je me sentais oppressé. Je regrettais de ne pas avoir parlé à Lily, de ne pas lui avoir dit que je pourrais peut-être… faire quoi ? Je n'en savais rien.

— Et dehors ? demandai-je à Curtis à voix basse.

Peut-être, comme moi, avait-elle échoué à franchir le mur. Peut-être gisait-elle blessée quelque part.

Curtis secoua la tête.

— J'ai réveillé Isaiah et Oakland, répondit-il. Isaiah m'a dit et répété que La Société ne l'avait pas arrêtée, et tu sais comme moi que si elle l'avait fait, il s'en vanterait. Oakland a même proposé d'ouvrir la porte du collège pour que nous puissions poursuivre les recherches dehors.

— C'est vrai ?

— Ouais. Je crois qu'il l'a fait juste pour mettre Isaiah en rogne.

— Dans ce cas, sortons, dis-je. Même si elle n'a pas essayé de s'évader, elle s'est peut-être foulé la cheville en forêt ou quelque chose de ce genre.

— Non, c'est impossible, répondit-il, le visage blême. Oakland est allé dans l'entrée, mais la porte est restée verrouillée. Il dit que d'habitude, on ne peut jamais sortir avant l'aube.

Faute de mieux, nous nous séparâmes pour regagner nos dortoirs. Les horaires de la journée s'affichaient déjà sur l'écran. Aujourd'hui, les cours commençaient tôt, dès sept heures. Je me demandai si c'était encore une punition : on ne nous laissait pas le temps de nous rendormir.

Dans notre chambre, Mason ouvrit l'armoire et commença à s'habiller.

— Ça va ? demandai-je.

Il haussa les épaules.

— Je... je me disais que vous... toi et Lily... enfin, vous étiez peut-être... repris-je.

— Non, répondit-il.

J'étais sûr qu'il mentait : Lily et lui étaient toujours ensemble.

— Ah bon, dis-je, puis je m'assis sur mon lit. J'avais mal à la tête à cause du stress et du manque de sommeil.

Mason se retourna pour me regarder tout en boutonnant sa chemise. Son visage était tendu et froid.

— J'ai décidé il y a longtemps de ne jamais... je veux dire, m'attacher à quelqu'un, comme Curtis et Carrie, reprit-il. À mon avis, ils débloquent complètement.

— Ça aide peut-être à survivre de s'attacher à quelqu'un, fis-je en pensant à Jane. Puisqu'on est coincés ici, autant en profiter comme on peut.

— C'est ta vision des choses, répondit-il, le visage figé. Mais si l'un des deux doit y passer, si par exemple la direction décide un jour que Curtis n'est qu'un gêneur et le fait arrêter ? Que va devenir Carrie ?

Je ne répondis pas. Des images de Jane envahissaient mon esprit : ses cheveux, ses yeux, son sourire, sa main sur la mienne.

— Tu connais ce vieux proverbe ? reprit Mason. « Mieux vaut avoir aimé et perdu que n'avoir jamais aimé. »

J'acquiesçai.

— Eh bien, c'est de la foutaise, surtout ici, déclara-t-il en passant sa cravate. Un jour, tu devras y passer. Tu le sais aussi bien que moi. Un jour, tu déconneras et tu te feras prendre.

Il attendit que je réponde, mais j'en étais incapable. Je me demandais s'il avait raison.

— Alors je me tiens à carreau, poursuivit-il en nouant sa cravate. Je reste dans mon coin.

J'eus soudain envie de le frapper, mais je n'en laissai rien paraître.

— Pourquoi n'es-tu pas avec La Société, alors ? demandai-je.

— Ce que les autres font ne m'intéresse pas. Si d'autres veulent s'évader, tant mieux pour eux. Si tu veux aller au bal avec Jane et foutre ta vie en l'air en même temps que la sienne, vas-y. Je ne ferai rien pour t'en empêcher.

Il y avait eu quelque chose entre lui et Lily, j'en étais certain. Il ne me parlait pas de ce qui m'attendait, mais de ce qui lui était arrivé.

Je m'allongeai sur mon lit et regardai le plafond.

— Tu disais donc qu'un bal allait foutre ma vie en l'air ? demandai-je avec un petit rire, histoire de détendre l'atmosphère, mais il me répondit avec le plus grand sérieux.

— Becky avait un ami. Elle n'a pas toujours été aussi toquée. Avant, c'était une V. Elle a même contribué à la formation du gang.

— Tu rigoles ?

Je roulai sur le flanc pour le regarder. Il passa son polo rouge et son regard croisa le mien.

— Tu fais ce que tu veux, mon pote, dit-il. Mais si tu dois te faire tuer la semaine prochaine en franchissant le mur, ne t'approche pas de Jane. Elle ne mérite pas ça.

12.

Nous entrâmes en classe à sept heures. Les membres de La Société et du Chaos bavardaient à voix basse et montraient du doigt la chaise vide de Lily. Certains paraissaient préoccupés, d'autres avaient un air suffisant et échangeaient des regards qui signifiaient : je te l'avais bien dit. Je m'efforçai de les ignorer et regardai droit devant moi.

Tout était malsain dans ce collège : alors que Lily avait disparu, qu'elle était peut-être morte, nous assistions à un cours d'arpentage, et le soir, nous irions à un bal. J'avais une envie folle de sortir, de courir, d'aller chercher des secours, de raconter ce qui se passait ici et d'alerter la police.

Pourtant, dans un sens, je me sentais mal à l'aise à l'idée de m'évader. J'en avais envie, bien sûr, mais devais-je m'enfuir seul ? Pouvais-je abandonner les autres en espérant simplement qu'ils survivraient et que je pourrais les tirer d'ici plus tard ? Pouvais-je abandonner Jane ?

Elle était assise devant moi, le dos voûté, les bras sur la table. Ses cheveux étaient vraiment magnifiques. Leur roux flamboyant n'était pas tout à fait celui du cuivre, mais plutôt de la nuance des feuilles d'automne. À côté d'eux, le rouge de son polo d'uniforme paraissait criard.

Peut-être Mason avait-il vu juste : j'avais intérêt à oublier les filles pour me concentrer sur mon évasion. Jane aurait dû être le dernier de mes soucis.

Laura entra sans bruit, alla s'asseoir derrière son bureau et pianota sur son ordinateur pendant quelques minutes.

— Bienvenue en cours, dit-elle. (Elle avait une expression grave, mais ses yeux brillaient comme si elle dissimulait un secret.) Avant de commencer, je dois vous faire une communication qui m'a été transmise avec le programme de ce cours.

Elle pressa une touche de son ordinateur et tout le monde se tut.

— Nous avons le regret de vous annoncer que Lilian Paterson est morte cette nuit, lut-elle, les yeux sur l'écran. Elle a été renversée par une voiture sur l'autoroute.

— Salauds, assassins, murmura Mason.

Jane baissa la tête et enfouit son visage dans ses bras. Mes muscles se tendirent et mes mains se nouèrent sous ma table.

— Veuillez ne pas oublier que franchir le mur est passible d'arrestation, poursuivit Laura.

Je levai la main.

— J'ai une question, dis-je.

Laura parut surprise et déconcertée. J'enchaînai sans lui laisser le temps de réagir.

— Nous sommes tous arrivés à Maxfield en voiture, dis-je. Je n'ai vu qu'une seule route à cent kilomètres à la ronde, et elle mène uniquement ici, alors comment Lilian a-t-elle pu être renversée par une voiture ?

Laura se renfrogna.

— Nous ignorons les circonstances de l'accident, mais... commença-t-elle, mais je l'interrompis, furieux.

— Il n'existe que deux possibilités : soit elle a été renversée sur la route du collège, ce qui ne tient pas debout, car aucune voiture n'est venue jusqu'ici, soit elle a rejoint l'autoroute pendant la nuit. Laquelle est la bonne ?

Certains élèves bavardaient fébrilement, mais je dévisageais Laura en silence, dans l'attente de sa réponse.

— Nous ignorons les circonstances de l'accident, répéta-t-elle.

— Si, nous les connaissons, coupai-je. On nous a informés qu'elle a été renversée par une voiture, alors explique-moi ce qui est arrivé, Laura. Essaie de le deviner.

Les dents serrées, elle fulminait.

— Il y a peut-être d'autres routes dans la forêt, dit-elle.

Sans même m'en rendre compte, je me levai et me mis à hurler.

— Tu sais ce qui me débecte le plus, Laura ? C'est que si tu l'avais coincée avant qu'elle ne franchisse le mur, elle serait aussi morte que maintenant.

Avant même que je n'aie fini, la confusion la plus totale régnait dans la salle. Certains élèves engueulaient Laura, mais la plupart s'en prenaient à moi. Les membres du Chaos me soutenaient et invectivaient La Société. Je jetai un regard à la caméra de surveillance, en espérant bien cette fois-ci qu'on m'observait.

— Assieds-toi, Benson ! hurla Laura pour se faire entendre par-dessus le vacarme.

Je touchai le dos de Jane et l'aidai doucement à se lever. Quand elle fut debout, je vis que ses yeux étaient rougis de larmes.

— Asseyez-vous ! tonna Laura.

— Non, répondis-je.

Je pris Jane par la main et l'emmenai dans le couloir. Dès que nous fûmes sortis, elle s'arrêta, puis me serra dans ses bras, secouée de sanglots.

La porte se referma, mais j'entendais encore des cris étouffés de l'autre côté. Personne ne nous suivit.

Je serrai Jane contre moi, la main gauche posée sur son dos, la droite sur sa tête, pendant qu'elle pleurait sur ma poitrine.

J'aurais voulu lui dire que tout allait s'arranger, que je nous ferais évader de Maxfield, mais j'étais incapable de parler. Et elle n'en aurait rien cru, car c'était faux.

Personne ne peut sortir d'ici vivant, pensais-je.

Maintenant, Jane essayait de se calmer en inspirant profondément entre ses sanglots.

— Je n'en peux plus, Benson, avoua-t-elle enfin.

— Je sais.

— Deux ans et demi…

— Je sais.

13.

Nous restâmes longtemps dans le couloir. Le vacarme s'était éteint dans la salle. J'écoutais la respiration de Jane et je la sentais s'apaiser lentement. Je n'avais pas peur d'être puni pour avoir séché un cours. Nous perdrions seulement des points, elle et moi, et en ce moment, je m'en foutais complètement.

Jane leva enfin les yeux vers moi. Ils étaient injectés de sang et son mascara avait coulé sur ses joues.

— Viens, dit-elle.

Elle me prit par la main et nous nous dirigeâmes sans un mot vers l'escalier principal pour descendre au rez-de-chaussée. Le silence régnait dans le couloir, car les élèves étaient encore en cours. Elle m'emmena à la cafétéria, qui était sombre et déserte.

Je regrettai une fois de plus que les V n'aient pas le contrat de jardinage. Nous aurions alors pu sortir et nous enfuir. J'étais surpris que les membres du Chaos n'aient pas encore tenté de s'évader. Comme c'était La Société qui avait le contrat pour la sécurité, les V étaient les seuls à ne pas pouvoir sortir. Peut-être était-il temps qu'ils fassent une offre pour l'un de ces contrats.

La décoration de la salle était achevée, mais sans lumière, elle paraissait bizarre et médiocre. Les tables étaient disposées comme d'habitude. Nous avions prévu de les déplacer plus tard pour dégager la piste de danse.

— On devrait annuler ce bal, dis-je. Je sais bien qu'ils veulent que nous y allions, mais comment pourrions-nous assister à un bal après ce qui vient d'arriver ?

Jane secoua la tête, le visage figé.

— Non, on ne va rien annuler, répondit-elle. Viens, aide-moi.

Elle grimpa sur une chaise pour saisir l'un des côtés de la banderole que nous avions peinte et accrochée la nuit précédente. Je montai de l'autre côté pour l'aider à la décrocher.

Nous avions eu du mal à trouver un bon slogan. Comme ce n'était pas un collège ordinaire, ce n'était pas non plus un bal ordinaire. Il n'avait pas de thème, ni de nom, car ce n'était ni un bal des anciens élèves, ni un bal des élèves de première année. Nous avions donc tout simplement opté pour : « Bal du collège de Maxfield ».

Je déposai la banderole sur une table tandis que Jane fouillait dans le matériel de décoration abandonné sur place. Elle revint avec une petite feuille de papier de boucherie, de la colle, de la peinture et deux pinceaux.

Nous découpâmes le papier et le collâmes sur la banderole pour recouvrir les mots « collège de Maxfield ». Elle y traça d'autres mots au crayon, puis nous parachevâmes le tout au pinceau. Dix minutes plus tard, nous reculions pour examiner notre œuvre.

— « Bal à la mémoire de Lily Paterson », lus-je à voix haute. La Société va être furax.

Jane sourit et prit ma main.

— Je l'espère bien, répondit-elle.

14.

J'attendais au troisième étage, près de la salle commune que personne n'utilisait, et, l'esprit ailleurs, je regardais par la fenêtre la nuit tomber. Les fenêtres étaient orientées à l'est et, au-dessous de moi, la forêt de pins flamboyait dans la lumière d'un superbe coucher de soleil.

Aucune activité n'étant prévue après les cours, nous n'avions rien d'autre à faire que de rester au dortoir, car le dîner aurait lieu pendant le bal. Heureusement, une atmosphère d'attente joyeuse avait succédé à l'agitation des heures précédentes. Je n'avais pas vu Isaiah de la journée et même les membres du Chaos se tenaient tranquilles.

Chez les V, presque tous les gars avaient gardé leur uniforme pour le bal, même si la plupart étaient visiblement plus soignés que d'habitude. Curtis portait une veste de sport par-dessus sa chemise d'uniforme.

Je n'avais pas voulu dépenser mon peu de points en fringues, mais j'avais noué ma cravate de mon mieux et emprunté du cirage à Curtis pour mes chaussures. Alors que j'attendais Jane, je regrettais de ne pas m'être mis plus en frais.

J'entendis un bruit de talons derrière moi.

Jane était splendide. Sa robe luisante couleur de chocolat fondu dorait sa peau. Ses cheveux roux étaient relevés au sommet de sa tête et des talons hauts mettaient en valeur ses jambes sveltes.

— Salut, dis-je.

— Salut.

— Tu es vraiment en beauté.

— Toi aussi.

J'expirai, puis baissai les yeux sur mon uniforme.

— Ouais, enfin, désolé de ne pas être mieux habillé, fis-je.

Jane s'approcha de moi et je sentis son parfum. Il était suave et subtil, avec une touche de vanille ou de miel, mais plutôt floral. Elle ne se parfumait pas toujours, mais j'adorais qu'elle le fasse.

— Tu es vraiment splendide, repris-je.

— Merci.

Elle m'embrassa sur la joue et passa son bras sous le mien.

— Je peux te donner le bras ? demanda-t-elle avec un petit rire. C'est la première fois que je porte des talons hauts.

— Tu peux, répondis-je en riant à mon tour. Et tu devrais en porter plus souvent.

Nous descendîmes lentement l'escalier. Le contact de Jane me faisait oublier tous mes ennuis.

Cette sensation fut balayée à notre entrée dans la cafétéria. Comme prévu, notre banderole avait déclenché un tollé. Alors que nous passions la porte, Isaiah grimpait sur une chaise pour la décrocher. Bien sûr, c'était trop tard : tout le monde était là et l'avait vue. Jane et moi nous avançâmes dans la salle, le sourire aux lèvres.

La musique retentissait déjà, assez fort pour rendre toute conversation difficile. Je ne connaissais pas la plupart des airs, mais je m'en moquais. Quand Jane et moi arrivâmes sur la piste de danse, elle passa les bras autour de mon cou.

— Je ne suis jamais allée à un bal dans le monde réel, dit-elle. (Je devais danser presque joue contre joue avec elle pour l'entendre.) C'est toujours comme ça ?

— Je ne sais pas, répondis-je. Je suis bien allé à quelques soirées, mais jamais à un bal de collège.

— Pourquoi ?

Je haussai les épaules.

— Je n'ai jamais eu de copine, dis-je.

Tout en prononçant ces mots, je pensai à leur signification : je n'étais encore jamais allé à un bal parce que je n'avais pas de petite amie, mais j'étais venu à celui-là...

Je compris soudain que ni les caméras, ni les micros ne pouvaient nous entendre. Nous pouvions parler de ce que nous voulions. Nous pouvions préparer une évasion, ou discuter de la nature d'une arrestation. Jane aurait pu me raconter tout ce qu'elle savait sur les quinze élèves qui étaient ici à son arrivée. Je ne l'avais jamais interrogée là-dessus.

Cela attendrait, pourtant. Je la serrai un peu plus fort contre moi.

Même sur la piste, les danseurs étaient regroupés par gangs. Les V se tenaient à l'arrière de la salle, près des portes-fenêtres qu'on avait ouvertes pour laisser entrer la fraîcheur de l'air nocturne. Les filles avaient dû dépenser pas mal de points en robes et paraissaient métamorphosées. Gabby portait une robe bleue brillante qui mettait ses jambes en valeur, Tapti une tenue traditionnelle, sans que je sache de quel pays elle venait. Carrie était superbe, rayonnante et riait à gorge déployée. Personne n'aurait jamais deviné que nous étions tous prisonniers.

Les autres gangs avaient fait des efforts eux aussi. Les membres de La Société, qui avaient toujours l'air apprêtés, ressemblaient maintenant à des personnages de vieux films de gangsters en noir et blanc. Les filles portaient d'élégantes robes du soir avec des coiffures sophistiquées et les gars étaient tous en smoking. Ça avait dû leur coûter les yeux de la tête.

Le Chaos ne donnait pas la même impression d'uniformité, mais presque tous ses membres arboraient de nouveaux tatouages compliqués et trop de bijoux.

Mais je m'en foutais. Je ne regardais plus ce qui se passait dans la salle, je n'épiais plus nerveusement Oakland ou Tire-au-flanc et je n'essayais plus de dénombrer les sbires d'Isaiah. Tout cela perdait de son importance. J'enlaçais Jane, je sentais son dos doux et tiède sous mes mains, son haleine dans mon cou, et sa joue qui effleurait la mienne.

Quand les lumières redevinrent plus vives et que le dîner fut annoncé, nous restâmes immobiles, elle et moi. Même quand la musique se tut, nous ne quittâmes pas la piste : nous n'en avions pas envie.

Jane soupira et je la serrai contre moi.

— C'est l'heure de dîner, dis-je enfin.

— On est vraiment obligés ?

— Je crois qu'on nous attend.

Le dîner était servi sur une grande table. Le Chaos n'ayant pas voulu passer trop de temps en cuisine, ce qui était compréhensible, les plats étaient froids. Ils comprenaient des salades variées, des sandwichs, des fruits frais et des assiettes de fromage. Cela ne ressemblait en rien à un dîner de gala, mais personne n'allait s'en plaindre. Tout en observant les abords de la table, je me disais que je n'avais encore jamais vu autant d'élèves de Maxfield aussi heureux.

Au dessert, Curtis se leva et réclama le silence.

Il leva son verre (nous buvions tous du soda, ce qui était un luxe pour nous.)

— J'aimerais porter un toast, annonça-t-il.

Je regardai Isaiah, qui se tenait vers le milieu de la table. Comme à son habitude, il arborait un air soupçonneux.

— Au Chaos pour ce fabuleux dîner, commença Curtis.

Après un instant d'étonnement, des acclamations s'élevèrent autour de la table.

— À La Société pour l'organisation de ce bal, poursuivit-il.

Je n'avais aucune idée de ce qu'il entendait par là et je crois que personne n'en savait davantage, mais tout le monde l'acclama. Peut-être était-ce le meilleur compliment qu'il pouvait décerner à La Société – en restant dans le vague.

— Et enfin, à Carrie, conclut-il.

Cette fois, il fut salué par des hourras et des rires pendant que Tire-au-flanc faisait semblant de vomir.

Minnie se dressa à son tour, son verre levé. Sa tenue de bal hésitait entre la robe et la lingerie. J'étais certain de ne pas l'avoir vue dans le catalogue. Elle avait dû faire des retouches.

— Et aux V pour la décoration, ajouta-t-elle sous les applaudissements.

Jane se leva avant que je n'aie eu le temps de réagir.

— Et à Lily Paterson, lança-t-elle.

Ce fut comme une explosion autour de la table. Plusieurs s'étaient levés pour l'acclamer, d'autres la huaient et criaient. Je me levai à mon tour, passai un bras autour de sa taille et me joignis à elle pour le toast. La confusion était trop grande pour boire à l'unisson et nombreux étaient ceux qui, parmi La Société, avaient déjà reposé leurs verres, mais Jane et moi-même trinquâmes. Un instant plus tard, on repoussa la table vers le mur et la musique reprit.

J'aidais à déplacer des chaises au milieu de la foule quand on me toucha le bras. Je me retournai et vis Becky. Elle portait une longue robe noire et ses cheveux étaient torsadés.

— Salut, Becky, dis-je en poursuivant mon chemin.

— Salut, Bense, répondit-elle, et elle me prit le bras pour m'arrêter.

Je la regardai et attendis qu'elle parle, mais elle semblait hésiter.

— Qu'est ce qui se passe ? demandai-je, criant presque pour couvrir la musique.

Elle se pencha vers moi.

— Je voulais juste te dire que je suis d'accord avec toi et avec Jane, répondit-elle. Certains pensent que Lily l'a bien mérité, mais moi, non.

Je la regardai droit dans les yeux et elle soutint mon regard.

— Je... je voulais juste que tu le saches, bredouilla-t-elle.

Sans me laisser le temps de répondre, elle tourna les talons et s'éloigna à travers la foule.

Je l'observai pendant un moment. Elle avait autrefois été membre des V, m'avait révélé Mason. Elle avait participé à la création du groupe. Et maintenant, elle était tellement... brisée. Tellement seule. Je ressentis une douleur subite. J'aurais aimé la rejoindre et lui dire quelque chose. Peut-être la serrer dans mes bras.

Je décidai d'aller la retrouver demain, à un moment où nous serions seuls. La Société ne voyait sûrement pas d'un bon œil que je parle avec elle.

Quand j'eus fini de ranger les chaises, je traversai la piste pour rejoindre Jane, qui riait avec deux autres filles des V. À ma vue, elle s'excusa auprès d'elles et me prit par la main.

— Un petit tour dehors, ça te dirait ? demanda-t-elle avec un geste vers les portes-fenêtres.

— Tu n'auras pas froid ? répondis-je en regardant ses bras et son cou nus.

— Pas si tu gardes un bras autour de mes épaules.

— Comment pourrais-je refuser ?

Nous sortîmes par la porte du patio, où un vent froid nous accueillit. Je passai un bras autour de Jane et la serrai contre moi.

— Attends, fit-elle, et elle se pencha en avant.

Un instant plus tard, elle se redressa, ses chaussures à la main.

— Ces chaussures me font tellement mal aux pieds, expliqua-t-elle.

— Mais elles sont vraiment belles, dis-je avec un rire.

— Je te les offre : tu pourras les regarder tant que tu voudras.

La lune s'était levée et nous distinguions vaguement les contours de la piste, la forêt et les hangars. Quelques autres couples déambulaient en bavardant sur la pelouse. De l'autre côté de la piste, un daim nous observait avec méfiance.

— Que ferais-tu si tu pouvais sortir d'ici ? demanda Jane.

Nous longions le bâtiment pour rester à l'abri du vent.

J'allais lui répondre, mais elle m'interrompit.

— Je sais ce que tu vas me dire et ce n'est pas ce que je veux entendre. Laisse tomber le baratin sur la police et la libération des élèves, et passe à la suite.

— Je n'y ai pas encore réfléchi, avouai-je avec un sourire.

— Tu as pensé à un boulot ?

— Je te l'ai déjà dit : je serai arpenteur.

Jane rit.

— Je parle sérieusement, reprit-elle.

— Franchement, je n'en sais rien. J'ai toujours pensé que j'aimerais avoir ma boîte, être mon propre patron, mais je n'ai aucune idée de ce que je pourrais faire.

Nous tournâmes à l'angle du bâtiment pour arriver devant la façade.

— Je crois que j'aimerais être médecin, dit Jane.

— Quel genre de médecin ?

— Je ne sais pas.

Nous avançâmes sans un mot pendant un instant, puis elle me demanda de déplacer mon bras de sa taille à ses épaules pour lui tenir chaud. Je lui proposai mon polo, mais elle répondit qu'elle ne voulait pas couvrir sa robe.

Je formulais mentalement une question en réfléchissant à plusieurs versions : *Je sais que tu n'aimes pas que j'aborde ce sujet… Je voudrais te poser juste une question, et après, je la fermerai… Si je te demande ça, c'est parce que je t'aime bien…*

Et si nous nous évadions ?

Mais je fus incapable de prononcer ces paroles. Elles m'auraient paru déplacées en cet instant. Je ne voulais pas penser à escalader des murs, à couper des barbelés et à incendier des forêts, même si Jane était partante. C'était dangereux. Lily en était morte.

Si nous respections le règlement, personne ne mourrait. Jane et moi-même pourrions encore nous promener comme nous le faisions maintenant. Bien entendu, il faudrait bien s'enfuir un jour ou l'autre, mais je pourrais m'inquiéter de ça plus tard. Pour l'instant, tout allait bien.

Jane fit demi-tour et m'entraîna vers le mur, dans un petit renfoncement entre un pin nain taillé et un puits d'éclairage. Quand elle se retourna vers moi, je sentis mon cœur battre plus vite. Elle passa les bras autour de mon cou exactement comme elle l'avait fait sur la piste.

Ses yeux verts ne quittaient pas les miens.

— Merci de m'avoir invitée à ce bal, dit-elle dans un murmure, avec un sourire incertain.

— Merci d'avoir accepté, répondis-je.

Je sentais son haleine sur mon visage.

— Je suis contente que tu sois venu à Maxfield, reprit-elle.

Mon cœur battait la chamade. Elle sentait si bon, un parfum de roses fraîches...

— Moi aussi, dis-je.

Elle se pencha vers moi et je la serrai dans mes bras.

Ses lèvres étaient fraîches et douces contre les miennes. Toute autre pensée s'effaça de mon esprit. Je la serrais contre moi. J'aurais voulu ne plus jamais la lâcher. Je ne voulais pas reprendre une vie normale.

Pourquoi ceci ne pouvait-il faire partie d'une vie normale ? me demandai-je.

Elle s'écarta de moi. Elle rayonnait et ses yeux étincelaient à la lueur des étoiles.

Nous nous contemplâmes pendant un moment. Je sentais encore son parfum sur mes lèvres et j'aurais voulu l'embrasser de nouveau, mais à son sourire, je devinai qu'elle voulait dire quelque chose.

— Qu'est-ce qu'il y a ? demandai-je, incapable de dissimuler le mien.

Elle se rapprocha de moi et son visage se retrouva à quelques centimètres du mien. Je sentais presque ses lèvres sur les miennes, mais au lieu de m'embrasser, elle parla.

— Tu veux toujours t'en aller ? demanda-t-elle.

— Pas ce soir, en tout cas, répondis-je avec un sourire.

Ses yeux se plissèrent et elle recula imperceptiblement, les mains toujours sur mes épaules.

— Mais tu y penses encore, observa-t-elle.

— Bien sûr, dis-je, déconcerté. Et on s'enfuira ensemble.

— Mais...

Elle se tut, puis leva les yeux vers les étoiles.

— Je ne peux pas rester ici, déclarai-je.

Ses mains retombèrent le long de ses flancs.

— Mais on est bien, ici, fit-elle. Tu ne le comprends pas ? On peut être heureux ici.

— Si nous restons ici, nous mourrons.

— Si nous restons ici, nous pourrons encore être comme maintenant, insista-elle avec un regard implorant. Nous pourrons rester ensemble. Nous pourrons être heureux.

J'inspirai en regrettant de ne pouvoir revenir une minute en arrière.

— Je ne veux pas dire que nous devons nous évader dès demain, expliquai-je.

Elle me saisit par les bras et son visage fut de nouveau tout proche du mien.

— Alors n'en parlons plus, je t'en prie, fit-elle. Attendons un peu. Restons comme nous sommes maintenant, toi et moi. Réfléchis à ça.

— Réfléchir ? demandai-je en élevant la voix. Non, c'est à toi de réfléchir. Que crois-tu qu'il arrivera d'ici un an ou deux ? Nous ne sommes pas en vacances ici, mais en prison. Ici, personne ne fait de vieux os.

Ses yeux étincelèrent. Elle s'écarta de moi, puis croisa les bras.

— Ne me dis pas ce qu'est ce collège, riposta-t-elle. Je le sais mieux que toi.

— Alors que crois-tu qu'il va arriver ? hurlai-je.

Jane se détourna brusquement et resta face à la pierre froide du bâtiment.

Je sentais l'adrénaline palpiter dans mes veines. Je me maîtrisai. Je ne voulais pas réagir ainsi, pas ce soir, mais Jane était la mieux placée pour savoir que Maxfield était un piège mortel. Chaque jour supplémentaire passé ici accroissait le risque d'une arrestation, ou pire.

Je tendis la main et touchai l'épaule de Jane. Elle se dégagea d'une secousse.

— Non, dit-elle.

— Jane…

Je devinai qu'elle pleurait. Tout aurait pu finir autrement, mais peut-être était-ce mieux ainsi. J'entendis l'écho des paroles de Mason : *Si tu dois te faire tuer la semaine prochaine en franchissant le mur, ne t'approche pas de Jane.*

Je touchai de nouveau son épaule.

— Je suis désolé, dis-je.

Cette fois-ci, elle ne se dégagea pas et sa main vint se poser sur la mienne. Elle était glacée. Jane se tourna vers moi.

Soudain, ses yeux s'agrandirent tandis qu'elle regardait par-dessus mon épaule. Sa bouche s'ouvrit comme pour hurler, mais elle n'en eut pas le temps : je reçus dans le dos un coup qui me projeta vers elle, et elle tomba contre le mur.

Je titubai, puis me retournai juste à temps pour voir Dylan brandir un tuyau. Je voulus l'esquiver en lui tournant le dos pour protéger Jane, mais je sentis une douleur fulgurante et m'effondrai. Au-dessus de moi, j'entendis Jane hurler, puis elle poussa un cri aigu et tomba à côté de moi.

Mes poumons ne fonctionnaient plus. Je suffoquais.

— Tu ne pouvais pas te contenter de t'évader tout seul ? glapit une voix féminine.

Je tournai la tête juste assez pour apercevoir Laura derrière Dylan. Il brandissait son tuyau comme une batte de baseball.

Je ne pouvais plus respirer.

Je me tournai vers Jane. Elle était sonnée, mais encore consciente, et affalée contre le mur. Son cou et sa poitrine étaient éclaboussés de sang.

— Toi, Benson, cracha Laura, tu te crois supérieur à tout le monde parce que tu te moques du règlement. Tu crois que Lily aurait essayé de s'évader si tu ne l'y avais pas poussée ?

Je ne tentai même pas de discuter. Je voulais seulement protéger Jane. Malgré mes poumons douloureux, je réussis à souffler un « Arrête ! ».

— Arrête ? répéta Dylan, railleur. Non, je n'aurais pas dû m'arrêter, la dernière fois. J'aurais dû t'achever devant le mur.

Il brandit de nouveau le tuyau. Je ne pouvais rien faire pour l'en empêcher. Il l'abattit comme une hache, écrasa mon bras levé et frappa Jane à la jambe. Elle poussa un grognement indistinct.

Je pouvais à peine remuer, mais je n'allais quand même pas les laisser nous tuer. Dylan recula d'un pas pour porter un nouveau coup. Je parvins à me redresser sur un genou avant que le tuyau ne m'atteigne à l'estomac. Je tendis la main et mes doigts effleurèrent la jambe saignante de Jane, mais je perdis l'équilibre.

Je tombai dans le puits d'éclairage.

L'obscurité m'engloutit. Au-dessus de moi, je vis se détacher sur le ciel la silhouette de Dylan. Il brandit le tuyau et l'abattit sur Jane.

Je le regardai frapper sans relâche.

15.

Je me réveillai.

Silence complet. Noir d'encre.

Quand je remuai, une douleur aiguë et terrifiante me transperça.

Je voyais au-dessus de moi un carré de ciel gris. Au bout d'un instant, je distinguai des taches lumineuses : des étoiles.

Le ciel presque rectangulaire était percé d'un petit point noir, que je regardai attentivement.

C'était une main, une main qui se tendait – non, qui pendait – au-dessus du puits.

La main de Jane.

Je m'assis, perclus de douleur. Je me souvenais maintenant de ce qui était arrivé. Les hurlements stridents de Laura. Le tuyau de Dylan qui fendait l'air. Le silence de Jane.

Je tendis la main vers la sienne dans un effort qui me coupa le souffle. Ma cage thoracique était en feu. Des larmes coulèrent sur mes joues quand je touchai ses doigts. Ils étaient froids. Elle était inerte.

« Jane ! » hurlai-je en cherchant désespérément des yeux un moyen de remonter du puits. Je posai un pied sur le métal rouillé, mais il glissa.

« Jane ! » hurlai-je encore d'une voix rauque. « Jane, réveille-toi ! »

Je m'étirai vers le haut et remarquai que les doigts de ma main gauche ne pouvaient plus rien agripper. Ils ne pouvaient même plus remuer. Je m'affaissai au fond du puits tandis qu'une douleur fulgurante me brûlait le flanc gauche.

« Jane ! Il faut te réveiller ! »

Je reculai vers l'autre extrémité du puits pour prendre mon élan, puis bondis vers le bord, mais ce brusque mouvement me faucha les jambes. Mon corps flanchait.

« Allez, Jane ! » insistai-je en pivotant sur moi-même, à la recherche de secours. Le fond du puits était tapissé de feuilles sèches, dans lesquelles j'envoyai des coups de pied.

Mon pied heurta un objet que j'exhumai : c'était une planchette d'environ sept centimètres de large sur quinze de long.

« J'arrive, Jane », dis-je à travers mes larmes. Je plantai la planche dans la terre, puis l'adossai à la paroi du puits.

« J'arrive, ne t'en fais pas. »

Quand je fus monté sur l'extrémité de la planche, ma tête émergea du puits.

Jane était inerte. Morte.

J'empoignai une touffe d'herbe de ma main intacte, me hissai et atterris à plat ventre sur la pelouse, hors d'haleine et luttant contre la douleur.

Je m'approchai de Jane et écartai ses cheveux de son visage. Elle saignait.

Non, le sang avait séché.

« Jane ! hurlai-je. Non ! » Je saisis sa nuque, cherchai son pouls du bout des doigts, mais ne sentis rien.

Maintenant, je pleurais. Agenouillé au-dessus d'elle, je me penchai sur ses lèvres en espérant sentir son haleine contre ma joue. Rien.

Son visage, son cou, ses bras et ses jambes étaient couverts de sang.

J'empoignai ma main invalide et la pressai contre sa poitrine, encore et encore. Penché au-dessus de son visage sans vie, je soufflai dans sa bouche.

Rien.

Que pouvais-je faire ? Où pouvais-je aller ? Ici, nous n'avions pas de numéro de secours, ni d'ambulance.

Je regardai Jane et touchai son visage. Je touchai sa main, sa robe déchirée à la taille par l'impact du tuyau.

Elle tressaillit.

— Jane ?

Je regardai fixement son bras en me demandant si j'avais bien vu.

Il tressaillit de nouveau.

— Allez, réveille-toi ! hurlai-je en cherchant de nouveau son pouls. Mes doigts tremblaient tellement que je n'étais pas sûr de le sentir.

Sa tête remua.

— Jane, tu m'entends ?

Sa main se leva, puis retomba.

— Ne bouge pas, je vais chercher quelqu'un, dis-je en me relevant péniblement.

Elle remua encore, puis s'assit lentement.

— Ça va ? Tu m'entends ?

Elle ne répondit pas et se mit à genoux. Je lui tendis la main, mais elle se releva toute seule.

Je passai un bras autour de sa taille pour la soutenir.

— Viens, lui dis-je. Tu peux marcher ?

Tout mon corps me faisait horriblement mal. Je devais tenir seulement grâce à l'adrénaline.

Elle me regarda, les yeux éteints.

— Tu es en état de choc, dis-je en luttant pour garder mon sang-froid. Allonge-toi. Je vais chercher des secours.

Mais elle ne m'écoutait pas. Elle fit un pas vacillant, puis deux, boitant fortement de la jambe droite.

« Qu'est-ce qu'il y a, Jane ? demandai-je en la soutenant de mon mieux. Parle-moi. »

Elle avançait sans répondre.

Je la dépassai pour l'arrêter. Elle semblait avoir perdu tout contact avec la réalité. Je l'empoignai, la serrai contre moi, mais elle ne réagit pas.

Elle fit encore un pas et je trébuchai, puis tombai. La douleur me poignarda les côtes, la hanche, le bras et la poitrine. Je suffoquai. Jane avançait toujours.

— Arrête ! hurlai-je en essayant de me relever. Jane, arrête-toi !

Elle s'éloignait d'un pas lent, mais résolu, et contournait l'arrière du bâtiment.

Je me relevai péniblement, les dents serrées. Elle avait presque passé l'angle quand je fus debout. Je la suivis, titubant, en l'appelant.

Il n'y avait pas d'éclairage à proximité. J'avais perdu la notion du de temps, mais le bal devait être fini depuis un moment. Je me retournai et vis au-dessus de moi la faible lueur d'une fenêtre dans le dortoir des filles. J'envisageai un instant de lancer une pierre contre la vitre pour attirer l'attention de quelqu'un, mais Jane avait disparu et je ne pouvais pas la laisser seule. Elle risquait de tomber à tout moment dans les escaliers en pierre aux arêtes aigues, ou dans un puits d'éclairage. Elle risquait de mourir. Elle va peut-être mourir quoi qu'il arrive, pensai-je.

Malgré la douleur, je m'élançai sur une seule jambe, en veillant à ce que l'autre ne se dérobe pas sous moi. Alors que je passais l'angle, je la vis disparaître à l'arrière du bâtiment. C'était bon signe : elle se rapprochait de la cafétéria. Peut-être les portes-fenêtres étaient-elles encore ouvertes.

« Jane ! Attends-moi ! » hurlai-je.

Quand je la revis, elle était presque à la hauteur de la cafétéria, dont les lumières étaient éteintes et les portes fermées.

La lune, qui s'était levée de ce côté du bâtiment, nous éclairait un peu. Jane se déplaçait avec maladresse. Elle était probablement blessée aux deux jambes. Je me demandai comment elle pouvait encore tenir debout alors que j'avais moi-même si mal.

Je remarquai alors que ma main gauche, celle qui était blessée, était noire de sang séché.

Jane avançait maintenant par à-coups, ralentissait, s'arrêtait, faisait soudain quelques pas vacillants, et ainsi de suite. Je gagnais du terrain.

Elle passa devant la cafétéria. Elle longeait maintenant l'incinérateur. J'étais à vingt pas derrière elle. Je l'appelai de nouveau, mais elle ne paraissait pas m'entendre.

Dylan l'avait sûrement touchée à la tête. Elle devait avoir un traumatisme crânien, ou pire. Je me dis que ne passerais pas un jour de plus dans ce collège : je serais arrêté avant pour avoir tué Dylan. Et Laura. Et je m'en foutais complètement.

Jane tourna à l'angle de l'incinérateur. Je la suivis.

Elle se dirigeait vers la porte que je n'avais pas réussi à ouvrir.

Je tendis la main et voulus saisir son bras, mais elle se dégagea.

— Jane, que fais-tu ? implorai-je. Il faut te reposer.

Elle m'ignora et s'arrêta devant la porte.

J'entendis un bourdonnement, puis un déclic.

Sa main estropiée et couverte de sang saisit la poignée, puis ouvrit la porte. Je rattrapai le battant avant qu'il ne se referme devant moi.

Jane avançait cahin-caha dans un couloir aux murs cimentés semblable à ceux que j'avais vus au sous-sol, mais celui-là était plus propre et sentait l'ammoniaque. Une ampoule bleuâtre pendait du plafond. Sous cet éclairage, la peau de Jane était d'une pâleur cadavérique.

Le couloir débouchait dans une longue pièce étroite qui me rappela une salle d'hôpital. Des commodes surmontées d'étagères vides s'alignaient le long d'un mur. Sur la droite était disposée une rangée d'armoires de la hauteur du plafond, sur la gauche, une table métallique à côté d'un ordinateur.

Je soutins Jane tandis qu'elle s'approchait de la table.

Elle grimpa dessus toute seule. Elle ne refusait pas mon aide, mais, et c'était pire, se conduisait comme si j'étais absent.

Mon visage était mouillé, sans que je puisse savoir si c'était de larmes ou de sang. Probablement les deux.

— Jane, chuchotai-je, que se passe-t-il ? Comment te sens-tu ?

Elle était maintenant assise sur la table, les jambes étendues devant elle. Je remarquai un gros hématome noir juste au-dessus de son genou droit. L'os était brisé, mais elle avait quand même marché avec. Les yeux dans le vide, elle tirait sur son oreille avec sa main blessée.

Je lui pris la main, mais elle ne parut pas s'en rendre compte.

— Mais qu'est-ce qu'il y a ? hurlai-je. Réponds-moi ! J'essaie seulement de t'aider !

Elle tira de nouveau sur son oreille, qui se détacha et resta dans sa main. Elle était reliée à sa tête par des fils métalliques et des ampoules.

Voilà ce qu'était l'intérieur de son crâne : un composé de métal et d'ampoules.

Jane débrancha un câble de l'ordinateur et le ficha dans le trou de sa tempe.

Je reculai en trébuchant.

Non, pensai-je. Non, non, non.

L'ordinateur s'alluma et des lignes apparurent sur l'écran.

EMERGENCY DAMAGE REPORT
AUTO RETRIEVE MODE
MODEL : JANE 117C
SEARCHING FOR DAMAGE:::
DAMAGE CODES :
WA 24584
MG 58348
OC 32111
...

Les chiffres se succédaient, par dizaines, puis par centaines.

Je regardais fixement Jane.

— Jane..., fis-je d'une voix à peine audible.

Elle parla sans remuer les lèvres, mais ce n'était plus la voix de Jane.

— Tu ne devrais pas être ici, déclara-t-elle.

16.

Je m'enfuis.

Je me ruai dans le couloir en chancelant, car ma jambe se dérobait sous moi. J'étais terrifié à l'idée que la porte soit bloquée, mais sa poignée tourna sans bruit. Je l'ouvris à la volée, me précipitai au-dehors et m'effondrai dans l'herbe près de la piste.

Je me roulai en boule. La douleur dans ma poitrine, ma jambe et mon bras était presque insupportable, mais pire encore était la souffrance que je ressentais, comme si on m'avait arraché, puis broyé le cœur.

Modèle : Jane 117C...

Jane était un modèle avec un numéro. C'était... je ne savais pas ce que c'était.

Un androïde ? Un robot ? Je crus que j'allais vomir.

Non, il était impossible que ce soit un robot. Jane éprouvait des sentiments, avait des idées, une personnalité.

Je l'avais embrassée, et elle m'avait embrassé.

J'essayais de me rappeler l'ancienne Jane, la Jane joyeuse, superbe et vivante, mais je la revoyais seulement tituber dans le couloir de l'incinérateur, sous cette lueur bleue, puis arracher son oreille pour se brancher sur l'ordinateur.

Toutes les lumières du collège étaient éteintes, tout était silencieux et personne ne savait rien. Comment allais-je raconter aux autres ce que j'avais vu ? Comment leur expliquer ce que je ne comprenais pas moi-même ? Il aurait fallu que je les mène à cette porte et que je leur montre ce que j'avais vu, mais retourner là-bas était au-dessus de mes forces. Je ne pouvais pas la revoir, pas ainsi.

Jane était un logiciel. J'étais tombé amoureux d'un logiciel. Quand elle souriait, ce sourire était commandé par un algorithme. Quand elle m'embrassait, son baiser était le produit d'une chaîne complexe de un et de zéros. Elle n'était pas vivante et elle ne l'avait jamais été.

C'est pourtant impossible, me disais-je. Un ordinateur ne peut pas penser et agir comme le faisait Jane. Une machine ne peut pas avoir son apparence. Sa peau paraissait naturelle et son regard était vivant.

Je fermai les yeux tandis qu'un élancement douloureux transperçait ma poitrine. J'avais besoin d'un médecin, mais l'infirmerie était gérée par Dylan. Et même si ce n'était pas lui qui m'avait tabassé, qu'aurait-il pu faire ? Ce n'était qu'un adolescent comme moi.

Etait-ce vraiment un adolescent comme moi ?

Jane avait un numéro, le 117C. Existait-il cent seize autres modèles ? Non, les élèves de Maxfield étaient moins nombreux, du moins en ce moment : entre les arrivées et les disparitions, peut-être leur total atteignait-il ce chiffre. Peut-être tous les autres modèles étaient-ils morts comme Jane.

Jane était morte.

Non, elle n'a jamais été vivante, rectifiai-je.

N'y avait-il ici que des robots à part moi ? Peut-être étais-je observé et soumis à des tests : comment réagira Benson Fisher dans une bagarre ? Tentera-t-il de s'évader ? Se fera-t-il des amis ? Tombera-t-il amoureux ?

Même respirer était douloureux. Être étendu à terre aussi, mais je ne pouvais rien faire d'autre.

Peut-être Jane était-elle le seul robot du collège. Elle était ici depuis plus longtemps que n'importe qui d'autre. Peut-être son histoire sur les quinze disparus n'était-elle qu'un mensonge. Peut-être était-elle arrivée la première pour surveiller tous les autres.

Je compris soudain que tout ce qu'elle m'avait raconté était probablement faux. Elle ne venait pas de Baltimore. Elle n'était pas à la rue. Elle ne voulait pas devenir médecin. Ses taches de rousseur étaient peintes et ses cheveux artificiels.

Soudain, je poussai un hurlement de rage. Jane avait tenté de me convaincre que je pourrais survivre ici, que je ne devais pas risquer ma peau dans une évasion téméraire, et que cette vie au collège avait ses bons côtés, mais tout cela n'était que du vent.

Sans doute était-ce la raison pour laquelle elle s'était liée d'amitié avec moi. Je me préparais à m'enfuir et ses programmeurs voulaient me retenir. Ils savaient qu'il me fallait une raison valable pour rester à Maxfield. Ils avaient donc enclenché une commande « séduction » dans le circuit de Jane.

Mais elle ne pouvait être la seule de son espèce. Il y en avait certainement d'autres à Maxfield, en ce moment même. Sinon, pourquoi les élèves auraient-ils respecté ce règlement stupide ? Isaiah devait être un robot pour diriger La Société et faire obéir tout le monde. Qu'en était-il de Carrie ou de Curtis ? Peut-être un autre élève était-il dans la même situation que moi, en train de méditer des plans d'évasion parce qu'il refusait de rester ici sans raison valable ?

Et Mason ? Était-il là pour me garder à l'œil, pour surveiller le nouvel arrivant ?

Quant à Laura et Dylan, ils étaient trop imbus du règlement, trop fanatiques pour que le moindre doute soit possible. Mais alors pourquoi avaient-ils attaqué Jane ? Ça ne tenait pas debout. Pourquoi un robot tuerait-il un autre robot ?

Je fus saisi de nausée.

En ce qui concernait Becky, je n'étais sûr de rien. Au début, j'aurais juré de sa loyauté envers le collège. Elle était trop artificielle, trop cordiale, trop docile. Pourtant, j'avais lu dans ses yeux de la tristesse, du chagrin. Et de la peur.

Non, pensai-je, ça ne voulait rien dire : Jane ressentait des émotions, elle aussi. La tristesse de Becky n'avait pas plus de signification que la gaieté, la malice et l'esprit rebelle de Jane.

Je roulai sur le dos pour contempler le collège. Ici, n'importe qui pouvait être comme Jane. N'importe qui, et tout le monde.

Je devais m'évader coûte que coûte. Impossible de m'enfuir avec quelqu'un d'autre, ni d'envisager une évasion en masse. Je ne pouvais plus me fier à personne.

Je me relevai péniblement. Je pouvais lutter contre la douleur, mais pas contre le désespoir. Jane était devenue ma meilleure amie, et maintenant, elle n'était plus. Pour moi, cette perte était pire que la mort, car en réalité, Jane n'avait jamais existé. Je ne pleurais pas sur un amour perdu, mais sur mon propre aveuglement.

Je traversai la piste en boitillant et me dirigeai vers la forêt. Ma hanche me brûlait à chaque pas et je pouvais à peine respirer. J'étais néanmoins résolu à franchir le mur. Le drapeau du terrain de paintball avait une corde d'au moins six mètres de long que je pourrais peut-être utiliser. Je pouvais également abattre un arbre. Ou voler un rondin dans un bunker. Il devait bien y avoir un moyen.

J'avais le vertige et je commençais à vaciller. Je toussai, et la douleur fut si atroce que je faillis tomber à genoux. Je toussai de nouveau et perdis l'équilibre. Du sang gouttait de ma bouche.

Je dois continuer coûte que coûte, me dis-je. Je serrai les dents et me relevai. J'étais presque parvenu à la lisière de la forêt. Il serait plus difficile de marcher dans les bois, mais il le fallait. Je devais m'enfuir dès ce soir.

L'idée me vint qu'on était peut-être déjà à ma poursuite. J'avais découvert la vérité sur Jane, ce qui aurait inévitablement des conséquences. Ceux qui gardaient ce secret en seraient alertés tôt ou tard, et sauraient alors que je pouvais faire échouer tous leurs projets.

Alors que j'avançais à une lenteur désespérante, chaque pas me coûtait un effort.

En marchant, je compris mon impuissance : même si j'avais percé à jour le secret de Jane, je ne pouvais parler de cette découverte à personne. À qui faire confiance ?

Demain, Laura et Dylan viendraient m'achever.

Les bois tournaient autour de moi. Il faisait terriblement froid. Je trébuchai encore, puis tombai.

17.

— Moi, je n'ai aucune envie de les voir se papouiller dans un bunker, déclara quelqu'un.

Mon œil gauche s'entrouvrit péniblement, comme s'il devait soulever un poids énorme, mais je ne vis que de la terre et des pierres.

— Benson et Jane, passe encore, reprit une autre voix, mais Dylan et Laura ? La Société ne l'acceptera jamais : elle va les jeter.

— Ils seront arrêtés tous les quatre. Je me demande qui est l'imbécile qui a ouvert les portes-fenêtres. Tu as vu Benson et Jane partir en roucoulant ? C'était à gerber.

Les voix diminuèrent et je refermai l'œil.

Je savais que je respirais parce que c'était douloureux, mais mon cerveau était embrumé et tournait au ralenti. Et mes muscles ne réagissaient plus.

J'avais froid.

Deux 4 × 4 roulaient dans la forêt, l'un à distance et l'autre tout près d'ici. J'entendais leurs moteurs. J'entendais également des bruits de pas tout proches. Quelqu'un courait.

— Hé, venez voir ! cria quelqu'un. Je crois qu'ils ont essayé de s'enfuir.

— Qu'est-ce que tu as vu ? demanda une voix, celle de Curtis.

— Du sang, et en quantité. Devant la façade. La Société vient de le découvrir.

— J'en étais sûr. Benson s'est enfui.

— Et Jane ?

— Il l'aura persuadée de partir avec lui, trancha Curtis d'une voix vibrante de fureur.

J'entendis de nouveau un crissement de pas sur des graviers, puis les voix s'éteignirent.

Je rouvris l'œil et rassemblai assez de forces pour tourner la tête. J'étais en forêt, sans savoir où au juste. Je voyais à quelques centimètres de moi une étendue d'herbe sèche et de la boue. Une balle de peinture gisait au milieu de cailloux.

J'avais également devant les yeux ma main gauche, qui était enflée, encroûtée de sang et violacée.

Maintenant, j'entendais de nouveau des voix, pas assez distinctement pour comprendre ce qu'elles disaient, mais je savais qu'il y avait du monde dehors, peut-être même tous les élèves.

Dylan, Laura, Jane et moi manquions à l'appel. On nous cherchait comme on avait cherché Lily après sa disparition, mais cette fois-ci, La Société avait pu ouvrir les portes du collège.

Comment expliquerait-on la disparition de Jane ? Dirait-on qu'elle avait été renversée par une voiture, elle aussi ?

Avec un grognement, je dégageai mon bras droit qui était coincé sous mon corps et commençai à me soulever du sol. C'était quasi impossible, comme si on m'avait lesté d'un poids de cinquante kilos.

Je toussai et faillis m'évanouir.

Maintenant, je voyais les élèves. Ils étaient disséminés sur le campus, certains en groupes, d'autres seuls. La plupart restaient à proximité du collège, mais quelques-uns se dirigeaient vers l'endroit où l'on avait retrouvé les traces de sang. Le sang de Jane.

Mais comment un androïde pouvait-il saigner ?

Je levai la main droite pour signaler ma présence, mais je dus la laisser retomber : elle était trop lourde.

— Hé ! croassai-je, mais je pouvais à peine m'entendre.

Je les regardai poursuivre leurs recherches. Ils n'étaient pas aussi organisés que la veille, quand Curtis avait dirigé les opérations. Était-ce seulement la veille ? me demandai-je.

Les recherches s'annonçaient ardues. S'ils nous supposaient quelque part en forêt, ils auraient une surface considérable à couvrir. En revanche, s'ils levaient enfin le nez des traces de sang, ils n'auraient aucun mal à me retrouver.

Mais avais-je vraiment envie qu'ils me retrouvent ?

Je levai de nouveau la main et, cette fois-ci, parvins à l'agiter avant de la laisser retomber. Personne ne regardait encore dans ma direction. Je portais pourtant mon polo rouge, qui devait être suffisamment voyant.

Maintenant, je me sentais comme engourdi. Je n'étais ni en colère, ni triste, je ne ressentais plus rien. J'allais mourir ici, aujourd'hui ou dans un an.

J'entendis des bruits de pas derrière moi, mais n'eus pas l'énergie de me retourner.

— Hé, fit une voix, hé, qu'est-ce que c'est ?

Les pas devinrent plus rapides, de plus en plus forts, et, soudain, tout proches.

— Benson ? Oh, bon sang !...

Quelqu'un s'avança devant moi, puis repartit en courant sur la piste. C'était une fille. J'essayai de la reconnaître, mais mon cerveau fonctionnait encore au ralenti. Je la connaissais. C'était Gabby, l'une des V. Elle bondissait et gesticulait en hurlant aux autres de la rejoindre.

— Oh, Bense ! s'écria-t-on tout près de moi, et je sentis des bras me serrer. Tiens bon, OK ?

Je hochai la tête.

— Tu sais où est Jane ? demanda la voix.

Je fis pivoter ma tête lentement et par saccades pour regarder la personne qui me parlait. Je vis des cheveux bruns et bouclés. Becky. Je la dévisageai sans savoir que répondre.

— Jane, répéta Becky. Tu sais ce qui s'est passé ?

Son regard errait sur mon corps blessé, de ma main à mon visage, puis au sang dont mes vêtements étaient couverts. Ce n'était pas seulement mon sang.

— C'était Dylan, dis-je. Et Laura.

Becky serra les dents et regarda fixement le sol, les larmes aux yeux.

— Tu sais où ils ont emmené Jane ? demanda-t-elle au bout d'un instant.

Je la dévisageai. Becky était-elle l'amie de Jane ? Je n'en savais rien. Que penserait-elle si elle apprenait la vérité ? Peut-être la connaissait-elle déjà. Et si elle était l'une des leurs ?

— Non, répondis-je.

Elle se mordit la lèvre, puis hocha la tête.

— Ça va aller, Bense, dit-elle enfin d'une voix tremblante qui contrastait avec son perpétuel sourire de maîtresse d'école. L'infirmerie est vraiment super. Tu y seras très bien.

D'autres élèves nous rejoignaient. Gabby réapparut et me posa la même question sur Jane que Becky, qui répondit à ma place. Un instant plus tard, Isaiah arriva, suivi de deux gars plus jeunes de La Société.

— Que s'est-il passé ? demanda-t-il sur un ton accusateur.

Becky le regarda en silence, puis s'éloigna.

— Ce sont tes crétins de gorilles, répondit calmement Gabby. C'est Laura et Dylan qui ont fait ça.

Les deux autres types de La Société se raidirent, puis s'avancèrent vers elle comme pour la faire taire. Curtis s'interposa entre eux.

Était-ce réel ? Étaient-ils humains, ou assistais-je à une comédie destinée à me faire croire qu'ils n'étaient pas tous de mèche ?

Curtis se tourna vers Isaiah, lui tapota la poitrine de ses doigts tendus et parla d'une voix qui n'était plus qu'un grondement sourd.

— Je me fous de ce que tu crois qui est arrivé, mais comme c'est toi qui as le contrat pour l'infirmerie, tu as intérêt à nous envoyer quelqu'un dans la minute qui suit, dit-il.

Isaiah ouvrit la bouche pour répondre, mais Curtis l'empoigna par son polo.

— Et si je découvre que Dylan a agi sur ton ordre, je te briserai tous les os, reprit-il. Un par un. Et en prenant mon temps.

Sur ces mots, il repoussa Isaiah.

L'un des sbires de La Société lui envoya un coup de poing, mais il l'esquiva sans difficulté et précipita l'autre à terre. Isaiah aboya un ordre et la bagarre tourna court.

Un attroupement se formait autour de nous. Presque tous les V étaient là. Mason restait à la périphérie, le visage impassible. Il avait raison : j'aurais mieux fait de garder mes distances avec Jane. Cela signifiait-il pour autant qu'il n'était pas l'un d'eux ? Il avait tenté de m'avertir à propos de Jane : il était donc contre elle.

Ou bien tout cela n'était-il qu'une mise en scène ?

Carrie, qui avait partagé la chambre de Jane, était maintenant agenouillée à côté de moi et, en larmes, me suppliait de lui dire où elle était. Je lui répondis que je n'en savais rien.

— Vous étiez ensemble quand c'est arrivé ? demanda Curtis.

Ils croyaient qu'elle gisait quelque part, un peu plus loin, et qu'ils pourraient la retrouver comme moi.

Je voulus hocher la tête, mais même ce simple geste était douloureux.

— Ouais, répondis-je. Nous étions sortis prendre l'air. Nous avons contourné la façade... (Tous, même les membres de La Société, avaient les yeux rivés sur moi. Oakland et Minnie, qui se tenaient à la lisière de la foule, ne perdaient pas une seule de mes paroles.) C'est Laura et Dylan qui ont fait ça. Il avait un tuyau à la main...

Des murmures s'élevèrent dans la foule, devinrent de plus en plus forts, et il y eut des bousculades. Curtis hurla à tout le monde de se taire.

— Continue, dit Carrie, dont le visage était rouge.

Le visage de Jane l'était aussi quand elle pleurait, mais n'était-ce pas le cas pour tout le monde ?

— Ils nous ont attaqués, et Dylan m'a balancé dans le puits, repris-je.

Je me tus, car je ne savais comment poursuivre. Comment expliquer ce qui s'était passé ?

— Et Jane ? demanda Carrie en touchant ma main.

Je secouai la tête.

— Je ne sais pas où elle est, répondis-je.

Je devrais pleurer, pensai-je. Je devrais sangloter. Pourquoi en suis-je incapable ?

Un instant plus tard, Isaiah nous rejoignit en fendant la foule, suivi d'Anna. Lorsqu'elle s'agenouilla devant moi, elle avait l'air terrifié.

Tout le monde se tut tandis qu'elle fouillait dans sa trousse de secours. Elle me regarda, puis baissa les yeux. Elle prit une compresse de gaze et, les mains tremblantes, déchira son emballage en plastique. Elle fit de nouveau une pause pour examiner le contenu de la trousse. Elle saisit un petit flacon, le reposa aussitôt et en choisit un autre.

— Allez, dit sèchement Curtis en faisant signe à Mason et à Joel, on l'emmène à l'infirmerie. Vous autres, continuez à chercher Jane. Elle peut être n'importe où.

18.

Je passai cinq jours à l'infirmerie. Anna ne pouvait pas grand-chose pour moi, car elle ne recevait jamais les résultats des examens qu'elle réalisait. Elle devait déposer les échantillons dans un placard semblable à celui de ma chambre qui contenait comme lui un monte-charge, et recevait ensuite une liste d'instructions. Finalement, j'eus la surprise d'apprendre que ma seule blessure sérieuse était un traumatisme crânien. Sinon, j'étais couvert d'écorchures et de bleus, j'avais une vilaine plaie à l'avant-bras, (Anna m'avait expliqué que j'aurais eu besoin de points de suture, mais qu'on m'avait retrouvé trop tard pour en faire) et deux doigts démis. Mes bras et mes mains étaient bandés comme ceux d'une momie, mes poignets maintenus par des attelles et je prenais des doses massives de calmants, mais c'était tout. Anna me dit que je me sentais probablement plus mal que je ne l'étais vraiment. J'étais trop fatigué pour la contredire.

J'étais souvent seul à l'infirmerie, mais de temps en temps, les V me rendaient visite. J'appris qu'il y avait du changement au collège : ces disparitions avaient provoqué des bouleversements. Pendant un moment, Curtis avait redouté une nouvelle guerre de gangs, comme celle qui avait éclaté avant l'accord, mais le calme était revenu. Quatre personnes avaient quitté La Société : trois d'entre elles avaient rejoint Le Chaos, et Anna était maintenant membre des V. À la suite de sa défection et de la disparition de Dylan, le contrat pour l'infirmerie avait été automatiquement transféré aux V, au grand dépit d'Isaiah.

Le plus étrange était néanmoins l'explication que Le Tueur avait fournie des événements : il avait annoncé la mort de Jane sans rien révéler des circonstances de cette mort. Dylan et Laura avaient été arrêtés. Curtis avait interrogé Isaiah, qui lui avait affirmé n'être pour rien dans leur arrestation. Quelqu'un d'autre avait dû les emmener.

Le cinquième jour, je me levai, car je savais que j'allais sortir ce jour-là, et j'explorai l'infirmerie. Je ne supportais pas de retrouver ma chambre et de reprendre le train-train quotidien. Il fallait que je foute le camp d'ici. J'avais besoin d'un plan d'évasion, d'armes et d'outils.

J'examinai le placard par lequel Anna envoyait les radios et recevait des instructions. De petite taille, il était encastré dans le mur du sous-sol. Si je n'avais su à quoi m'en tenir, je l'aurais pris pour un placard comme un autre. Il n'avait ni boutons, ni commandes.

Les autres contenaient le matériel classique d'une infirmerie de collège : de la gaze, des abaisse-langue et des gants en latex. Il y avait bien des seringues mais sans aiguilles : bref, rien qui puisse servir d'arme.

Je pris une bouteille d'alcool à 90°, parce que je me souvenais vaguement d'une série policière dans laquelle on expliquait comment s'en servir pour fabriquer une arme. Je supposais que c'était à tout le moins un produit inflammable, et je priais pour que celui ou celle qui m'observait derrière la caméra de surveillance prenne mon vol pour une tentative stupide et dangereuse de me saouler.

— Salut, Bense !

Je pivotai sur moi-même et vis Becky sur le seuil. Je reposai la bouteille d'alcool sur l'étagère en prenant mon air le plus innocent.

— Salut, répondis-je.

Elle serrait un clipboard contre elle, les bras croisés sur la poitrine.

— J'ai juste quelques questions à te poser avant ta sortie, pour des formulaires idiots que je dois remplir, expliqua-t-elle avec une grimace.

Je hochai la tête et allai m'asseoir. Je portais un pyjama en flanelle blanche qu'Anna avait sorti d'un placard et j'avais l'impression d'être un gosse alors que je grimpais dans le lit d'hôpital trop haut.

— Il y a de la paperasse à remplir, ici ? demandai-je.

— Ça représente quatre-vingt-dix pour cent de mon boulot, répondit-elle.

Je m'adossai aux oreillers. J'avais encore mal au crâne, mais la douleur était plus sourde.

— Vas-y, dis-je, les yeux au plafond.

Je ne voulais pas la regarder. Il y avait dans ce collège un paquet de gens que je soupçonnais d'être des robots. Becky était sur la liste, comme tous les membres de La Société.

— Quelle note donnerais-tu aux soins que tu as reçus pendant ton séjour à l'infirmerie ? demanda-t-elle.

Je tournai la tête pour la dévisager. Elle souriait.

— Tu rigoles ? répondis-je.

Elle baissa les yeux sur son clipboard.

— Sur une échelle de un à cinq, le un signifiant « excellent » et le cinq « très médiocre », précisa-t-elle.

Je levai les yeux vers le plafond, puis les fermai.

— Ce collège où nous sommes prisonniers et où des gens meurent se soucie donc de la qualité du service ? demandai-je.

— Nous ne sommes pas certains que des gens... commença Becky, puis elle se tut.

Un ange passa.

J'entrouvris un œil. Elle s'essuyait la joue.

— Je suis désolée, dit-elle d'une voix tremblante.

— Ça va.

Nous restâmes silencieux pendant quelques secondes. Becky baissait les yeux sur son papier tandis que je contemplais le plafond blanc.

Rien ne serait jamais normal à Maxfield. Je m'étais fait des illusions en m'imaginant que je pourrais prendre du bon temps ici. J'avais aimé le paintball, la bonne bouffe, les V et... Jane, mais tout cela n'était que mensonges.

Becky me montra son clipboard. La feuille de papier était vierge.

— Il n'y a pas de paperasse, ici, expliqua-t-elle en s'essuyant de nouveau les yeux. Je voulais juste savoir comment tu allais.

— Ça va.

Je regagnai mon dortoir dans l'après-midi. Quelques V m'avaient envoyé des cartes pour me souhaiter un bon rétablissement et des filles avaient disposé des fleurs et des herbes du jardin dans un vase sur mon bureau. Je les remerciai tous, mais désormais, à mes yeux, tout avait changé.

Je dissimulai l'alcool à 90° à l'intérieur de ma taie d'oreiller. J'avais besoin d'autres ingrédients pour fabriquer une arme, mais ça pouvait attendre. Pendant les cinq jours que j'avais passé alité, j'avais élaboré une théorie.

Mon raisonnement était le suivant : nous étions dans ce collège afin de subir soit des tests, soit un entraînement. J'ignorais quelle hypothèse était la bonne, car aucune ne tenait tout à fait debout. Si nous étions soumis à des tests, ces derniers étaient vraiment trop vagues et abstraits. S'il s'agissait d'un entraînement, on aurait dû mettre davantage l'accent sur ce que nous apprenions, avec un enseignement de meilleur qualité, une évaluation plus rigoureuse et des exigences plus élevées. Même ceux d'entre nous qui croyaient à un entraînement militaire à cause du paintball ne comprenaient pas pourquoi on ne nous formait pas à la tactique. Au fond, nous ne faisions qu'improviser sur le terrain.

En admettant que nous étions ici pour une raison précise, il fallait supposer que Jane et les autres androïdes (même si j'avais horreur d'employer ce mot pour elle) contribuaient à l'entraînement ou aux tests.

Et s'ils y jouaient un rôle majeur, ils devaient logiquement être au collège depuis le début de ces expériences. Jane en était la meilleure preuve, car elle était arrivée à Maxfield avant nous tous.

Je décidai d'établir une liste des soixante-huit élèves restants afin de savoir lesquels étaient les plus anciens. Si mon raisonnement se tenait, c'étaient probablement eux les androïdes

À moins que tous ne le soient...

Bien entendu, j'étais incapable de faire la différence entre humains et androïdes. Combien étaient ces derniers ? Cinq ? Dix ? Trente ?

Je dressai la liste des noms sur un carnet, puis, avec l'aide de Mason, je fis le tour des dortoirs pour demander aux élèves depuis combien de temps ils étaient là. Je n'avais pas expliqué à Mason pourquoi je le faisais, et il devait penser que je perdais la boule. Il n'avait peut-être pas tout à fait tort.

Les V répondirent à mes questions sans faire de difficultés, comme la plupart des autres élèves. Quand je frappai à la porte de la chambre d'Oakland, ce fut Tire-au-flanc qui vint m'ouvrir. Assis à son bureau, les pieds posés sur la table, Oakland lisait quelque chose sur son ordinateur portable. Il leva les yeux vers moi, puis les reporta sur l'écran.

— Salut, les gars, dis-je, j'ai quelques questions à vous poser.

Tire-au-flanc voulut me refermer la porte au nez, mais je m'avançai et bloquai le battant avec le bout de ma chaussure. Il me foudroya du regard et bomba la poitrine.

— C'est quoi, ton problème ? lança-t-il.

— J'ai juste une question à vous poser, répondis-je. J'essaie de faire la liste de tous les élèves pour savoir lesquels sont les plus anciens.

— Qu'est-ce que ça peut te foutre ?

— Simple curiosité de ma part.

Il serra les dents et plissa les yeux en une grimace probablement censée m'intimider.

— C'est pour ça que tu me tires du lit ? demanda-t-il.

Il jouait au dur sans avoir les moyens de sa politique. À vrai dire, depuis la bagarre le jour de mon arrivée, il me provoquait comme s'il comptait me battre à un championnat de lutte.

— Je suis bien conscient que la route est longue du lit à la porte et je te présente toutes mes excuses, répondis-je.

Il soutint mon regard avec une autre grimace d'intimidation.

— Si tu veux, tu peux t'asseoir pour reprendre ton souffle, proposai-je en désignant une chaise.

Il voulut répondre, mais Oakland le devança.

— C'est quoi, ta question ? demanda-t-il.

— Vous êtes ici depuis combien de temps ?

— Qu'est-ce que ça peut te foutre ? glapit Tire-au-flanc.

— Tu me l'as déjà demandé, observai-je calmement en regardant Oakland.

Il me dévisageait également, l'air songeur. Tire-au-flanc paraissait déconcerté devant son absence de réaction. Je décidai de faire retomber la tension.

— J'essaie d'en savoir un peu plus sur ce collège, expliquai-je. Mais pour ça, je dois en parler avec ceux qui sont arrivés ici les premiers.

Oakland me regarda longuement avant de répondre.

— C'est Jane qui est arrivée la première, non ? demanda-t-il.

Il n'y avait aucune trace de sympathie dans sa réponse, mais au moins, il ne se la pétait pas comme d'habitude. Il ne faisait que constater.

— Ouais, c'est elle, acquiesçai-je.

— Je suis là depuis un an et neuf mois, je crois, reprit-il. Je n'en suis pas sûr à cent pour cent. Pour Tire-au-flanc, ça fait moins d'un an.

Ce dernier avait visiblement du mal à comprendre pourquoi Oakland m'aidait, et il ne me quittait pas des yeux tandis que je notais ces renseignements sur mon carnet.

— Merci, les gars, déclarai-je.

— Dis donc, Fisher, on a fait du bon boulot avec ta copine ! lança Tire-au-flanc alors que j'allais partir.

Je m'immobilisai, pris de fureur. J'inspirai profondément, puis regardai Oakland assez longuement pour déconcerter Tire-au-flanc. Quand il regarda Oakland à son tour, je lui envoyai mon poing dans la mâchoire.

Il s'effondra à terre. Les yeux d'Oakland rencontrèrent les miens. Il resta un instant immobile, puis retourna à son ordinateur.

Vers la fin de la soirée, j'avais les réponses de presque tous les élèves. Deux membres de la Société avaient refusé de répondre en arguant qu'ils devaient d'abord consulter Isaiah. Je les aurais frappés avec plaisir, eux aussi.

Isaiah ne répondit pas non plus, mais j'obtins des renseignements sur lui par d'autres élèves. Il était parmi les plus anciens, ce qui ne me surprit pas. J'en étais certain. Isaiah ne pouvait être qu'un androïde.

Au cours des deux jours qui suivirent, je recueillis les mêmes informations auprès des filles, en classe et à la cafétéria. Je découvris que cinq élèves étaient arrivés ensemble à Maxfield. Isaiah était du nombre. Ils avaient déclaré être ici depuis un peu plus de deux ans et se souvenaient d'être arrivés en minibus. Outre Isaiah, ce groupe comprenait un autre type de la Société, un certain Raymond, deux filles du Chaos, Minnie et Poucette, et, chez les V, Rosa.

Je ne connaissais pas très bien cette dernière. Je savais qu'elle était l'une des plus âgées parmi les filles. C'était elle qui avait le meilleur pistolet au paintball. Elle était asthmatique et assez peu sociable.

Je décidai de l'observer.

Bien entendu, cette liste n'était qu'une estimation. Elle reposait sur l'hypothèse que les androïdes étaient les plus anciens élèves, et sur celle, plus hasardeuse encore, que Jane n'était pas le seul androïde du lot.

Cette nuit-là, étendu sur mon lit, j'avais envie de parler à Mason. D'après les renseignements de ma liste, il faisait partie de la moitié la plus récente des élèves. Cela signifiait donc, du moins l'espérais-je, qu'il n'était pour rien dans… ce qui se passait ici.

La lumière de la chambre était éteinte et je l'entendais pianoter sur son ordinateur de poche au-dessus de moi.

— Hé, Mason ? lançai-je.

— Qu'est-ce qu'il y a ? répondit-il avec un bâillement.

Je me tus un instant. L'écran de son ordinateur irradiait une faible lueur qui se reflétait sur l'objectif de la caméra placée dans l'angle de la chambre.

— Rien de spécial, fis-je.

— D'ac'.

Mieux valait attendre que nous soyons dehors, loin des micros.

Je me levai, trop tendu pour dormir, et allai prendre mon ordinateur dans l'armoire. Les contrats devaient être renouvelés et j'étais curieux de savoir ce qu'il adviendrait du contrat médical. D'après la rumeur, La Société allait essayer de nous le reprendre. Les gangs étaient censés se réunir pour en parler. Je trouvais stupide de se bagarrer pour ça, mais j'avais entendu dire que les discussions sur les contrats dégénéraient souvent en affrontements. C'était la raison pour laquelle l'accord entre gangs avait été conclu.

Je lus les clauses du contrat médical, mais elles ne contenaient rien d'intéressant. Le nombre de points offerts pour ce contrat était peu élevé, comparé à celui des gros contrats du type jardinage et cantine, tous deux détenus par le Chaos.

Par désœuvrement, je me rabattis sur le site d'achat, à la rubrique nouveautés. Il n'y avait pas grand-chose : quelques snacks, des fringues pour les filles et un nouveau jeu vidéo.

En revanche, le matériel de paintball était impressionnant : il comprenait tout un assortiment de tenues de camouflage et huit types de tenues de guide. Il y en avait même une grise et blanche pour les jours de neige. J'aurais voulu acheter de tout, non pour devenir champion de paintball, mais parce qu'il serait bien plus facile de s'évader en tenue de camouflage.

Mais je ne pourrais rien acquérir de valable avant un bon moment. Mon infraction au règlement avait nui à mes affaires : je n'étais rémunéré que pour une partie du mois. Je cherchai à estimer le total de mes points, dont je ne m'étais guère soucié jusqu'ici, ce qui ne me prit que quelques minutes.

C'est impossible, pensai-je, stupéfait devant le résultat.

— Hé, Mason, tu as combien de points ? demandai-je.

Je savais qu'il économisait depuis plusieurs mois pour s'acheter une tenue de guide, ne dépensant que pour quelques articles comme des grenades de paintball.

— Attends une minute, répondit-il d'une voix ensommeillée, et j'entendis cliqueter son clavier. J'ai… mille huit cent trente points.

Mille huit cent trente. Une jolie somme… avec ça, il pouvait s'offrir pratiquement n'importe quoi, sauf les articles les plus coûteux du catalogue.

— Il ne me manque plus que quarante-cinq points, ajouta-t-il. Hé, tu as vu le nouveau camouflage d'hiver ?

Mais je n'écoutais plus Mason. Décidément, quelque chose n'allait pas.

Le total de mes points se montait à cinq millions.

Le collège essayait de m'acheter.

19.

Je ne tenais pas à ce que tout le monde soit au courant pour mes points. Si j'avais commandé un costume de guide avec l'équivalent de quelques semaines de salaire, La Société aurait eu des soupçons. J'avais quand même acheté un pantalon de treillis, dont j'avais rempli les poches d'articles coûteux : grenades de paintball, jumelles, lampe-torche et, surtout, deux talkies-walkies.

Je m'étais également constitué un stock de ravitaillement : barres énergétiques, biscuits salés, viande séchée. J'espérais que la direction croirait que je profitais de ses pots-de-vin, mais peut-être savait-elle la vérité : je préparais mon évasion. En tout cas, ceux qui nous observaient de l'autre côté des caméras devaient vraiment être en confiance, car le matériel qu'on nous proposait était une incitation à l'évasion.

Assister aux cours m'était insupportable. Rester assis en classe, jour après jour et voir les deux sièges vides devant Mason et moi constituait une véritable torture. Lily était morte. Jane avait disparu. Chaque jour, assis à ma table, je regardais sa chaise et je me souvenais de ses cheveux, puis d'elle allongée sur la table au sous-sol.

J'avais remarqué qu'il en allait de même pour Becky : elle était maintenant seule à la table du premier rang. Laura, qui était autrefois assise à côté d'elle, avait disparu. Bon vent, pensais-je.

Après plusieurs jours de routine, Le Tueur nous annonça que nous devions nous changer pour une partie de paintball. Je dissimulai mon impatience de mon mieux alors que je m'habillais et emballais mon matériel. Je me moquais bien de jouer, mais je voulais profiter du temps que je passerais en forêt, loin des caméras, car j'avais à faire.

Quand je fus prêt, Mason était déjà parti. J'avais fait exprès de traîner, et dès que la porte se referma derrière lui, je pris le flacon d'alcool à 90° dissimulé dans ma taie d'oreiller.

Je le secouai, puis examinai son contenu. Le liquide avait viré au brun-rouge. La veille au soir, j'avais versé dedans tout un flacon de poivre de Cayenne. J'avais graissé la patte à un gars du Chaos pour qu'il le vole aux cuisines, en lui racontant que je voulais faire une farce à Isaiah, et je lui avais donné en échange une chaîne en or de trois cent points.

Et quand j'étais retourné à l'infirmerie ce matin pour prendre une nouvelle dose de calmants, j'avais volé une seringue et des compresses de gaze.

J'allais bientôt savoir si mon plan fonctionnait. J'avais vu à la télévision comment je devais procéder, mais je n'étais pas encore sûr du résultat.

Je fourrai le flacon dans une poche de mon treillis et sortis.

Je sentais le poids de mon matériel contre ma jambe tandis que je dévalais l'escalier. Je ne savais trop à qui passer mon deuxième talkie-walkie. De tous les élèves, c'était à Mason que je me fiais le plus, mais il ne semblait pas vraiment pressé de s'évader. Peut-être qu'au bout du compte, personne ne voudrait s'enfuir avec moi.

Mais aujourd'hui, peu importait. Dans l'immédiat, j'allais juste me livrer à une expérience.

Curtis me rejoignit alors que je traversais la piste.

— Il va peut-être neiger, dit-il en levant les yeux vers les nuages bas.

Je haussai les épaules.

— Il a fait le même temps toute la semaine, observai-je.

Je ne savais trop que penser de Curtis. Il était arrivé six mois après Isaiah, mais il faisait quand même partie des dix élèves les plus anciens. Je me demandais si tous les gangs n'étaient pas dirigés par des androïdes : Oakland, Minnie, Isaiah et Curtis. La seule qui ne cadrait pas dans le tableau était Carrie, car elle n'était ici que depuis un an. Si elle ne faisait pas figure de meneuse comme Minnie, elle était en quelque sorte l'adjointe de Curtis.

— Tu te sens en état de jouer ? demanda Curtis.

— Je crois que oui, répondis-je. Ma tête va mieux et je peux faire pas mal de trucs avec ces attelles, alors ça devrait aller.

— Et tes côtes ?

— Elles me font un mal de chien, dis-je en riant.

— Bon, on essayera de ne pas te faire courir. Tu pourrais être défenseur. Avec un peu de chance, c'est nous qui arbitrerons ce match. Dans ce cas, tu pourras rester sur le banc.

J'appris que le terrain de paintball vers lequel nous nous dirigions était l'un des plus vastes et comptait plusieurs douzaines de constructions en contreplaqué, disposées comme pour un jeu de guérilla urbaine.

Comme toujours, Isaiah se tenait face à la foule.

Celle-ci était un peu plus calme et plus morne que d'habitude. C'était la première partie de paintball depuis les événements récents : il y avait du changement dans les équipes et des joueurs-clefs avaient disparu.

— Aujourd'hui, on joue au « garde du corps », annonça Isaiah dans le mégaphone. La Société est à l'attaque et les V à la défense.

Curtis me tapota le dos avec un sourire. Je serais donc défenseur, ce qui m'éviterait de cavaler à droite et à gauche. Ce n'était d'ailleurs pas ce que je comptais faire, mais j'acquiesçai.

— La Société choisira un joueur qui sera le VIP, poursuivit Isaiah. Ce joueur doit toucher le drapeau hissé sur la place de la ville. Les attaquants ont cinq joueurs de plus que les défenseurs. Les deux équipes ont un médecin, mais il ne peut pas guérir le VIP.

Je me retournai pour regarder les V regroupés derrière Curtis. Tous paraissaient indécis, comme s'ils répugnaient à prendre la place de Jane. Je la revoyais au milieu de nous, la main joyeusement levée.

Elle avait dit qu'elle faisait le médecin parce qu'elle préférait être seule. On l'avait sûrement programmée pour aimer la solitude.

— Je peux faire le médecin, proposa timidement Carrie.

Quelques-uns acquiescèrent, mais personne ne montra beaucoup d'enthousiasme.

Je crois que dans un sens, je faisais plus facilement mon deuil de Jane que les autres V. Ils ignoraient l'essentiel. Pour eux, Jane était encore une amie qu'on avait assassinée. Pour moi... j'ignorais ce qu'elle était au juste. Dès qu'un bon souvenir de Jane me revenait, il était suivi de cette image d'elle assise sur la table, son oreille à la main, et parlant avec une voix qui n'était plus la sienne.

Le médecin de La Société était une certaine Vivian, que je ne connaissais pas. Becky tenait le rôle du VIP.

Isaiah fit distribuer les brassards aux médecins, puis, un sourcil levé, regarda fixement l'écran de son ordinateur.

— L'équipe gagnante recevra des punitions plus légères pour toute infraction au règlement commise au cours de la semaine, lut-il à voix haute, avec une désapprobation visible. L'équipe perdante recevra des punitions plus lourdes pour toute infraction au règlement commise au cours de la semaine.

Des murmures s'élevèrent dans la foule, surtout parmi les V.

— C'est salaud, commenta Mason. La défense perd toujours à ce jeu.

Après avoir consulté sa montre, Isaiah annonça que nous avions quinze minutes pour rejoindre nos positions. Je soulevai le ruban du périmètre et laissai les autres passer dessous.

— Bon, déclara Curtis alors que nous nous dirigions vers le terrain, nous ne sommes plus au complet. Mason et Benson, vous prendrez des positions de défenseurs dans la ville. Joel, tu seras à l'avant, et toi, Hector, à l'arrière. John, je veux que ton équipe se disperse et que chacun de vous opère en tireur embusqué dans le lit de la rivière. Anna, tu iras avec eux et tu resteras à couvert en attendant qu'ils te rejoignent. Carrie, tu resteras en ville pour soigner les défenseurs blessés. Comme les joueurs de La Société sont plus nombreux que les nôtres, ils essaieront probablement de nous attaquer sur tous les fronts en même temps.

Curtis frappa dans ses mains, nous souhaita bonne chance et nous nous dispersâmes. Mason et moi nous dirigeâmes vers la ville, plus lentement que les autres à cause de mon état : ma poitrine était endolorie.

Dès que la ville serait en vue, nous devrions descendre dans le lit asséché de la rivière auquel Curtis avait fait allusion, puis remonter sur l'autre rive.

La ville en contreplaqué était encore plus vaste que je ne l'avais cru. Elle comptait trente à quarante petites constructions, dont un tiers à deux étages, et une mince tour à trois étages. Les bâtiments étaient couverts de taches de peinture.

— Ce jeu, c'est de la vraie boucherie, déclara Mason. Comme l'attaquant a toujours plus de joueurs, la défense se fait massacrer.

— Et quand les V sont à l'attaque, c'est l'équipe adverse qui n'a droit qu'à dix ou douze joueurs ?

— Dans ce jeu, nous sommes toujours défenseurs et nous perdons à tous les coups, ce qui signifie que nous aurons intérêt à n'enfreindre aucune règle cette semaine. Je n'ai pas envie de jeûner.

Mason me plaça en bonne position, au second étage d'un édifice qui avait deux fenêtres donnant l'une sur les bois, l'autre sur l'une des principales voies d'accès à la ville.

— Bonne chance, vieux, dit-il avec un geste vers les murs éclaboussés de peinture. Tu ne feras pas de vieux os.

Sur ces mots, il tourna les talons et sortit.

Dès son départ, je tirai mes ustensiles de mes poches et les disposai devant moi sur le sol : le flacon d'alcool rougi, la seringue, un paquet de compresses de gaze et une bouteille d'eau.

Je sortis d'une autre poche trois grenades de paintball. Je ne m'en étais jamais servi, mais leur structure était simple : chacune comprenait un réservoir de peinture et un autre d'air comprimé. Je dégoupillai la première, la jetai dans l'escalier, et en fis autant avec les deux autres.

J'entendis un sifflement sonore, suivi d'un crépitement, tandis que les grenades à air comprimé tournoyaient en aspergeant la salle du dessous. Dès que le bruit eut cessé, je dévalai les marches. La pièce était striée d'éclaboussures vertes, blanches et jaunes fluorescentes.

Je ramassai les grenades et remontai en courant.

Je dévissai le bouchon de la bouteille d'eau et la vidai sur le sol. Puis, après avoir posé deux compresses de gaze sur son goulot, je versai doucement l'alcool à travers la gaze.

L'odeur était suffocante et mes yeux commencèrent à larmoyer.

Le poivre de Cayenne était censé infuser dans l'alcool, c'était du moins ce que j'avais vu à la télévision. Ça avait l'air de marcher : alors que la bouteille se remplissait d'alcool rougeâtre, les grains de poivre restaient sur la gaze et le liquide coulant au-dessous était presque dépourvu d'impuretés.

J'entendis quelques détonations dans le lointain.

Je plongeai la seringue dans l'alcool et la remplis.

Les bruits des balles qui s'écrasaient sur les édifices provenaient de deux endroits différents. C'étaient des claquements sonores dont l'écho se répercutait. Je risquai un coup d'œil par la fenêtre, mais ne vis personne.

Je plantai la seringue dans l'une des grenades et injectai l'alcool dans le réservoir à peinture. Un peu de liquide goutta sur ma main, et les petites égratignures de mon pouce et de mon index me brûlèrent.

Je revissai la goupille, puis remplis en vitesse les deux autres grenades.

Des cris s'élevèrent. Des joueurs appelaient le médecin à proximité.

Je fixai de nouvelles cartouches à air comprimé sur les grenades.

Elles étaient prêtes. J'avais maintenant trois grenades lacrymogènes.

Même si ce n'était pas un pistolet, je me sentais désormais nettement moins vulnérable. Bien sûr, mes grenades n'arrêteraient pas un androïde, mais elles pourraient neutraliser un crétin de La Société.

J'aurais aimé en essayer une tout de suite, la balancer par la fenêtre à l'arrivée de quelqu'un, mais mieux valait rester discret. Comme il n'y avait pas de caméras sur le terrain, la direction n'avait aucune idée de ce que je préparais.

Je remis doucement les grenades dans les poches de mon treillis, repris mon pistolet et jetai in coup d'œil par la fenêtre pour observer le jeu. Personne en vue, mais au bruit, je devinais que nos défenseurs avant passaient un mauvais moment.

J'eus soudain une idée. La rivière traversait le terrain. Il était impossible que son embouchure soit dans l'enceinte du collège : la rivière devait donc passer quelque part audessous du mur.

Des bruits de voix étouffées me parvinrent de l'étage inférieur, et je me retournai instinctivement vers l'escalier. Un instant plus tard, une grenade rebondit sur le sol, émit un sifflement, puis tournoya en vaporisant de la peinture bleue qui éclaboussa mon masque.

Je hurlai « touché ! » et me dirigeai vers la sortie en essuyant mon masque. Je vis par la fenêtre Becky entrer dans la ville sous l'escorte de cinq gardes du corps.

Je n'aurais jamais pu échapper à cette grenade. Je m'imaginai en train de lancer l'une des miennes dans le dortoir d'Isaiah.

Je riais encore en sortant du bunker.

Je me dirigeai vers la limite du terrain, mon pistolet levé pour indiquer que j'étais mort. Quelques arbitres s'attardaient en forêt, mais la plupart suivaient le déroulement du match dans les bunkers.

Je rejoignis le lit de la rivière et le remontai tranquillement vers l'amont, sans chercher à me dissimuler. J'avais parcouru à peine quelques centaines de mètres quand Mason surgit à mon côté. Il avait au moins sept taches de peinture vert fluorescent sur les bras et la poitrine.

— Ne me dis pas que tu vas t'évader, fit-il.

— Qu'est-ce qui te fait croire ça ? répondis-je sans le regarder.

— Tu n'es pas dans la bonne direction.

— Je veux juste voir jusqu'où va cette rivière.

Il acquiesça, puis marcha en silence pendant un moment. Alors que nous longions le lit de la rivière, je me demandai s'il y avait eu autrefois de l'eau dedans. Peut-être était-il asséché parce que le mur faisait barrage.

Maintenant que l'excitation du jeu retombait, le froid me pinçait les doigts.

— Sommes-nous déjà en décembre ? demandai-je.

— Je n'en sais rien. J'ai perdu le compte des mois, répondit Mason.

Près du mur, la rivière disparaissait dans une canalisation d'environ un mètre de diamètre. Alors que nous en approchions en suivant les ornières creusées par les 4 × 4 de La Société, je me penchai pour regarder à l'intérieur.

— C'est dégagé, dis-je, déconcerté. On pourrait traverser et ressortir de l'autre côté en une minute.

— Non, affirma Mason.

Alors que je me redressais, il me montra quelque chose du doigt.

La canalisation était flanquée de deux caméras, chacune à une quinzaine de mètres d'intervalle. Ces caméras étaient braquées sur nous.

— Oh ! dis-je, et je leur adressai un petit salut de la main. Eh bien, on dirait que le problème est réglé.

Ça ne me dissuadait pas pour autant de m'évader, car je savais que je devrais agir rapidement quoi qu'il arrive. Peut-être ces caméras n'étaient-elles pas sous contrôle permanent, comme celles de l'hôpital où j'avais travaillé. Dans ce cas, ce qu'elles filmaient ne serait visionné que plus tard, le cas échéant.

— À ton avis, qu'y a-t-il de l'autre côté du mur ? demandai-je à Mason.

— Des gardes, répondit-il avec un haussement d'épaules.

— S'il y en avait, tu ne crois pas qu'on les entendrait ? Les 4 × 4 de la sécurité sont bruyants. Ils en auraient sûrement aussi de l'autre côté, non ?

— Il y a des feux de camp. Tu as vu la fumée.

— Ce sont peut-être de vrais campeurs. C'est peut-être un camping.

Mason ricana.

— Eh bien, si je dois m'évader un jour, je tenterai ma chance en forêt plutôt que de tomber sur des gardes, déclara-t-il.

Je hochai la tête sans répondre. Dans la forêt, une fille de La Société à la tête éclaboussée de peinture bleu vif nous observait en marchant. Mason me frappa l'épaule et me fit signe de rebrousser chemin.

Le collège venait de réapparaître devant nous quand je repris la parole.

— Tu as remarqué cette porte près de l'incinérateur ? Tu sais sur quoi elle donne ? demandai-je sur le ton le plus dégagé que je pus prendre.

— Je n'en ai aucune idée.

— Les responsables du jardinage ne peuvent pas l'ouvrir, et nous non plus. C'est peut-être une question de sécurité.

— Peut-être. J'ai vu Rosa entrer là-dedans un jour, dit-il sur le ton de la conversation, comme si ça n'avait aucun intérêt pour lui.

— Tu l'as vue ? Récemment ? répondis-je en tentant de dissimuler mon excitation.

— Non, c'était il y a un an au moins. Rosa est là depuis un bon bout de temps.

— C'est l'une des plus anciennes élèves.

— Tout ça, c'était avant les gangs. À l'époque, elle ne faisait pas encore partie des V.

J'acquiesçai sans commentaire, mais mon cœur battait violemment.

20.

Au cours des journées suivantes, j'observai attentivement Rosa, mais cela ne fit qu'accroître ma perplexité. Si Rosa était effectivement un androïde, pourquoi était-elle aussi discrète ? Elle ne prenait aucune initiative, elle n'essayait pas de me retenir ici comme l'avait fait Jane. Elle se contentait d'être présente, timide et toujours en retrait. Pourquoi se donner la peine de créer un androïde pour le laisser se tourner les pouces ?

À la fin des cours, je me rendis au bureau de Becky et sonnai. Cette fois-ci, elle mit un peu plus de temps à arriver du dortoir, mais elle était aussi souriante et joyeuse que d'habitude.

— Salut, Bense ! Quoi de neuf ? demanda-t-elle.

— J'ai quelques questions à te poser, répondis-je alors qu'elle ouvrait la porte et me précédait dans le bureau.

Je m'assis sur le canapé tandis qu'elle s'adossait à son bureau.

— Vas-y, dit-elle.

— Bon. C'est toi qui as tous les dossiers des élèves, si j'ai bien compris ?

— Quels dossiers ? demanda-t-elle, et elle croisa les bras. Les élèves ne sont pas notés.

— Je pensais à cette lettre que Mrs Vaughan m'avait demandé de te remettre.

— Ah oui ! fit-elle, et elle rougit. Tu veux savoir ce que cette lettre raconte sur toi ?

Elle se dirigea vers une armoire de classement et l'ouvrit. Je me levai pour jeter un coup d'œil à l'intérieur. Elle ne contenait pas grand-chose, mais il y avait un mince dossier pour chaque élève. Becky prit celui qui était à mon nom et l'ouvrit. L'enveloppe était dedans.

— Tu peux y jeter un coup d'œil, fit-elle en réprimant une envie de rire.

L'enveloppe avait été soigneusement ouverte avec un coupe-papier (Becky était visiblement quelqu'un de méticuleux). Elle contenait une seule feuille de papier, que je saisis. Cette feuille était vierge.

Je regardai Becky.

— C'est une blague ? demandai-je.

Elle hocha la tête avec un sourire penaud.

— Je crois qu'elle fait ça pour que les élèves viennent me voir plutôt que de se lancer dans des recherches, répondit-elle. Ces lettres ne contiennent que des feuilles blanches.

— Ça veut dire que si je veux m'informer sur quelqu'un, son origine, son âge, etc., tu ne pourras pas me renseigner ?

— Non. Pas par les dossiers. Maintenant, ça fait un bout de temps que je suis ici et je pense que je connais tout le monde. Que veux-tu savoir ?

J'avais presque envie de tout lui raconter. Quand je la regardais, elle, son sourire, ses cheveux, sa peau, elle paraissait bien vivante. Et je savais quelque chose sur son passé : elle avait eu le cœur brisé.

Mais j'aurais pu en dire tout autant de Jane. J'avais parlé avec elle bien davantage qu'avec Becky. Jane ressentait des émotions, de la tristesse. Je l'avais embrassée, bon sang… si cela n'avait pas suffi à me faire comprendre ce qu'elle était, comment aurais-je pu le deviner ?

— Tu connais Rosa ? demandai-je enfin.

Becky parut surprise et un peu déconcertée.

— Oui, répondit-elle, enfin, je pense que oui.

— C'est pour un projet sur lequel je travaille avec Mason, expliquai-je. Tu te souviens de cette liste que j'ai établie pour savoir depuis combien de temps chaque élève est ici ?

— Ah oui, fit-elle, un peu rassérénée. Mais tu ne peux pas lui poser la question directement ?

— Elle m'a déjà répondu, mais tu sais comment elle est : fermée comme une huître. J'aimerais bien en savoir plus sur elle, par exemple d'où elle vient, etc.

J'aurais voulu régler cette question rapidement, en espérant qu'il suffirait à Becky de consulter ses dossiers pour y trouver des renseignements. Mais à présent, j'avais l'impression que je devais la rassurer, sans comprendre pourquoi.

Elle s'assit sur le bord du bureau et croisa les jambes.

— Je crois qu'elle est du Sud, de Georgie, mais je n'en suis pas tout à fait sûre, dit-elle. À quoi est censé servir ce projet ?

— Je me suis lancé dedans par pure curiosité, répondis-je. Et par ennui. Mais je pense aussi qu'il serait utile de garder une trace écrite de tout ce qui se passe ici, au cas où nous réussissions à en sortir un jour.

Becky acquiesça.

— Je tiens un journal intime, dit-elle.

— Vraiment ? demandai-je en me rasseyant.

— Ouais. Je le faisais déjà avant d'arriver ici. Je regrette de ne plus avoir mon journal de ce temps-là.

Je l'observai plus attentivement. Elle paraissait perdue dans ses pensées.

— D'où viens-tu ? demandai-je.

Cette question parut la ramener à la réalité. Elle se redressa un peu et me regarda.

— De pas très loin d'ici : de Flagstaff, dans l'Arizona.

— Vraiment ? C'est à combien d'heures d'ici ?

— Cinq ou six heures de route.

— Et tu n'as pas d'amis là-bas, personne que tu pourrais contacter ?

Elle rit doucement, puis secoua la tête.

— Je vivais seule avec ma grand-mère dans un vieux ranch, expliqua-t-elle. Je suivais un programme d'enseignement à domicile. J'avais quinze ans quand elle est morte.

— Je suis désolé.

— Ça va. (Elle baissa les yeux sur sa jupe et la lissa des deux mains.) Ça me plaît que tu recueilles tous ces renseignements. Quand tu auras fini, j'aimerais bien voir le résultat. Peut-être aurons-nous enfin de vraies archives.

J'acquiesçai avec un sourire.

— Bien sûr, dis-je.

Il y avait tant d'autres choses que j'aurais aimé lui dire. J'aurais voulu lui faire confiance et je regrettais que ce soit impossible.

À propos, Jane était un androïde, aurais-je aimé lui dire.

Je me levai pour sortir.

Becky m'observait, dans l'expectative. Peut-être voulait-elle ajouter quelque chose, mais je n'avais aucune idée de ce que c'était. Son regard était attentif, mais lointain.

— Il faut que je me sauve, dis-je enfin.

— D'accord, répondit-elle en me regardant dans les yeux.

Je me dirigeai vers la porte et j'allais saisir la poignée quand elle reprit la parole.

— Je suis désolée, fit-elle. Pour Jane, je veux dire. Tous les membres de La Société ne sont pas comme Laura et Dylan.

J'eus un mouvement de colère, que je réprimai, puis j'acquiesçai sans me retourner.

— Ne… commença-t-elle avant de laisser sa phrase en suspens.

J'attendis, la main si crispée sur la poignée que mes jointures blanchissaient. Becky faisait encore partie de La Société. Anna avait rejoint les V, d'autres élèves Le Chaos, mais Becky était encore membre de La Société.

— J'essaie seulement de… je veux juste… je voudrais juste que tout le monde reste en sécurité, balbutia-t-elle.

— Je comprends, répondis-je.

Là-dessus, j'ouvris la porte et je sortis.

Pendant les quelques jours qui suivirent, je cherchai en vain un moyen d'aborder Rosa. Nous ne déjeunions plus sur les gradins depuis qu'il faisait trop froid, et la plupart des filles mangeaient au dortoir pour éviter de se rendre à la cafétéria.

J'étais seul.

Chaque jour était pire que le précédent. Pendant le plus clair de mon existence, je n'avais eu personne à qui parler. Pour moi, c'était la norme. J'étais presque toujours dans un orphelinat avec six ou sept autres gosses aussi paumés que moi et je ne restais jamais nulle part plus de quelques mois. À l'âge de douze ou treize ans, j'avais arrêté de défaire mes bagages. Je ne faisais jamais partie d'une équipe, ni d'un groupe de travail ou d'une bande. J'étais toujours le nouveau.

À Maxfield, pourtant, je m'étais fait des amis. Des gens parlaient avec moi. Jane était un cas particulier : elle n'avait jamais été ma petite amie à proprement parler et je ne l'avais connue que pendant quelques semaines, mais nous avions été vraiment amis. Nous parlions sans arrêt. Et maintenant, elle n'était plus là.

Mais elle n'avait jamais été vivante, pensai-je. Je ne comprenais pas pourquoi j'avais tant de mal à m'en souvenir.

Mes autres amitiés semblaient s'étioler. La méfiance qui empoisonnait mes rapports avec Mason détruisait mes relations avec tous les autres V. J'étais comme relégué à l'arrière-plan.

Ils me manquaient. Jane me manquait. Mason et Lily me manquaient. Je regrettais de ne plus être au milieu d'un groupe où je pouvais considérer chacun comme un ami. Désormais, que ce soit en cours, au dortoir ou à la cafétéria, je ne faisais plus que scruter les visages des autres. Ce mouvement de jambe est-il mécanique ? me demandais-je. Les êtres humains cillent-ils de cette manière ? Cette fille respire-t-elle vraiment ?

Moi qui croyais connaître la solitude, je découvrais maintenant à ce mot une toute nouvelle signification.

J'eus enfin l'occasion d'aborder Rosa. Alors que nous sortions de cours, le téléscripteur du couloir nous transmit un communiqué. Les contrats devaient être renouvelés le soir même. Tout le monde devait donc finir son travail dans l'après-midi. Quand les V se réunirent, je me retrouvai encore de corvée de poubelles. J'écoutai Curtis distribuer les autres tâches. Rosa fut envoyée au deuxième étage pour réparer un radiateur.

Je commençai mon ramassage par le dortoir du troisième. Je projetais de descendre ensuite pour la rejoindre dans la salle où elle travaillait. Je voulais que cela paraisse normal, et surtout ne pas donner l'impression que je l'épiais. Tout en ramassant mes sacs poubelle, je réfléchissais à ce que je lui dirais.

Par malheur, Isaiah était au dortoir. Quand je passai devant sa porte, il me rejoignit dans le couloir.

— Benson, j'ai une question à te poser, dit-il.

— Quoi ?

Je poursuivis mon travail sans le regarder, en ouvrant chaque porte pour aller ramasser les poubelles dans les chambres.

— J'ai entendu dire que Mason et toi êtes allés jusqu'au mur, reprit-il.

— Oui, c'est vrai, répondis-je en jetant un sac dans le conteneur.

— C'est contraire au règlement.

Je lui jetai un bref regard avant de me concentrer de nouveau sur mon travail.

— Non, ce n'est pas contraire au règlement, affirmai-je. Il me semblait que tu étais bien placé pour le savoir.

— C'est vrai, admit-il. Aller jusqu'au mur n'est pas contraire au règlement. En revanche, une tentative d'évasion l'est. Et comme les V ont perdu le dernier match de paintball, ils seront plus lourdement sanctionnés pour les infractions qu'ils commettront cette semaine.

— Peut-on vraiment parler de tentative d'évasion ? demandai-je avec une feinte innocence.

— Je crois que c'est ce que tu projettes en ce moment même, et un projet constitue le début d'une tentative.

Je poussai le conteneur à roulettes vers une autre porte.

— Dans ce cas, tu devrais enfermer la moitié des élèves de Maxfield, déclarai-je.

Le plus triste était que je ne disais pas la vérité : Isaiah savait aussi bien que moi que presque personne n'essayait sérieusement de s'enfuir.

— Tu reconnais donc que tu as tenté de t'évader ? demanda-t-il.

J'ouvris la porte et entrai dans la chambre. Isaiah était certainement un robot. Il était trop rigide, trop docile pour être humain.

En ressortant de la chambre, je le regardai droit dans les yeux et il soutint mon regard.

— Et si je te disais, repris-je en jetant mon sac dans le conteneur, que Jane était un androïde ?

Sans attendre sa réponse, je rentrai pour remettre un sac neuf dans la poubelle. Je n'étais pas inquiet de sa réaction. Si Isaiah était un androïde, s'il jouait un rôle dans les expériences menées par la direction, il savait déjà que j'étais au courant pour Jane. Et s'il était humain, il ne me croirait pas quoi qu'il arrive.

— Quoi ? fit-il alors que je ressortais.

— C'était un androïde, répétai-je. Un robot. C-3PO.

Il me dévisagea en silence. Je vidai encore une poubelle, puis une autre.

— Ici, c'est impossible de plaider la folie, déclara-t-il enfin. Tu ne peux pas espérer qu'on te renverra chez toi parce que tu te balades en robe, par exemple.

— Très bien, répondis-je. Si jamais tu as envie de parler de tout ça, tu peux toujours passer me voir

— Je crois que tu ne sais pas dans quoi tu t'engages, reprit-il.

Il se tenait à côté du conteneur. Je m'approchai de lui et frappai sa poitrine de mon doigt tendu.

— Je suis le seul de cette saloperie de collège à savoir dans quoi il s'engage, ripostai-je.

Je lançai le sac poubelle dans le conteneur, que je poussai vers la chambre suivante. La dernière chose dont j'avais envie à cet instant était de supporter Isaiah et sa vertueuse Société. Contrairement à ce qu'il prétendait, il ne veillait pas à la sécurité de tous, mais seulement à la sienne. Il obéissait à la direction pour sauver sa peau, pas celle des autres. Je ramassai quelques papiers froissés et les fourrai dans la corbeille avant de ressortir dans le couloir.

Deux types avaient rejoint Isaiah. Je jetai les sacs dans le conteneur et rentrai dans la chambre en réfléchissant au meilleur moyen de les éviter ou de les convaincre de me laisser tranquille, mais c'était trop tard. Ils étaient déjà dans la chambre.

— C'est ça, hein, le boulot de La Société : garde-chiourme du collège ? demandai-je alors que les deux gorilles s'approchaient de moi.

J'envoyai un coup de poing à l'un d'eux, le manquai, puis essayai de m'enfuir. Un instant plus tard, j'étais à terre, mon bras valide tordu dans le dos, tandis qu'un genou pressait mon échine. Plus je me débattais, plus j'avais mal.

Isaiah s'agenouilla calmement à côté de moi. J'essayai de le frapper de ma main blessée, mais dans ma position, je ne réussis à lui administrer qu'une tape.

— Si tu veux t'évader, me chuchota-t-il à l'oreille, vas-y et crève. Je veille à ce que tout aille bien ici, et toi, tu n'es qu'un cancer. Comme Jane. Et comme Lily. Ma foi, comme on dit : jamais deux sans trois.

Je voulus lui décocher un coup de tête, mais je n'avais plus assez de force et je ressentais une violente douleur dans le crâne. Je me débattis en vain pour repousser les deux types qui me plaquaient au sol.

Isaiah se releva.

— Laissez-le se relever, ordonna-t-il aux deux gorilles.

— Les caméras ont tout enregistré, affirmai-je en dissimulant ma douleur de mon mieux. Tu seras puni.

Il eut un petit sourire suffisant, puis s'approcha de moi. Son visage n'était qu'à quelques centimètres du mien et sa voix n'était plus qu'un murmure inaudible pour ses gardes.

— Ce collège a quatre règles principales et une punition : l'arrestation, dit-il. Toutes les autres règles et sanctions dépendent de La Société. La direction a appris à nous faire confiance.

— Quoi ?

— Tu peux le répéter aux autres si tu veux, mais ils ne te croiront jamais. Même dans La Société, très peu sont au courant.

J'étais abasourdi.

— Je suis sûr que la direction t'adore, murmurai-je quand j'en eus la force. Vous saviez que c'est lui qui invente les punitions ? demandai-je à ses gardes.

Ils ne cillèrent pas.

Isaiah se dirigea vers la porte.

— La direction peut encore t'adorer, toi aussi, répliqua-t-il. Ou te haïr, au choix.

Et, sur ces paroles, il sortit.

J'abandonnai le reste des poubelles au troisième étage pour descendre au deuxième. Je ne savais trop quelle question j'allais poser à Rosa, si tant est que je devais lui en poser une. Peut-être ferais-je mieux de ne plus chercher les androïdes dissimulés parmi les élèves, me dis-je. Personne ne me croirait jamais. Personne d'autre que moi ne tentait de s'évader. Le plus exaspérant était que dans l'ensemble, tout le monde paraissait très satisfait de son sort. Bon, d'accord, les autres étaient ici depuis bien plus longtemps que moi, mais si tout ce que j'avais essayé de faire en un mois ne les avait pas incités à réagir, je doutais qu'un nouveau mois d'efforts y parvienne.

J'entrai dans une salle de classe et découvris Rosa agenouillée près du radiateur, les mains tachées de graisse noire. Elle leva les yeux vers moi.

— Salut, Benson, dit-elle tranquillement avant de se concentrer de nouveau sur sa tâche.

— Salut, répondis-je en vidant la corbeille. Où as-tu appris à réparer tout ça ?

— Ici, répondit-elle.

— Oh !... fis-je, en cherchant frénétiquement comment prolonger la conversation. Quelqu'un t'a appris ?

— Non, on a reçu un mode d'emploi avec le contrat.

— Mais tu as sûrement des dispositions, dis-je en jetant le sac dans le grand conteneur.

— Je suppose que oui.

Je compris que tout cela ne nous mènerait pas loin. Il était temps de me jeter à l'eau.

— Puisque tu fais pas mal de boulot d'entretien, tu as peut-être travaillé sur l'incinérateur ? demandai-je.

La tête baissée, elle s'activait avec une clef anglaise.

— Pourquoi ? Il est cassé ? demanda-t-elle.

— Non. Je me demandais seulement si tu savais sur quoi donne la porte qu'il y a là-bas...

Elle releva les yeux avant que je n'aie eu le temps de finir ma phrase.

— Tu sais sur quoi elle donne ? insistai-je.

— Oh ! dit-elle, et elle se figea pendant quelques secondes. Je... je n'en sais rien. Elle donne peut-être sur une remise ? suggéra-t-elle, puis elle pencha de nouveau la tête sur son travail.

Que signifiait cette réaction : était-ce de la nervosité ? De la frayeur ? De la surprise ?

— Tu n'es donc jamais entrée à l'intérieur ? repris-je.

— Non.

Elle se pencha pour examiner la conduite de plus près, ou peut-être seulement pour me donner l'impression qu'elle était trop occupée pour parler.

— Tu es l'une des élèves les plus âgées, ou est-ce que je me trompe ? demandai-je pour détourner la conversation, puis je déroulai lentement un nouveau sac poubelle que je plaçai dans la corbeille.

— Euh, oui, répondit-elle. Je crois que oui. J'ai dix-huit ans.

— Donc, quand tu es arrivée ici, tu avais, quoi... seize ans ?

— Ouais, fit-elle, la tête tournée vers moi, mais sans me regarder en face. Écoute, j'ai cette réparation à finir, et il y a aussi un interrupteur cassé dans le dortoir des filles, alors j'ai besoin de me concentrer.

— Tu es bien sûre de n'être jamais entrée dans cette pièce, même il y a longtemps ?

— Tout à fait sûre.

— Très bien, merci, dis-je. C'était sympa de parler avec toi.

— Ouais.

Je poussai le conteneur vers le couloir et me dirigeai vers la chambre suivante.

Il était temps de passer à la vitesse supérieure.

21.

Ce soir-là, je dînai seul ; c'était devenu une habitude.

Je montai au troisième étage avec mon plateau et allai m'asseoir dans la salle commune que personne n'utilisait jamais. La nuit tombait déjà, car le soleil se couchait de plus en plus tôt. Je vis quelques élèves passer devant ma porte. Un peu plus loin dans le couloir, trois filles de La Société riaient et parlaient d'un incident qui avait eu lieu en classe ce matin. Il me paraissait incompréhensible que les autres restent si sereins. Comment pouvaient-ils seulement rire ?

Je ne savais toujours pas où aller après mon évasion. Bien entendu, j'alerterais d'abord la police, et, si elle refusait de m'aider, la presse, mais j'ignorais ce que je ferais ensuite. Jusqu'ici, j'avais considéré mon évasion comme le dénouement heureux de cette histoire : au fond, peu importait ce que je ferais, car ce serait toujours mieux que de rester à Maxfield.

Toutefois, je n'avais quitté ma famille d'adoption que depuis peu, et j'avais détesté la vie que j'avais menée avec eux. Je ne voulais pas retourner à la case départ. Je ne voulais surtout pas rentrer à Pittsburgh. Je voulais mieux que ça. J'aurais aimé poursuivre mes études dans un vrai collège privé, comme celui qu'on m'avait fait miroiter pour la bourse, avec de vrais profs, de vrais cours, de vrais élèves. Du concret.

Je sortis de la salle et m'approchai des grandes fenêtres qui donnaient sur la pelouse et la façade du collège. C'était là que j'avais attendu Jane le soir du bal.

Les mains en coupe autour des yeux, je pressai mon visage contre la vitre pour voir l'extérieur malgré l'éclairage du couloir et la nuit. Un peu plus loin, de la brume ou du brouillard planait au-dessus des arbres. Était-ce la fumée d'un campement de gardes ? Mais il ne faisait probablement pas assez humide pour que du brouillard puisse se former.

J'entendis des pas légers derrière moi.

— Salut, Bense.

C'était Becky.

— Salut, répondis-je, les yeux fixés sur la forêt.

— Qu'est-ce que tu regardes ? demanda-t-elle, et elle se pencha vers la vitre pour scruter l'extérieur.

— La forêt, c'est tout. Ça t'arrive de voir la fumée d'un feu de camp par là-bas ?

Elle s'écarta de la fenêtre et je l'imitai. Elle portait un épais pyjama en flanelle verte et des tongs, mais son maquillage et sa coiffure étaient encore impeccables.

— Oui, répondit-elle, mais rarement. Ce n'est pas très loin d'ici.

Je plongeai mes yeux dans les siens. Était-elle humaine ? Et, dans ce cas, faisait-elle partie des membres de La Société qui distribuaient les punitions ? M'avait-elle menti ?

Je me retournai vers la fenêtre.

— Qu'est-ce que c'est, à ton avis ? demandai-je.

— J'aime imaginer que c'est une ville, répondit-elle, mais c'est probablement trop près d'ici pour en être une. Certains élèves pensent que ce sont des gardes qui campent là-bas.

Les étoiles étaient voilées par les nuages, mais il restait un bout de ciel noir piqueté de lumières scintillantes. J'aurais aimé sortir pour les contempler.

— Tu m'as dit que tu n'étais pas responsable de la sécurité, c'est bien ça ? demandai-je.

— Oui.

— Mais comme tu as le contrat, tu peux ouvrir les portes avec ton collier ?

— Bien sûr.

Je me retournai et la dévisageai longuement, les yeux dans les siens, observai leur iris, leur couleur et leurs cils. De près, ils paraissaient plus bleus et le pourtour de l'iris était d'un brun rougeâtre. Tout en eux, les fins vaisseaux sanguins, les rais de couleur, le rose du canal lacrymal, paraissait si réel – si humain...

— Qu'est-ce qu'il y a ? demanda Becky avec un sourire gêné.

— Suis-moi, répondis-je en me dirigeant vers l'escalier.

Comme elle restait immobile, je fis demi-tour et saisis sa main.

— Viens, fis-je.

Nous descendîmes rapidement l'escalier désert, traversâmes le rez-de-chaussée, puis la vaste entrée. Je m'arrêtai devant la porte du collège.

— On peut sortir pour regarder le ciel ? demandai-je.

Son visage exprima fugitivement de l'inquiétude, mais elle se ressaisit.

— Pourquoi ? demanda-t-elle.

— J'aime être dehors la nuit, expliquai-je. Je te promets que nous resterons sur les marches de l'entrée.

Elle m'observa en réfléchissant, les lèvres serrées.

— Écoute, repris-je, chez moi, j'étais toujours dehors la nuit. Je sortais quand j'avais besoin de réfléchir. Mais ici, je ne peux pas le faire.

Becky inspira profondément. Ses yeux devinrent soudain plus sombres et plus attentifs.

— Tu me promets de rester sur les marches ? demanda-t-elle. Ne me mens pas.

— Je te le promets. Tout ce que je veux, c'est être dehors. Nous resterons devant la porte.

Elle s'approcha de la porte, j'entendis un bourdonnement suivi d'un déclic, et Becky ouvrit. Nous sortîmes sur le porche et contemplâmes la forêt côte à côte.

Il faisait plus froid qu'il ne le paraissait. Becky croisa les bras sur sa poitrine, la tête rentrée dans les épaules, comme pour repousser la fraîcheur de la nuit.

L'air sentait bon. C'était une odeur toute différente de celle du collège, mais aussi de celle des nuits froides de Pennsylvanie, une fraîcheur avec un parfum de terre. Pendant un instant, je crus même sentir des effluves de bois brûlé.

J'éprouvai soudain une sensation de liberté.

— J'ai une question à te poser, dis-je à Becky, dont le bras touchait le mien.

— Vas-y, répondit-elle.

— Qui décide des punitions ?

Elle ne répondit pas immédiatement, comme si elle s'était attendue à une autre question.

— La direction du collège, dit-elle enfin sur le ton de l'évidence.

— Et Isaiah ? Il n'a rien à voir avec tout ça ?

Du coin de l'œil, je la vis secouer la tête.

— Non, répondit-elle. On reçoit tous les matins la liste des punitions, que les profs lisent en classe.

— Vous la recevez sur vos ordinateurs ?

— Non, seulement sur celui d'Isaiah. En fait, c'est lui qui distribue la liste aux profs pour qu'ils annoncent les punitions en classe. En tout cas, ça se passait comme ça avec Laura, quand...

Elle se tut. Je ne demandais pas mieux que de la croire. C'était moi qu'elle ne croirait jamais si je lui révélais la vérité.

— Et si...

Je m'interrompis. Qu'allais-je demander ?

Becky se tourna vers moi. Elle frissonnait, mais elle ne faisait pas mine de rentrer.

— Et si les apparences étaient trompeuses ? repris-je.

Elle sourit, mais ce sourire était teinté de tristesse.

— Dans ce cas, qu'en est-il de la réalité ? demanda-t-elle.

— Je ne sais pas.

Je la regardai. Son visage était pâle dans la pénombre. J'avais envie de passer le bras autour de ses épaules.

— Nous pouvons rentrer, dis-je enfin.

Mais Becky restait immobile et me dévisageait. Elle ne souriait plus. Elle jeta un coup d'œil vers la forêt.

— Quelle heure est-il ? demanda-t-elle en me regardant.

— Sept heures et demie, répondis-je après avoir consulté ma montre.

— J'aurais cru qu'il était plus tard, observa-t-elle en contemplant la forêt sombre et froide.

— On pourrait rentrer. Tu dois te geler les pieds.

Elle hocha la tête d'un air absent, expira longuement, et son haleine forma un nuage gris dans l'air froid.

— Je voudrais te montrer quelque chose, dit-elle, et elle me fit signe de la suivre. Sans me laisser le temps de répondre, elle descendit les marches et s'avança sur la pelouse. Je dus courir pour la rattraper.

— Où allons-nous ? demandai-je.

— Je voudrais te montrer quelque chose, répéta-t-elle.

Nous contournions maintenant la façade du collège et passions devant les puits d'éclairage. La dernière fois que j'étais sorti de nuit, c'était là, avec Jane. Les souvenirs de cette soirée resurgissaient.

Je les chassai et me concentrai sur l'extérieur. Le bourdonnement lointain d'un 4 × 4. Le crissement de l'herbe gelée sous mes semelles. Les tourbillons de vapeur qui s'échappaient des lèvres de Becky.

Elle m'emmena à l'angle du bâtiment. Nous étions au-dessous du dortoir des garçons, mais trop près du mur pour qu'on puisse nous repérer.

Becky entra dans le jardin, puis s'accroupit. Je ne voyais rien, sauf le pied du mur en briques et en ciment. Il faisait trop sombre pour distinguer le moindre détail.

— Avant, j'avais le contrat de jardinage, dit-elle d'une voix un peu tremblante. C'était il y a longtemps, avant les gangs. On était plusieurs filles à avoir fait une offre pour ce contrat : Laura, Carrie, moi et… quelques autres que tu n'as pas connues.

Elle prit ma main et la posa contre le mur. Il était froid comme la glace. C'était du métal.

— Il fait trop sombre pour lire ce qui est gravé dessus, mais est-ce que tu sens les chiffres sous tes doigts ? demanda-t-elle.

Une conduite saillait sur le ciment. Je sentis sous mes doigts des excroissances rugueuses et inégales, déformées par l'usure et la rouille, mais j'étais incapable de reconnaître les chiffres.

— Qu'est-ce que c'est ? demandai-je.

— 1893, répondit-elle. On peut aussi lire *Steffen Metalworks* sur le dessous du tuyau, mais il faut s'allonger pour le voir.

— Qu'est-ce que ça signifie ?

Becky se releva. À présent, elle frissonnait de froid.

— Rentrons, fit-elle.

Je la suivis.

— Ça signifie que le collège a été construit en 1893 ? insistai-je.

— Non, ça signifie que cette conduite date de 1893.

— Qu'y avait-il au Nouveau-Mexique en 1893 ?

— Je n'en sais rien, répondit-elle en se frottant les bras pour se réchauffer. Pas grand-chose, j'imagine. Il n'y avait pas grand-chose en Arizona à la même époque : des villes minières, des missions catholiques et des Indiens. C'était probablement pareil ici.

— Peut-être a-t-on tout simplement utilisé une vieille conduite quand on a construit le collège ?

Nous remontâmes les marches, la porte se rouvrit devant Becky et la chaleur de l'entrée nous enveloppa.

— Peut-être, acquiesça-t-elle, et elle se retourna pour me regarder, les joues rouges de froid. (Elle parlait à mi-voix, bien que l'entrée fût déserte.) En tout cas, ce bâtiment est très ancien et semble vraiment avoir été conçu pour être le collège de Maxfield. Même les ascenseurs ne paraissent pas récents.

— Qu'est-ce que tu veux dire ?

— Je veux dire que des gens vivent ici depuis longtemps, très longtemps, même.

— Tout ça n'a aucun sens pour moi, déclarai-je en secouant la tête.

Le sourire artificiel de Becky réapparut.

— Depuis quand quelque chose ici a-t-il un sens ? demanda-t-elle.

À cet instant, je faillis tout lui révéler. Je faillis cracher le morceau.

Mais entre croire qu'un bâtiment est très ancien et admettre que l'une de vos amies est un robot, il y a de la marge.

Il fallait que je lui montre ce que j'avais vu. Restait à savoir comment.

Je ne fermai pas l'œil de la nuit. Allongé sur mon lit, je contemplais le sommier de Mason au-dessus de moi. Je savais que je ne pourrais convaincre personne par des discours et que je n'arriverais à rien si je me contentais de rester dans la position de l'observateur.

Je consultai ma montre. Il était vingt-trois heures cinquante-six.

Je me levai brusquement et allai prendre mon ordinateur portable dans l'armoire. Les offres pour les contrats prenaient fin à minuit.

Je n'avais encore jamais fait d'offre. C'était Curtis qui s'en chargeait, mais nous avions tous accès au dossier. Je cliquai sur « Jardinage » et entrai une offre d'un point. Je fis de même pour la sécurité, puis j'attendis jusqu'à vingt-trois heures cinquante-neuf pour presser la touche « enregistrer ».

Dans quelques heures, ça allait chauffer.

22.

On me secouait pour me réveiller. Quand j'ouvris les yeux, je vis que Curtis et Carrie étaient penchés au-dessus de moi.

— Qu'est-ce que tu as fait ? siffla Curtis.

Je regardai par la fenêtre. Il faisait encore nuit et je me sentais vaseux.

— Que se passe-t-il ? demandai-je.

— Benson, tu te rends compte de ce que tu as fait ? demanda Carrie, les bras croisés sur la poitrine.

Elle était encore en pyjama, et Curtis en T-shirt et en short.

— Les contrats, dis-je, soudain tiré de ma somnolence.

— Oui, les contrats, répéta Curtis, les yeux tournés vers la porte.

— J'ai fait une offre pour certains contrats, précisai-je.

J'entendis Mason remuer dans le lit supérieur, et vis ensuite ses jambes pendre du matelas.

— Tu as fait quoi ? demanda-t-il. Quels contrats ?

— La sécurité et le jardinage, répondit Carrie.

Mason siffla.

— Ne me raconte pas qu'il les a obtenus, fit-il. Fish, tu n'es qu'un crétin !

— Bien sûr que si, dit Carrie en inspirant profondément. Il a offert un point par contrat.

— Dis-moi que c'était un accident, reprit Curtis, mais à son intonation, je compris qu'il n'en croyait rien. Dis-moi que tu t'es trompé, ou que tu as joué au con et appuyé par erreur sur « enregistrer ».

Je me levai et me dirigeai vers mon armoire. J'avais commandé de nouvelles provisions la veille au soir en me disant que c'était ma dernière chance. Elles n'étaient pas là. Je jurai.

— Alors ? insista Carrie.

Je la regardai et fis signe que non.

— Ce n'était pas un accident, confirmai-je. Comment es-tu entrée ici ?

Curtis s'avança vers moi.

— Benson, tu te rends compte de ce que tu as fait ? demanda-t-il. Personne ne t'a parlé de l'accord que nous avons conclu entre gangs ? Personne ne t'a expliqué pourquoi c'était indispensable ?

— Il le fallait, répondis-je. Les autres gangs pourront récupérer les contrats plus tard. Bon sang, j'ai un paquet de points : avec ça, je peux leur offrir tout ce qu'ils veulent !

— Non, ça ne marche pas, déclara Curtis. Pour conclure cet accord, nous n'avons pas simplement joué à pile ou face à la pause-déjeuner. Il y a eu de la bagarre, des mutineries. Tu as vu le cimetière.

— Il y a eu des morts, ajouta Carrie, puis elle se détourna et se dirigea vers la fenêtre.

Je regardai Mason, qui se contenta de secouer la tête, les lèvres serrées.

— Il faut réveiller tous les V, décida Curtis. Fais le tour des chambres, mais discrètement, dit-il à Mason. Je préfère ne pas penser à ce qui va suivre si Le Chaos ou La Société ont regardé les offres avant Carrie.

Mason acquiesça et se frotta le visage.

— On se retrouve où ? demanda-t-il.

Curtis regarda Carrie, mais elle restait plantée devant la fenêtre.

— En bas, répondit-il. Au sous-sol, dans la salle d'entretien.

Pour Mason, cette réponse avait visiblement un sens qui m'échappait : ses yeux s'agrandirent et il se figea pendant quelques secondes avant de sauter à bas de son lit.

— Dis-leur de s'habiller, mais pas en uniforme, et de prendre de bonnes chaussures, ajouta Curtis alors qu'il enfilait des chaussettes.

Mason acquiesça.

— Que pourrait-il arriver ? demandai-je.

J'aurais aimé leur expliquer ce que je projetais, mais il était encore trop tôt : je n'avais qu'une chance et je ne voulais pas la gâcher. Je devrais attendre que les portes extérieures soient déverrouillées. J'avais désormais les contrats qui me permettaient de les ouvrir.

Carrie se retourna vers moi et me foudroya du regard, mais sans un mot.

— Nous, on va prévenir les filles, annonça Curtis. Descends à la salle d'entretien, Benson. Il faut trouver une solution, et vite.

Tous deux se dirigèrent vers la porte, mais avant de sortir, Curtis se retourna et me regarda droit dans les yeux.

— Si un seul V paie les pots cassés, tu en porteras la responsabilité, compris ? lança-t-il.

J'acquiesçai.

Je m'habillai rapidement, passai un sweatshirt et mon pantalon de treillis, dont je bourrai les poches avec tout ce que je pus emporter : les talkies-walkies, les jumelles, quelques provisions et les trois grenades lacrymogènes. Je regrettais de ne pas être mieux armé. Alors que je sortais sans bruit dans le couloir, d'autres V se levaient, encore somnolents. Les yeux d'Hector croisèrent les miens quand je passai devant la porte de sa chambre, mais il n'avait pas l'air en colère. Mason ne lui avait probablement pas tout raconté.

À vrai dire, je n'avais pas prévu une réaction aussi violente. Je savais que les autres gangs seraient furieux et je pensais que je prendrais probablement une raclée, mais je ne m'attendais pas à une guerre.

La porte du dortoir étant bloquée avec un livre, je pus l'ouvrir et sortir sans me faire repérer.

Il n'y avait pas d'éclairage, sauf, aux fenêtres, un faible clair de lune voilé par les nuages. Je me hâtai dans le couloir obscur vers la porte d'entrée. Elle était encore verrouillée, alors que j'avais les contrats qui me permettaient de sortir. Je m'approchai d'une fenêtre pour lire l'heure à ma montre. Il était presque cinq heures du matin. J'avais vu Minnie faire son jogging sur la piste dès six heures.

J'entendis des bruits de pas à l'étage supérieur : d'autres V descendaient. Je me dirigeai vers la salle d'entretien. Curtis avait choisi cette salle parce que les V étaient les seuls à y avoir accès. C'était un endroit sûr, mais sans issue,

J'arrivai le premier. La porte émit un bourdonnement, puis un déclic. J'entrai et allumai. La salle était grande et contenait seulement quelques chaises pliantes posées sur le sol en ciment. À l'un des murs étaient accrochés plusieurs dizaines d'outils – clefs anglaises, marteaux et scies de formes variées. Un autre mur était occupé par trois grandes armoires contenant de la peinture, des produits nettoyants et de la colle. Une grande boîte à outils en métal rouge était placée près de la porte. Je posai mon sac de sport et mon sac à dos derrière elle.

Les gars arrivèrent en premier, habillés de pied en cap, mais les yeux rouges de fatigue. Joel portait des sandales et je me demandai s'il le regretterait plus tard.

Hector s'adossa au mur.

— Vous savez ce qui se passe ? demanda-t-il.

Je regardai Mason, qui me rendit mon regard, le visage inexpressif.

— Je t'expliquerai, répondis-je à Hector, mais d'abord, on attend les filles.

— Je ne veux pas m'évader, déclara Joel. Pas maintenant. Pas sans un plan.

— Il ne s'agit pas de ça, affirmai-je, ce qui n'était qu'à moitié vrai.

Si tout allait bien, nous pourrions peut-être nous enfuir, mais avant d'y penser, nous avions du pain sur la planche. Je devais d'abord convaincre mon gang de ne pas me jeter en pâture aux autres, et ensuite, prier pour que nous survivions jusqu'à six heures.

— On repart en guerre ou quoi ? demanda Hector.

Je ne répondis pas, me dirigeai vers la porte et jetai un coup d'œil au-dehors. J'entendis Mason répondre oui à la question d'Hector. Ce dernier jura et décrocha du mur un marteau, qu'il serra dans ses mains, les yeux baissés.

Quelques minutes plus tard, les filles apparurent à l'autre bout du couloir. Elles portaient toutes des sacs à dos. Curtis avait dû leur donner plus d'instructions que Mason n'en avait données aux garçons. Je reculai pour les laisser entrer. Quand elles passèrent devant moi, je compris à leurs regards furieux qu'elles savaient tout. Quelques-unes m'ignorèrent. Quand elles furent toutes là, Curtis jeta un dernier regard au-dehors avant de refermer la porte.

— Tout le monde est au courant ? demanda-t-il à Mason, qui fit signe que non.

— Bon.

Curtis inspira profondément et regarda les visages tendus et las qui l'entouraient. Presque tout le monde était debout, dans l'expectative.

— Je crois que nous allons commencer par ce que nous savons, et voir ensuite ce que nous pouvons faire. (Il me lança un coup d'œil, puis regarda de nouveau les autres V.)

Hier soir, Benson a fait des offres d'un point pour le jardinage et pour la sécurité.

Tous ceux qui n'étaient pas encore au courant se mirent à parler en même temps. Curtis les fit taire.

— Je lui laisse une chance de plaider pour sa défense, poursuivit-il, mais d'abord, nous devons être bien conscients de ce qui nous attend : en raflant les contrats, il a mis en rogne les deux autres gangs. Ils ne s'allieront probablement pas pour nous combattre, mais chacun d'eux nous fera subir des représailles.

— Non, c'est lui qui les subira, affirma Hector en me montrant du doigt. Je ne vois pas pourquoi on devrait payer les pots cassés.

Curtis acquiesça, les lèvres serrées.

— C'est ce que nous verrons. Les V protègent les leurs. (Il me regarda.) Nous te donnons une chance de t'expliquer. Mais d'abord, reprit-il à l'adresse de tout le groupe, dites-moi combien d'entre vous étaient ici avant l'accord.

Cinq personnes seulement levèrent la main. Anna était du nombre, et elle avait l'air terrifié. J'étais sûr qu'elle regrettait amèrement d'avoir changé de camp.

— Pour ceux qui n'étaient pas encore là, reprit Curtis en me regardant, il s'est passé des choses terribles à l'époque. Nous avons conclu l'accord pour mettre fin aux hostilités, et nous savions tous ce qui arriverait si cet accord était rompu.

Anna leva timidement la main.

— Que veux-tu dire par « des choses terribles ? » demanda-t-elle.

— Vous avez tous vu le cimetière. Des gens sont morts, répondit Mason.

Curtis hocha la tête, le visage dur.

— Il y a eu quatre morts, poursuivit-il, trois types tués dans des bagarres et une fille poignardée pendant son sommeil. Douze autres personnes ont été arrêtées. Deux autres ont disparu. On ne les a jamais revues.

Anna baissa la tête et se mit à pleurer.

Curtis m'adressa un regard froid.

— Parle, ordonna-t-il.

Je dévisageai les V tour à tour. Certains paraissaient effrayés, d'autre furieux. Carrie regardait obstinément le sol.

— J'ai fait une offre sur ces contrats hier soir, commençai-je, le cœur battant.

Je croyais que j'aurais l'impression d'être face à un peloton d'exécution, mais en réalité, c'était presque le contraire, comme si je tenais leurs vies entre mes mains.

— J'ai fait une offre pour ces contrats parce que ce sont ceux qui livrent accès à l'extérieur, poursuivis-je.

Je marquai un temps d'arrêt pour observer leurs visages. Certains croyaient sûrement que j'avais l'intention de m'évader en enfermant les membres de La Société dans le collège, ce qui arriverait peut-être un jour.

Soudain, mes yeux se posèrent sur Rosa et je fus saisi d'effroi. N'importe qui parmi eux pouvait être un androïde. Qu'allaient-ils faire ? M'emprisonner ? Me tuer ? M'arrêter ?

Je dus faire un effort pour me concentrer.

— Je sais que depuis mon arrivée ici, je me conduis comme l'emmerdeur de service, dis-je. Je sais aussi que les reproches à mon égard sont nombreux.

Mes yeux allaient d'un visage à un autre, à la recherche d'un signe de compréhension, mais sans en trouver aucun. Je regardai Mason. Il avait l'air sombre et froid.

— Je ne m'attends pas à ce que vous me fassiez confiance, car je ne crois pas l'avoir mérité, repris-je. J'ai vraiment déconné et persisté dans mes conneries. (Je regardai Hector, puis Curtis.) Et vous pensez sûrement que je persiste encore.

— Si tu nous disais simplement pourquoi tu as fait ça ? interrompit Carrie.

Je la regardai. Ses cheveux étaient en désordre et ses yeux cernés de noir. J'avais cru y lire de la colère, mais je n'y vis que de la peur.

— Non, répondis-je, et des murmures s'élevèrent. Mais, poursuivis-je plus fort pour me faire entendre, tout ce que je vous demande, c'est d'attendre deux heures. Je vous demande votre aide jusqu'à l'ouverture des portes. Je vous jure que je ne m'évaderai pas. Si, ensuite, vous n'êtes pas d'accord avec moi, vous pourrez me laisser tomber et c'est moi que les autres gangs prendront pour cible.

— Ils te tueront, déclara Gabby. Personne ne peut survivre sans faire partie d'un gang.

— Si je me plante, je serai arrêté de toute façon, répondis-je. Mais je vous jure... je vous jure que dans deux heures, les V ne seront plus la cible de qui que ce soit.

Curtis me dévisagea, l'air tendu et sévère. Pour le groupe, il faisait figure de père, et il devait ressentir des émotions complexes : angoisse pour les autres, colère contre moi, et, peut-être, désir de retrouver sa liberté.

— Nous allons procéder à un vote, annonça-t-il. Je ne veux prendre cette décision à la place de personne. (Il regarda le groupe, puis consulta sa montre.) Êtes-vous d'accord pour lui accorder deux heures, ou pour le livrer dès maintenant ? Qui veut lui laisser un peu de temps ?

Je retins mon souffle. J'avais la nausée et le vertige. Pendant quelques secondes, personne ne répondit. Finalement, Carrie leva la main, mais elle évitait toujours mon regard.

— Qu'est-ce qui vous prend ? demanda-t-elle aux autres. Vous savez ce qu'il risque.

— Et nous ? riposta Hector en élevant la voix.

— Je crois que nous pouvons tenir deux heures, dit lentement Curtis. Deux heures, pas plus.

Le silence était complet, mais maintenant, je respirais un peu mieux, même si mes muscles étaient toujours tendus.

— Tu dis que dans deux heures, soit nous te livrerons, soit nous serons d'accord avec toi, reprit Carrie en s'adressant à moi. Que se passera-t-il si nous sommes d'accord ?

— Je ne sais pas, répondis-je au bout d'un instant. C'est ce que nous verrons. Mais si vous êtes d'accord avec moi, nous pouvons espérer que les autres le seront aussi.

On frappa à la porte – une série de coups de poing – et tout le monde tressaillit.

Curtis désigna le mur auquel les outils étaient accrochés.

— Servez-vous, les gars, mais ne faites rien pour l'instant, ordonna-t-il. On va voir si on peut calmer le jeu.

Il se dirigea vers la lourde boîte à outils et la poussa contre la porte, qu'elle bloqua presque complètement. Puis, la main sur la poignée de la porte, il me regarda.

— Il faut que tu sortes, c'est bien ça ? demanda-t-il.

— Ouais.

— OK.

Il fit signe aux V de reculer vers le fond de la salle, le plus loin possible de la porte. La plupart étaient armés de marteaux et de clefs anglaises. J'avais pris une pince levier.

Curtis tourna la poignée juste assez pour entrouvrir la porte, dont le battant heurta la boîte. Elle tint bon, mais pour plus de sûreté, trois gars la bloquèrent. La porte était entrebâillée de quelques centimètres à peine.

— Qu'est-ce que vous foutez ?

C'était la voix d'Oakland. Je consultai ma montre : cinq heures quarante.

Curtis aidait les autres à bloquer la porte, mais prenait garde à ce que personne ne puisse l'atteindre par l'embrasure.

— Oakland ? C'est Curtis, répondit-il.

— Nous avions un accord, dit Oakland.

Derrière lui, Le Chaos au complet hurlait et lançait des insultes.

— Je sais, fit Curtis. Laisse-nous juste une minute pour réfléchir.

— Il est avec vous ?

— Qui ?

Je regardai Curtis, puis secouai la tête.

— Je suis là, répondis-je.

Oakland dévida un chapelet de jurons et martela la porte.

— C'était notre contrat, Fisher, lança-t-il. Tu nous l'as volé.

— On va régler ça, mais vous devez nous laisser un peu de temps, intervint Curtis.

— Il n'y a rien à régler ! hurla Oakland. Vous avez rompu l'accord et vous aller le payer.

— Laisse-nous seulement une heure.

— Qu'est-ce qui va changer en une heure ? Vous êtes le plus petit gang et vous vous êtes mis La Société à dos.

— Réunissons-nous, toi, moi et Isaiah, proposa Curtis.

Une brusque poussée ébranla la porte et la boîte à outils glissa de quelques centimètres. Cinq V se précipitèrent pour la retenir. Les autres se tenaient prêts à intervenir, les mains crispées sur leurs armes, en priant pour que Le Chaos ne réussisse pas à entrer.

— Tenez bon ! hurla Curtis. Isaiah est là ? Allez le chercher.

Un projectile fusa par l'embrasure de la porte et s'écrasa bruyamment sur le panneau à outils. Une scie et une équerre en tombèrent.

— Curtis ! appela une autre voix.

— Isaiah, répondit Curtis. (Il gardait son calme, mais le désespoir se lisait dans ses yeux.) Réunissons-nous, toi, moi et Oakland.

— Et moi ! lança une voix coléreuse, celle de Minnie.

— Oui, bien sûr. Il faut qu'on discute et qu'on trouve une solution.

Le visage d'Isaiah était tout proche, probablement pour lui permettre de parler sans hurler.

— Pourquoi ? répondit-il. Vous avez rompu l'accord.

— C'est tout ce qui t'intéresse, Isaiah ? Et l'interdiction des bagarres, tu en fais quoi ? Tu t'en fous ? L'accord, c'est tout ce qui compte pour toi ?

— C'est l'accord qui permet de maintenir l'ordre ici.

— Je sais, répondit Curtis.

Il me fit signe de le relayer pour bloquer la porte et se rapprocha avec précaution de l'embrasure.

— À moins que tu ne préfères revenir en arrière, à l'époque d'avant l'accord, reprit Isaiah.

— Je veux préserver l'accord et maintenir l'ordre, déclara Curtis. Nous devrions discuter de tout ça et trouver une solution.

Les hurlements persistaient de l'autre côté de la porte, mais Isaiah, Oakland et Minnie se taisaient. Je regardais fixement le battant. Je n'avais pas la force de regarder les autres, ni de soutenir leur regard. Je n'aurais jamais cru que la situation était aussi grave.

— Tu sors, décida enfin Oakland.

Curtis regarda les autres V.

— D'accord, dit-il, mais à une condition : vous vous écartez de la porte et vous laissez les V tranquilles jusqu'à la fin de la discussion, compris ?

Le bruit diminua de l'autre côté de la porte. Les autres gangs discutaient.

— D'accord, répondit Oakland, mais voici notre condition : Carrie vient avec toi.

— Non, répondit Curtis.

Il la regardait, horrifié. Des larmes coulaient sur le visage de Carrie.

— Si, répliqua Oakland. Je ne sais pas ce que vous mijotez, mais je n'ai pas envie que tu joues les martyrs pendant que les autres essaient de se tirer. Carrie vient avec nous et si les autres jouent aux cons…

Il n'acheva pas sa phrase, mais c'était inutile. Curtis me foudroyait du regard. Je me demandai s'il n'allait pas me jeter dehors. Finalement, Carrie s'avança.

— J'y vais, dit-elle.

Curtis s'approcha de moi et m'empoigna par le devant de mon sweatshirt. Sa voix n'était plus qu'un grondement sourd, presque animal.

— Il est hors de question qu'il lui arrive quoi que ce soit, compris ? me dit-il.

J'acquiesçai.

Il me dévisagea, les dents serrées. Carrie tendit la main et prit la sienne.

— D'accord, lança Curtis à Oakland sans me quitter des yeux, nous sortons.

Il se retourna vers les autres V et les regarda tour à tour.

— Hector, c'est toi qui prends le relai, fit-il. Tu veilles à la sécurité de tout le groupe.

Hector acquiesça solennellement, les mains crispées sur son marteau. Il paraissait aussi prêt à me démolir qu'à me défendre.

Curtis s'avança vers la porte.

— Nous sortons tous ensemble, annonça-t-il. Tous les V. Les autres gangs devront garder leurs distances. On se retrouve dans l'entrée, d'accord ?

— D'accord, répondit-on après un silence.

— OK. Maintenant, tout le monde recule.

Les nerfs à vif, nous ne quittions plus des yeux Curtis et Carrie qui attendaient devant la porte. Tout cela n'était peut-être qu'une ruse – peut-être nous attaquerait-on dès que nous sortirions – et nous en étions tous conscients. Les mains de Curtis et de Carrie étaient si serrées que leurs jointures étaient livides.

Curtis nous fit signe et nous repoussâmes la boîte à outils de la porte. Nous suivîmes Hector qui ouvrait la marche derrière nos chefs sans armes. Ils ouvrirent lentement la porte. Le couloir s'étendait devant nous. Il était désert. Les V sortirent.

Je regardai vers le fond du couloir et vis la porte de l'entrée. Personne ne la gardait.

— Nous arrivons, annonça Curtis aux autres gangs. Vous garderez Carrie et moi en otages. Les autres V attendront dehors.

Il fit signe à Hector, qui nous entraîna vers la porte.

Des cris s'élevèrent derrière nous et j'entendis Curtis hausser la voix pour couvrir le vacarme.

— Ils ne se sauvent pas, hurla-t-il. Ils vont juste se mettre à couvert pendant que nous discutons.

Nous nous ruâmes vers la porte. Je regardai ma montre : cinq heures cinquante et une.

Mason fut le premier à rejoindre la porte, une clef anglaise en main. On entendit un bourdonnement, puis un déclic, et il poussa le battant.

23.

Hector attendit que tous les V soient sortis. J'étais parmi les derniers, et, en arrivant à sa hauteur, je m'arrêtai.

— Qu'est-ce que tu attends ? demanda-t-il, les sourcils froncés. Je ne sais pas ce que tu mijotes, mais tu as intérêt à te grouiller.

— Je sais, répondis-je.

Je brandis la pince levier et fonçai vers l'incinérateur. Je n'y étais pas retourné depuis le bal, et je n'avais aucune envie de m'en approcher, ni de revivre cette nuit. Mes souvenirs me suffisaient.

Je m'arrêtai devant la porte. L'incinérateur était à ma droite. La porte, peinte d'un brun chaud assorti aux briques du bâtiment, n'avait rien de particulier. La poignée était argentée, ronde et lisse, et l'un des détecteurs permettant d'ouvrir la porte était fixé à la brique au-dessus du chambranle.

Derrière cette porte se trouvait un lieu que j'aurais préféré ne jamais revoir, mais je savais que je n'avais pas le choix si je voulais convaincre les autres de s'évader. Ils devaient savoir ce qui se passait ici. Ils devaient être terrifiés par ce qu'ils découvriraient.

— Alors, on fait quoi, maintenant ? demanda Hector, qui se tenait à mon côté et dont le souffle montait en vapeur dans l'air froid.

— Je vais enfoncer la porte, annonçai-je.

— Qu'est-ce que je dois faire ?

Je le regardai, surpris.

— Hector... commençai-je.

Il m'interrompit avec un geste vers la porte par laquelle nous étions sortis.

— Dis-moi juste ce que je dois faire, dit-il. Il ne nous reste plus qu'une heure.

J'acquiesçai. Ce n'était pas moi, mais Carrie et Curtis qu'il voulait aider.

Je m'avançai vers la porte pour l'examiner. Elle était hermétiquement close. J'essayai quand même d'insérer la pince dans l'interstice entre le battant et le chambranle, mais sans succès.

— Attends, fit Hector en levant son marteau.

Je maintins la pince en place pendant qu'il en frappait l'extrémité pour enfoncer la pointe, mais le résultat fut décevant. Après une douzaine de coups, il secoua la tête.

— Ça ne marche pas, dit-il.

Je frappai le battant métallique, qui résonna. Il était creux. C'était toujours bon à savoir. J'avais craint que la porte ne soit blindée, mais c'était une porte toute simple.

— Recule, ordonnai-je à Hector, et il s'écarta.

Je brandis la pince et l'abattis sur la poignée de la porte, contre laquelle elle tinta bruyamment, puis rebondit. J'en ressentis douloureusement la vibration dans mon bras blessé, mais je l'ignorai. J'examinai la poignée. Elle n'avait qu'une légère éraflure.

— Essaie encore, dit quelqu'un.

Je frappai la poignée sans relâche jusqu'à ce qu'elle soit cabossée et rayée. Je devais absolument enfoncer cette porte. Je me moquais de tout le reste, y compris des risques que je courrais en affrontant les autres gangs : je devais à tout prix leur montrer ce qu'il y avait derrière cette porte.

— Mason ! appela Hector. Viens !

Je m'arrêtai pour souffler. J'étais en sueur et j'étouffais sous mon sweatshirt malgré le froid mordant. Alors que je regardais Mason s'approcher, je remarquai que tous les autres V étaient rassemblés derrière nous.

— À ton tour, dit Hector à Mason.

Mason parut surpris, mais il l'était sûrement moins que moi quand j'avais franchi cette porte.

— Tu n'auras pas d'ennuis, lui dit Hector. Ils croiront que c'est Benson qui l'a fait. Tu les as vus ? demanda-t-il en montrant le bâtiment du collège.

À l'étage supérieur, une douzaine de visages se pressaient contre les vitres pour nous observer et tenter de deviner ce que nous faisions.

— Vas-y, reprit Hector, qui s'était retourné vers la porte.

Un petit sourire se dessina sur le visage de Mason. Il leva sa lourde clef anglaise et l'abattit sur la poignée. La clef dérapa sur le métal et érafla la peinture du battant. Je le regardai frapper à coups redoublés, levant les bras et inspirant avant chaque coup.

Soudain, je revis Dylan, armé de son tuyau, s'acharner sur Jane. Je me pliai en deux, puis m'accroupis en luttant contre la nausée.

Au même instant, Gabby se détacha des V et se précipita vers nous.

— Ils essaient de défoncer la porte, annonça-t-elle à Hector. Ils vont sortir !

— Qui ?

Les yeux de Gabby étaient agrandis et son menton tremblait.

— Les autres gangs, répondit-elle. Je ne sais pas qui au juste, mais je les entends.

Hector se tourna vers les autres V.

— Tapti, tu surveilles la porte avec Gabby, dit-il. S'ils l'enfoncent, revenez ici en vitesse.

Il envoya deux autres V faire le guet à l'autre extrémité du bâtiment, et deux autres à cinquante mètres de nous pour surveiller les fenêtres.

— Au tour de Benson, décida-t-il.

Je pris la clef anglaise de Mason, qui était plus lourde et plus efficace que ma pince, et m'attaquai de nouveau à la poignée. Il avait déjà fait pas mal de dégâts : elle était inclinée à un angle de quarante-cinq degrés. Je la frappai trois fois, puis repris la pince. J'avais remarqué qu'en pliant, la poignée avait dévié d'environ un centimètre du battant.

Mason m'aida à enfoncer la pince dans l'interstice, puis nous pesâmes sur elle de toutes nos forces. La porte paraissait sur le point de céder.

Hector nous seconda, puis appela Joel.

J'entendis un hurlement, et pendant quelques secondes, nous nous immobilisâmes, puis regardâmes dans cette direction, sans rien voir.

Je plongeai la main dans ma poche et en tirai les grenades.

— Tiens, dis-je en les fourrant dans les mains d'Hector, ce sont des lacrymos.

Il eut un bref sourire, puis me montra la porte.

— T'as intérêt à te grouiller, dit-il.

Il partit en courant.

— Allez, dis-je en me retournant vers la porte.

J'insérai de nouveau la pince et pesai dessus. À chaque effort, je sentais des élancements douloureux dans la poitrine et les côtes, mais je persévérais. Peut-être était-ce mon imagination, mais j'avais l'impression que la porte cédait imperceptiblement.

— Ils arrivent ! lança quelqu'un dans mon dos.

Je sentis la pression sur la porte diminuer quand Joel se retourna pour regarder derrière nous.

— Encore une fois, ordonnai-je. Allez !

Plusieurs douzaines de voix hurlaient en même temps et je remarquai que les V nous entouraient, formant un rempart autour de nous.

Je rassemblai mes forces, les membres frémissants, et pesai de tout mon poids sur la pince. Joel s'appuya du pied contre la porte et Mason poussa un grognement.

Nous tombâmes à la renverse dans une détonation de bouchon qui saute tandis que la poignée arrachée volait.

La porte était toujours verrouillée, avec un trou à l'emplacement de la poignée. Par malheur, une barre horizontale obstruait ce dernier.

J'entendis la voix de Tire-au-flanc. Il était tout proche. Je tendis l'oreille, mais je n'eus pas l'impression qu'on se bagarrait déjà.

Je ramassai la pince, puis regardai Mason et Joel, qui avaient l'air désemparés.

Alors que j'allais enfoncer la pince dans le trou, quelqu'un cria :

— Benson ! Attends !

Je baissai le bras et me retournai. Rosa était derrière moi. Je me raidis et resserrai ma prise sur la pince.

— Si tu la défonces, tu fausseras le verrou et tu ne pourras plus l'ouvrir, expliqua-t-elle.

Passant devant moi, elle s'agenouilla devant la porte pour regarder par le trou. Elle tira de sa poche un canif, le déplia et s'affaira avec le tire-bouchon.

Je me retournai vers la foule qui nous encerclait. Il y avait surtout des membres du Chaos, mais aussi quelques-uns de La Société. Personne n'avait commencé à se battre – aucun des chefs n'était là – mais on s'engueulait ferme.

Rosa avait peut-être bricolé pendant trente secondes quand je l'entendis déclarer :

— Ça y est.

Elle se leva et tira le battant à elle avec deux doigts. La porte s'ouvrit toute grande.

Je dévisageai Rosa. N'était-elle pas mon ennemie, un androïde qui me tendait un piège, ou m'étais-je complètement trompé sur son compte ?

À l'ouverture de la porte, les hurlements de la foule s'étaient mués en un murmure. Même les V, qui se préparaient à se battre, se retournèrent pour voir ce qu'il y avait derrière la porte.

Soudain, c'en fut trop pour moi. Je me sentis incapable d'entrer là-dedans tout seul.

— Mason ! appelai-je en lui faisant signe de venir.

Il s'arrêta devant moi et jeta un coup d'œil circonspect par la porte entrouverte.

— Qu'y a-t-il là-dedans, Fish ? demanda-t-il d'une voix mal assurée.

Je regardais droit devant moi. Le silence régnait. Je lançai un coup d'œil à Mason.

— Tu veux bien me laisser une seconde ? demandai-je.

Il inspira longuement et à fond.

— Ouais, mais pas plus, répondit-il. Les autres vont bientôt recommencer à faire du grabuge.

— OK.

Je contournai la porte, car je répugnais à la toucher. Le couloir était éclairé de la même lueur bleue que la dernière fois. Les murs en béton me paraissaient plus larges et le plafond plus haut.

C'était terrifiant.

Je m'avançai lentement, et derrière moi, la rumeur de la foule diminua à mesure que je me concentrais sur ce que je risquais de découvrir. Je cherchais un indice de ce qui était arrivé cette nuit-là. Je savais que l'ordinateur en constituerait la meilleure preuve, surtout pour les élèves doués en informatique, même s'ils ne pouvaient guère que recueillir des renseignements sur le « modèle Jane 117C ».

Mais en cet instant, une partie de moi-même aurait préféré ne rien retrouver. Je me sentais oppressé par les souvenirs de cette nuit qui resurgissaient : la démarche maladroite de Jane sur des jambes visiblement cassées, son regard mort et cette voix qui n'était plus la sienne.

Au bout du couloir, je m'arrêtai. Je ne voulais pas entrer dans cette pièce.

Il fallait que je me fasse violence, car les V ne pourraient pas contenir indéfiniment les autres gangs. Je leur avais promis qu'il n'arriverait rien à personne.

J'entrai.

— Jane… balbutiai-je.

Elle était toujours là où je l'avais laissée, depuis combien de temps ? Deux semaines ? Trois semaines ? Plus longtemps ?

J'étais incapable de m'approcher d'elle. Mes jambes refusaient de me porter.

Soudain, je sentis des larmes couler sur mes joues.

J'entendis un bruit de pas derrière moi, une main se posa sur mon bras et on prononça mon nom. C'était Hector.

Comme il était derrière moi, il n'avait pas encore vu le corps de Jane. Mason fut le premier à entrer.

Il inspira brusquement, et quand il parla enfin, sa voix n'était plus qu'un murmure.

— Bon Dieu, qu'est-ce que… ? chuchota-t-il.

J'entendis d'autres personnes entrer dans le couloir à l'étage supérieur et quelque chose me poussa à rejoindre Jane avant eux. Nous nous approchâmes d'elle.

Elle était maintenant allongée, dans la même robe déchirée et tachée de sang. Sans cette pâleur cadavérique sous l'éclairage bleuté, elle aurait semblé endormie.

Je sentis un soupçon de son parfum, mélange de vanille et de roses, et dus soudain me détourner.

Les autres V entraient dans la salle et le bruit montait dans le couloir. Mason jura. Il venait de remarquer l'oreille de Jane. Peut-être le câble était-il encore branché, mais je ne voulais pas regarder.

La foule contemplait Jane en silence. Ceux qui entraient dans la pièce se figeaient aussitôt.

— C'est Jane, dis-je à travers mes larmes. Comme je vous l'ai déjà expliqué, Laura et Dylan l'ont tuée, mais cette nuit-là, elle est venue ici.

Je me sentais si oppressé que je pouvais à peine parler. Je serrai les dents et regardai fixement le sol en béton, car je ne voulais pas voir l'expression des autres.

— Elle est morte ? demanda quelqu'un.

Je comprenais le sens de cette question, mais je me sentais incapable d'y répondre. J'avais tenté de me persuader que tout dans cette histoire était simple, et que je pouvais l'envisager de manière rationnelle plutôt qu'émotionnelle, mais en réalité, c'était au-dessus de mes forces.

— Oui, répondis-je dans un souffle, et non.

Je fis signe aux autres d'approcher, et la foule, probablement quarante personnes en tout, traversa lentement la salle pour s'arrêter devant le corps.

Je me forçai à le regarder.

Quelqu'un était venu depuis cette nuit. La moitié du scalp et des cheveux de Jane avait été retroussée pour exposer un crâne en acier. La demi-douzaine de câbles qui en partait était reliée à l'ordinateur, et un plateau chargé d'instruments – scalpels, pinces, minuscules tournevis et autres outils que je ne reconnus pas – était posé sur une table à côté de sa tête.

Je restai immobile auprès d'elle tandis que les autres défilaient un à un devant moi. J'entendais leurs exclamations étouffées et leurs cris quand ils voyaient le métal du crâne d'androïde. Des murmures traversaient la foule à mesure que les premiers arrivés transmettaient la nouvelle aux autres, qui refusaient d'y croire.

L'une des filles passa devant moi en courant, traversa le couloir et sortit du bâtiment. J'aurais aimé en faire autant, m'enfuir et oublier cet endroit, mais je me dirigeai vers le fond de la salle où je m'accroupis, le dos au mur, et fermai les yeux. Désormais, rien ne serait plus jamais comme avant.

24.

Des gens affluaient encore dans la salle alors que certains en étaient déjà ressortis. Gabby s'enfuit en courant, mais vomit avant d'arriver dans le couloir. La plupart des V étaient encore dans la salle et montaient la garde autour du corps de Jane comme pour le protéger. Comme si elle était encore des nôtres.

Mais elle ne l'a jamais été, pensai-je.

Je fermai les yeux et enfouis mon visage dans mes mains. Personne ne pouvait plus prétendre que tout n'allait pas si mal ici et que nous devions profiter au maximum des nos avantages. Ici, tout n'était que mensonge. Nous ne pouvions nous fier les uns aux autres. Personne ne pouvait avoir d'amis. Personne ne pouvait aimer.

Une main se posa sur mon épaule, je levai les yeux et vis Gabby, qui me montrait le couloir. Les chefs des gangs étaient arrivés.

Curtis, Carrie, Oakland, Minnie et Isaiah restaient groupés et observaient la salle avec circonspection.

Je me levai et me dirigeai vers la foule rassemblée autour du corps de Jane.

— Hé ! les gars, écartez-vous trente secondes ! lançai-je.

Lentement, comme engourdie, la foule s'éloigna vers la porte. Certains regards s'attardaient sur Jane tandis que d'autres fixaient obstinément le sol. Mason se dirigea vers le fond de la salle, où s'alignaient les grandes armoires de classement, et s'adossa au mur.

Isaiah fut le premier à s'approcher de Jane.

— Et alors, qu'y a-t-il de si extraordinaire ? demanda-t-il. Nous savions déjà qu'elle était morte.

Je l'empoignai par le bras, plus fort qu'il n'était nécessaire, mais je voulais qu'il sente la pression, et l'entraînai vers l'autre côté de la table. Alors, la main sur sa nuque, j'approchai sa tête de l'oreille arrachée de Jane.

Je ne voyais pas son visage, mais il cessa brusquement de se débattre.

Le métal avait le même éclat que l'autre nuit, mais les minuscules ampoules que j'avais vues près des branchements des câbles étaient à présent éteintes.

Je lâchai Isaiah et fis signe aux quatre autres chefs d'approcher. Curtis et Carrie venaient en tête, les mains étroitement enlacées, suivis d'Oakland et de Minnie. Je fis un pas de côté afin qu'ils puissent tout voir.

Oakland émit un juron presque inaudible. Minnie regarda Jane, puis moi, puis de nouveau Jane. Carrie tendit une main hésitante et toucha du bout des doigts le bras de Jane. Curtis leva les yeux vers moi.

— Depuis quand savais-tu ? demanda-t-il.

— Depuis la nuit du bal.

— Pourquoi n'en as-tu parlé à personne ?

— C'était Jane, réussis-je seulement à répondre, et ma voix se brisa. Qui l'aurait cru ?

— Tu aurais dû nous le dire ! glapit Minnie. Nous avions le droit de le savoir.

J'inspirai profondément.

— Qui m'aurait cru ? demandai-je.

— Qu'est-ce que tu racontes ? répliqua-t-elle, mais sans conviction.

Oakland avait suivi des doigts les câbles reliant la tête de Jane à l'ordinateur, dont l'écran était éteint.

Je m'approchai de la table. J'aurais voulu toucher la main de Jane, mais j'en étais incapable.

— Si Jane a pu me faire croire qu'elle était humaine – et je suis vraiment tombé dans le panneau – d'autres sont peut-être… comme elle, mais qui ? demandai-je.

Le regard d'Oakland rencontra le mien. Il était pâle. Je le vis échanger un bref regard avec Minnie, mais personne ne dit rien.

Je parlai pour rompre le silence. Je leur racontai tout, l'arrivée de Laura et de Dylan, l'agression, mes efforts pour ranimer Jane, puis la marche pénible et terrifiante vers cette salle.

— Quand elle s'est branchée sur l'ordinateur, qu'est-ce que tu as lu sur l'écran ? demanda Oakland.

— Un bilan des dégâts, avec une liste de numéros de code, mais je ne sais pas ce qu'ils signifient.

Il s'approcha de l'ordinateur et pressa une touche. L'écran clignota, puis s'alluma comme s'il était resté en veille.

Je m'avançai pour le regarder par-dessus l'épaule de Minnie, car les cinq chefs se pressaient autour de l'ordinateur. Derrière nous, Hector demanda ce qui s'affichait sur l'écran.

— Juste des chiffres, répondit Curtis. Une liste de codes.

L'écran était rempli de chiffres semblables à ceux que j'avais vus cette nuit-là, sauf la dernière ligne.

— « Recommandation : transfert et désactivation définitive en raisons de dommages étendus et irréparables », lus-je à voix haute.

Carrie laissa échapper un gémissement de désespoir et enfouit son visage dans ses mains.

— Bon Dieu ! s'exclama soudain Mason. Venez voir ça !

Nous nous retournâmes vers lui.

Debout face aux armoires de classement, il regardait fixement l'intérieur de l'une d'elles.

Minnie fut la première à le rejoindre.

— Qu'est-ce qu'il y a ? demanda-t-elle.

Il ouvrit brutalement la porte de l'armoire.

— Regarde toi-même, répondit-il.

L'intérieur était sombre, mais la forme qu'on y distinguait parfaitement reconnaissable : c'était une silhouette humaine.

C'était Dylan. Il était lié à une planche presque à la verticale par d'épaisses cordes en nylon, an niveau des genoux, de la taille et de la poitrine. Ses yeux étaient ouverts, mais aussi morts que ceux de Jane. Un câble sortant de son oreille le reliait à un petit panneau fixé sur le côté de l'armoire, mais, contrairement à celle de Jane, son oreille donnait l'impression d'avoir été ôtée avec soin.

Oakland jura de nouveau, mais c'était Isaiah qui paraissait le plus bouleversé. Il vint examiner de près le visage de Dylan et le trou dans sa tête.

Mason commença à ouvrir les portes des autres armoires. Il y en avait quatre, dont deux contenaient la même planche équipée de courroies en cuir, probablement destinée à un autre androïde. Les deux autres armoires étaient fermées à clef.

— Et Laura ? demanda Isaiah, qui nous regardait, abasourdi, la bouche entrouverte et les yeux vides.

— Peut-être n'était-elle pas un androïde, répondis-je.

La présence de Dylan réduisait à néant ma théorie : il était arrivé récemment à Maxfield. J'en étais presque certain, car je l'avais noté sur ma liste. Il n'était là que depuis huit ou neuf mois.

— Je ne crois pas que tout le monde le soit, repris-je.

Les lèvres de Minnie se tordirent en un rictus de dégoût.

— Pas moi, en tout cas, déclara-t-elle. (Elle claqua la porte de l'armoire au nez de Dylan et pivota pour faire face aux autres chefs.) Et vous ?

Ils commencèrent à protester.

— Il n'y a aucun moyen d'en être sûr ! criai-je pour couvrir leurs voix. J'y ai réfléchi pendant des semaines. Jane saignait. Je... je l'ai embrassée, sans jamais me douter de ce qu'elle était... Et on ne peut pas couper l'oreille à tout le monde pour vérifier.

Nous restâmes un instant silencieux. Je crus voir Carrie observer Curtis avec inquiétude, mais ensuite, elle ne fit plus que regarder fixement l'armoire.

— Est-ce que quelqu'un sait fabriquer un détecteur de métaux ? demanda Mason.

Personne ne répondit.

— Il y a tous ces vieux manuels scolaires au sous-sol, dis-je. Il y en a peut-être un sur l'électronique.

— Et la radiographie ? demanda Curtis.

Je secouai la tête.

— C'est la direction qui fait développer les pellicules, répondis-je.

Isaiah hocha la tête d'un air absent. Je regardai tour à tour les chefs. Minnie serrait les dents avec une expression féroce. Oakland était visiblement prêt à frapper quelque chose. Carrie paraissait inerte, comme vidée de toute émotion, et Curtis arborait une expression d'angoisse. Il me dévisagea longuement avant de reprendre la parole.

— Il faut informer tous les autres, dit-il.

Isaiah leva les yeux.

— Pour leur dire quoi ? demanda-t-il.

— La vérité, répondit Curtis.

Isaiah ôta ses lunettes et se frotta les yeux.

— Maintenant, personne ne fera plus confiance à personne, déclara-t-il.

Oakland ricana.

— Parce qu'avant, on se faisait confiance, peut-être ? lança-t-il.

Le regard de Curtis rencontra le mien.

— Les V se font confiance, affirma-t-il.

J'acquiesçai, même si ces paroles relevaient plutôt du vœu pieux. Oakland avait raison. On ne pouvait faire confiance à personne.

Je sortis de la salle, puis du bâtiment. Dehors, le soleil se levait. La plupart des élèves étaient sur la piste, délaissant l'ombre du bâtiment pour la chaude lumière du soleil.

Isaiah, Minnie, Carrie et Curtis m'avaient suivi. Nous marchions ensemble et en silence, mais chacun de nous était seul. Même Carrie et Curtis, qui se tenaient toujours par la main, semblaient très loin l'un de l'autre.

Becky nous rejoignit.

— La porte du collège est fermée, annonça-t-elle dans un murmure. Même les V ne peuvent pas rentrer.

Elle me regarda. Ses yeux étaient rouges et gonflés. Elle voulait visiblement me dire quelque chose et j'aurais aimé lui répondre, mais je ne savais quoi.

Je me détournai vers la porte de l'incinérateur. Sa peinture marron était striée de longues éraflures et elle ballottait dans le vent léger, se fermant pour se rouvrir aussitôt.

Minnie émergea lentement de sa torpeur et regarda les élèves qui attendaient.

— Oakland travaille sur l'ordinateur, annonça-t-elle d'une voix monocorde, à l'adresse de personne en particulier.

Isaiah semblait attendre quelque chose. Comme personne ne disait rien, il reprit la parole, en s'adressant à tout le groupe.

— D'abord, commença-t-il, il n'y a aucune raison de paniquer. Ce que nous venons de voir est évidemment étrange et inattendu, mais cela ne…

Il fut interrompu par des huées et des ricanements.

— Ferme-la, Isaiah ! Tu es sûrement des leurs ! cria quelqu'un.

Minnie et Curtis échangèrent un regard.

— Tu ferais aussi bien de tout leur raconter, me dit-il.

Je fronçai les sourcils, mais Minnie ne paraissait y voir aucune objection. Isaiah était visiblement exaspéré. Je fis un pas en avant.

— Nous ne savons pas grand-chose, dis-je. Je croyais que Jane était la seule, mais nous venons de découvrir que Dylan était aussi un androïde.

Des exclamations étouffées fusèrent dans la foule et quelques élèves se mirent à parler en même temps, mais les conversations s'éteignirent rapidement, comme si chacun n'était pas sûr de s'adresser à un ami ou à un ennemi.

— Il est impossible de savoir s'il y en a d'autres parmi nous, repris-je. Je suppose que personne ne sait fabriquer un détecteur de métaux ?

Je scrutai la foule, mais personne ne leva la main.

— Il est donc impossible d'en être sûr, mais je crois que nous ne devons pas baisser les bras pour autant. Je crois que le moment est venu de partir. J'ai toujours pensé que nous pourrions y arriver ensemble. Partons tout de suite. On peut facilement franchir le mur, en passant par le tuyau de canalisation ou en abattant des arbres. (Je regardai Isaiah.) J'ai le contrat pour la sécurité et je vous promets qu'il ne sera pas appliqué.

Ma proposition ne parut pas soulever d'enthousiasme, mais personne ne protesta non plus.

— L'autoroute est à environ cent kilomètres d'ici, poursuivis-je. Nous pouvons couvrir cette distance en quelques jours. De l'autoroute, nous pourrons probablement lancer un appel au secours.

— N'importe lequel d'entre vous pourrait être un robot ! hurla Tire-au-flanc. Dès que nous sortirons d'ici, les robots tueront tous les autres !

— Et l'eau ? demanda Joel. Cent kilomètres sans eau, ce serait du suicide.

D'autres hurlaient, mais j'agitai les bras pour les faire taire.

— La seule autre solution serait de retourner au collège, à condition qu'on nous laisse entrer, dis-je. Vous n'avez pas encore compris que, quelle que soit la raison de notre présence ici, les projets que le collège avait pour nous sont à l'eau ? Nous avons toujours pensé que nous étions soit des recrues pour un entraînement, soit des cobayes. Maintenant, nous avons découvert la vérité sur les androïdes, et ça fout en l'air tout ce qui se mijotait ici. Vous croyez vraiment que la direction va se contenter de nous laisser reprendre notre petit train-train ?

— Mais que se passera-t-il quand nous aurons franchi le mur ? intervint Isaiah. On tue des gens de l'autre côté. On a tué Lily, non ? On a tué tous ceux qui avaient franchi le mur.

— Nous avons une chance de survivre si nous sommes soixante-dix à nous évader, répondis-je. Il faut y aller tous ensemble.

— Tu n'es pas ici depuis assez longtemps pour le savoir, fit-il en élevant la voix, mais un jour, quinze élèves ont voulu s'évader ensemble et ils ont tous été tués.

— C'étaient les quinze qui étaient là à l'arrivée de Jane ? demandai-je. Nous en avons entendu parler seulement par elle. C'était peut-être un mensonge. Et puis, ils étaient quinze et nous, nous sommes soixante-dix.

Je me tus et attendis que mes paroles produisent leur effet en observant les visages des autres. Toutes leurs craintes étaient légitimes. Nous avions besoin d'eau et nous ignorions ce qui nous attendait au-dehors, mais nous ne pouvions pas retourner au collège comme si de rien n'était.

— Attends un peu, reprit Mason, visiblement perplexe. Pourquoi Dylan a-t-il attaqué Jane ? Pourquoi un androïde tuerait-il un autre androïde ?

Je n'avais pas de réponse toute prête, mais seulement une supposition.

— Ça fait peut-être partie de leur scénario, quel que soit leur but, répondis-je. Ils voulaient peut-être voir ce qui se passerait si Jane était tuée.

Il secoua la tête, visiblement peu convaincu.

— C'est quand même bizarre, commenta-t-il.

— Ça ne fait rien, déclara Hector, moi, je suis partant pour une évasion.

— Non, intervint Isaiah en agitant les bras. Écoutez-moi. Il y une raison, quelle qu'elle soit, à notre présence ici. La direction a besoin de nous. Maintenant que nous connaissons ses petits secrets, nous avons un moyen de pression sur elle.

— Tu veux négocier avec la direction ?

Je savais qu'Isaiah était timbré, mais même de sa part, c'était une idée vraiment tordue.

— Oui, absolument, répondit-il. Réfléchissez. Premièrement, c'est un moyen sûr : on peut rentrer au collège, ce qui veut dire qu'on aura un toit, de quoi manger, boire et se protéger. Deuxièmement, vous croyez que c'est facile pour la direction de mener ces expériences avec nous ? Peut-être que leur projet n'est pas tombé à l'eau : dans ce cas, nous pouvons encore leur être utiles, mais maintenant, nous pouvons poser des conditions.

— La direction a-t-elle déjà répondu à la demande d'un seul d'entre nous ? demandai-je. Est-ce que quelqu'un lui a déjà posé une question et obtenu une vraie réponse ?

— Maintenant, elle sera bien obligée de nous répondre.

Je regardai la foule.

— On n'a qu'à voter, déclarai-je. Qui veut partir tout de suite ?

Presque tous les V levèrent la main, ainsi que certains membres du Chaos, mais aucun de La Société. Vingt-deux personnes en tout étaient prêtes à partir immédiatement.

Je n'en revenais pas. Malgré ce que je leur avais révélé, la majorité des élèves ne voulaient toujours pas courir le risque d'une évasion.

— Nous pouvons partir à condition de partir ensemble ! repris-je. Si seulement une moitié d'entre nous part alors que l'autre reste ici, nous mourrons tous. Vous vous croyez en sécurité ici, mais en réalité, vous ne faites que retenir les autres prisonniers.

Je tournai les talons et m'éloignai. Ils étaient ici depuis si longtemps qu'ils avaient peur de partir, peur de prendre le moindre risque. Et maintenant, ils me condamnaient à subir le même sort qu'eux.

Je me dirigeai vers la lisière de la forêt en scrutant la vaste étendue d'arbres. J'entendais gazouiller des oiseaux qui se réchauffaient aux premiers rayons du soleil. Pour eux, cette forêt n'était pas une prison, mais un foyer.

J'entrai dans le sous-bois. J'avais fait ce qui me paraissait juste, essayé d'aider les autres, mais personne ne voulait de mon aide. Tout le monde avait bien trop peur.

Sans réfléchir, je m'enfonçai lentement dans la forêt et m'éloignai du collège.

Comment pouvaient-ils négocier avec la direction ? Cette idée était si stupide que j'aurais frappé Isaiah avec plaisir. Nous ne pouvions poser aucune condition à la direction. Il leur suffirait de nous couper les vivres pour nous mater. Ensuite, elle déciderait tôt ou tard que nous ne lui étions plus utiles et se débarrasserait de nous pour repartir à zéro. Comment nous tuerait-on ? En empoisonnant notre nourriture ou l'air que nous respirions ? En envoyant quelques androïdes nous égorger pendant notre sommeil ?

Je traversai un terrain de paintball et passai devant des arbres et des bunkers tachés de peinture. C'était le premier terrain sur lequel j'avais joué, le lendemain de mon arrivée.

Nous n'étions que des jouets. Quelque part, on prenait des notes en nous regardant obéir aux ordres : Benson Fisher réagit violemment au stress, par des agressions physiques sur ses camarades et de la destruction de matériel. Comment réagira-t-il si nous verrouillons la porte ? Si nous lui coupons les vivres ? Si nous tuons ses amis ?

Quand j'arrivai au fond du terrain, je me penchai pour passer sous le ruban du périmètre. À cet endroit, le sol était plus rocailleux et formait une pente raide, que je gravis en courant et en glissant sur les pierres qui roulaient sous mes pieds. Un instant plus tard, haletant, épuisé, j'étais devant le mur.

Il était comme partout ailleurs : deux fois plus haut que moi, sans arbres à proximité afin qu'il soit impossible de l'escalader. Je le touchai. La brique était froide sous ma main.

Je m'assis sur un rocher pour le contempler. Il était impossible de le franchir sans ravitaillements ni secours. Je pourrais toujours abattre un arbre, mais je savais que les autres avaient raison : si je passais de l'autre côté, je finirais comme Lily.

J'entendis des pierres rouler derrière moi. Quelqu'un grimpait la côte. Je tendis l'oreille sans me retourner.

— Salut, dit une voix, celle de Becky.

— Salut, répondis-je.

Elle me rejoignit, le souffle court, et vint s'asseoir à côté de moi sur le rocher.

— Tu ne t'enfuis pas, constata-t-elle.

Les yeux fixés sur le mur, je fis signe que non.

Elle ne dit rien et resta immobile à côté de moi. Le soleil ne parvenait pas encore jusqu'à nous, car les arbres lui faisaient écran, et l'air était froid. Je m'estimais heureux d'avoir mon sweatshirt. J'espérais que la direction ne nous punirait pas en verrouillant les portes toute la journée et toute la nuit. Mais dans ce cas, nous pourrions toujours retourner dans la salle où gisait Jane.

— Je suis désolée, reprit Becky au bout d'un moment. Je regrette que tu ne m'aies rien dit pour Jane, mais...

— Non, je comprends, répondis-je. Je ne me serais pas cru moi-même : un nouveau venu qui raconte des trucs délirants sur quelqu'un qu'on connait depuis un an... je comprends.

Elle resta longtemps silencieuse. De temps en temps, elle inspirait comme pour reprendre la parole, puis se ravisait

Je regardais fixement le mur. Je savais que j'allais m'enfuir. Je devais juste découvrir comment.

— Personne ne peut plus faire confiance à personne, reprit Becky en frottant ses mains pour les réchauffer, et c'est sûrement ce que tu ressens depuis longtemps.

— Ouais, répondis-je. Et je t'assure que ce n'est pas drôle, pensai-je.

— C'est pour ça que tu as fait cette liste, dit-elle.

J'expirai lentement, puis me passai les mains sur le visage.

— Ouais, répondis-je. Je pensais que les androïdes étaient ici depuis le début, comme Jane.

Elle acquiesça.

— Mais nous avons retrouvé Dylan, poursuivis-je. Et ça change tout.

— C'est vrai.

Je consultai ma montre. Il n'était même pas huit heures. Ce serait une journée longue et froide.

Becky remua et se tourna vers moi. Je détournai les yeux du mur pour la regarder. Elle n'était pas aussi impeccable que d'habitude : ses cheveux bruns étaient encore emmêlés et aplatis comme si elle sortait du lit.

— Je sais que tu ne peux pas me faire confiance, Bense, reprit-elle, les yeux baissés sur ses mains. Je voudrais juste que tu saches que moi, je te fais confiance.

— Cela signifie-t-il que tu ne fais plus partie de La Société ? Que tu es redevenue une V ? demandai-je.

Elle poussa un soupir, puis me regarda droit dans les yeux.

— Je serai ce que tu es, répondit-elle.

Nous nous regardâmes en silence pendant probablement plusieurs minutes. Soudain, Becky s'effondra contre moi, secouée de sanglots, et je la serrai dans mes bras.

— Je regrette tellement ! cria-t-elle, en larmes, je croyais aider les autres !...

— Je comprends, dis-je. Je comprends.

25.

Nous enterrâmes Jane le matin même, alors que le soleil montait dans le ciel froid. Becky, Mason et moi-même étions allés prendre des pelles dans les hangars à outils, qui étaient heureusement ouverts. Le reste des V et quelques membres des autres gangs nous rejoignirent au cimetière. Nous creusâmes une tombe dans laquelle je déposai le corps de Jane avec l'aide de Curtis.

Comme les fleurs du jardin étaient fanées depuis plusieurs semaines, Becky ramassa des pommes de pin. Nous édifiâmes en guise de pierre tombale une pile de cailloux à laquelle chacun apporta le sien.

Non, Jane n'était pas un être humain, mais elle avait été assez vivante pour que nous l'aimions tous.

Quand Oakland vint me retrouver, j'étais assis sur l'herbe du cimetière, ma pelle sur les genoux. Becky et d'autres V étaient restés avec moi, mais personne ne parlait.

— Jane connaissait-elle quelque chose à la culture pop ? demanda-t-il en regardant le sol d'un air pensif. Tu vois ce que je veux dire : la musique, les séries télé, ce genre de trucs...

— Non, et je me moquais toujours d'elle à cause de ça, intervint Gabby d'une voix tremblante. Elle ne connaissait aucun des groupes que j'aimais.

J'allais ajouter qu'elle ne connaissait rien non plus aux séries télé, mais Oakland reprit la parole.

— Je n'ai pas pu tirer grand-chose de cet ordinateur, dit-il. Je ne crois pas qu'il soit sur le réseau. Par contre, j'ai obtenu des informations sur... sur Jane. Je n'y ai pratiquement rien compris, parce que c'était surtout de la mécanique, mais elles comprenaient une mise à jour de la mémoire. Un programmeur avait écrit une note sur la nécessité d'insérer un patch pour résoudre « le problème avec la culture pop ».

Tout s'expliquait. Quand je parlais à Jane d'une série télé, elle ne la connaissait pas parce qu'elle n'avait pas été programmée pour ça.

— Le « problème avec la culture pop »... répéta Curtis, les yeux rivés sur la tombe toute fraîche.

— Ils voulaient la mettre à jour pour que nous ne remarquions rien, dis-je, mais je regrettai aussitôt ce commentaire, qui me paraissait mesquin.

Un ange passa.

— Qui parmi nous peut donner les titres de tous les Harry Potter ? demanda soudain Joel.

— Ferme-la, coupa Curtis. Ce n'est vraiment pas le moment.

— Les programmeurs ont annoncé que le problème était résolu, ajouta Oakland.

Le soleil n'était pas encore à son zénith quand on nous appela du porche. Les portes étaient déverrouillées et une réunion devait se tenir.

La salle principale du rez-de-chaussée était remplie d'élèves pour la plupart adossés au mur ou assis sur les marches. Je remarquai quelques cartons de nourriture que Le Chaos avait apportés de la cafétéria. Dans cette atmosphère, le gang ne s'était pas senti tenu de remplir son contrat : rien n'était cuit et certains aliments étaient même encore congelés, mais personne ne pensa à s'en plaindre.

C'était Isaiah qui avait convoqué cette réunion. Assis sur un banc en pierre près de l'entrée, il tenait un carnet à la main. La réunion devait porter sur nos négociations avec la direction. La salle était silencieuse, car chacun était déterminé à tout entendre.

Isaiah haussa un sourcil en me voyant assis à côté de Becky. Elle détourna les yeux.

— Bon. Quelle est notre priorité ? demanda-t-il.

Il traça un titre en haut de la feuille de son carnet et le souligna.

— Partir d'ici, répondit Curtis. Ensemble.

Isaiah inscrivit un tiret, puis s'interrompit.

— On ne peut pas leur balancer ça, objecta-t-il. Il s'agit de négociations : si nous partons tous, ils n'auront rien.

— Tu parles sérieusement ? intervint Carrie, penchée en avant. On ne peut pas faire de compromis. On ne peut pas leur dire : « Laissez partir la moitié d'entre nous. »

Isaiah secoua la tête.

— Dans ce cas, nous exigeons au lieu de négocier, dit-il. Vous pouvez penser de moi ce que vous voulez, mais je ne crois pas qu'il soit vraiment indiqué de poser des conditions à un collège qui assassine des gens.

L'une des filles de La Société leva la main.

— On pourrait commencer par quelque chose de simple, par exemple leur demander la raison de notre présence ici, proposa-t-elle.

Isaiah approuva avec enthousiasme.

— Oui, c'est déjà mieux, fit-il.

— Je crois que la raison de notre présence ici est parfaitement claire, déclara Oakland, qui était vautré sur sa chaise et portait un sweatshirt à capuche au lieu de l'uniforme. Nous servons de cobayes pour leurs expériences à la con.

— Parfaitement claire ? répéta Isaiah, un sourcil levé.

— Je veux. Sinon, pourquoi tous ces coups tordus, à votre avis ? Pourquoi verrouiller les portes quand nous sommes dehors ? Juste pour voir comment nous allons réagir. Et ces robots font partie du jeu. (Il me montra du doigt.) On voulait peut-être savoir ce qu'il ferait s'il avait une copine. On a donc programmé Jane pour qu'elle l'ait à la bonne, et puis on lui a envoyé Dylan pour voir ce qui se passerait si elle mourait.

Personne ne répondit, mais Isaiah ne paraissait guère convaincu.

— Je parle sérieusement, poursuivit Oakland. Sinon, pourquoi envoyer un robot en démolir un autre ? Ça doit coûter un paquet, ces engins.

— On n'a pas besoin de robots pour savoir ce qui arrive quand la copine ou le copain de quelqu'un meurt, objecta calmement Mason.

Je ne regardais pas Becky, qui restait immobile et silencieuse à côté de moi.

— Et si c'était un entraînement ? demanda Hector. Pourquoi nous ferait-on jouer au paintball, sinon ? Il n'y a pas de caméras dans les bois : il ne peut donc pas s'agir d'une expérience.

— Avec des androïdes sur le terrain, pas besoin de caméras, intervint Curtis.

— Ouais, approuva Oakland. Et si c'est un entraînement, pour nous former à quoi ? Personne ne sort jamais d'ici et personne ne fait de progrès en rien. Si c'est un entraînement, c'est le plus cher et le plus inutile que j'aie jamais vu.

Minnie acquiesça.

— Et s'il s'agit de former des soldats d'élite, pourquoi ne pas programmer les androïdes pour ça ? ajouta-t-elle.

— Je crois que c'est justement une bonne raison de demander à la direction pourquoi nous sommes ici, reprit Isaiah en haussant la voix pour faire taire tout le monde.

Rosa se leva, un carnet usé et un petit sac à la main. Elle interrompit Isaiah au milieu d'une phrase.

— Je peux dire quelque chose ? demanda-t-elle, les mains tremblantes.

Quelques élèves hochèrent la tête.

— Je vous dois des explications, déclara-t-elle.

Nos regards se croisèrent fugitivement, mais elle détourna les yeux, puis les baissa. Des larmes ruisselaient sur ses joues. Carrie se leva, mais Rosa lui fit signe de se rasseoir.

Elle ouvrit son carnet.

— Cette salle où on a trouvé Jane… j'y étais déjà entrée, reprit-elle d'une voix frémissante.

Des chuchotements s'élevèrent dans la foule et Rosa releva les yeux. La frayeur et la culpabilité se lisaient dans son regard.

— J'ignorais que l'un d'entre nous était un… robot, je vous le jure, dit-elle, et elle regarda de nouveau son carnet. Ça remonte à plus d'un an, un jour où je faisais des réparations. J'étais seule dans la bibliothèque avec une trousse à outils. J'ai décidé d'ouvrir une grille de ventilation pour voir où elle débouchait ; j'espérais tomber sur un ascenseur.

Tout le monde était suspendu aux lèvres de Rosa, qui paraissait de plus en plus terrifiée.

— Je suis arrivée dans cette salle, reprit-elle. Je n'y ai vu personne, mais elle contenait un tas de choses – un tas d'ordinateurs. J'ai regardé un peu partout, mais tout à coup, j'ai entendu du bruit, comme si quelqu'un allait entrer, alors j'ai eu peur et je suis partie.

— Et je t'ai vue ressortir, intervint Mason.

Rosa ne leva pas les yeux.

— Je n'avais pas eu le temps d'examiner les ordinateurs, mais avant de partir, j'ai emporté quelque chose, poursuivit-elle. C'était juste une feuille de papier. J'ai noté dans mon carnet ce qui était écrit dessus. (Elle éleva le carnet et lut à voix haute :) « Je comprends votre inquiétude quant à la lenteur du processus, mais il n'est pas dans l'intérêt de cette expérience de les former à la tactique. Notre objectif est de les laisser élaborer eux-mêmes des stratégies, non de voir comment ils apprennent des stratégies déjà existantes. Leur médiocrité en sport ne doit pas être considérée comme un échec de cette expérience, mais plutôt comme une donnée précieuse pour nos recherches. »

Rosa se tut et leva les yeux. La salle était silencieuse. Ce fut finalement Curtis qui reprit la parole, pour lui demander de relire la note.

Je ne savais que penser. Il s'agissait donc bien d'une expérience, comme beaucoup ici le soupçonnaient. Nous jouions au paintball afin d'élaborer par nous-mêmes des stratégies. Dans ce cas, pourtant, le reste de nos activités n'avait aucun sens. Cette note expliquait seulement le rôle du paintball, qui ne représentait que quelques heures dans notre emploi du temps.

— Et la feuille sur laquelle ce texte était imprimé ? demanda Isaiah.

Rosa baissa de nouveau la tête.

— La direction me l'a réclamée, répondit-elle.

Cette nouvelle nous stupéfia tous, mais ce fut Isaiah qui se leva d'un bond.

— Quoi ? demanda-t-il. La direction t'a contactée ?

Elle acquiesça.

— Que t'a-t-elle dit ?

— Elle m'a juste réclamé la feuille dans un message sur mon ordinateur et elle m'a assuré que je ne serais pas arrêtée. Je la lui ai rendue, mais j'avais appris le texte par cœur et j'ai tout noté.

Carrie se leva et s'approcha de Rosa.

— Nous les empêcherons de t'arrêter, promit-elle.

Minnie se montra moins compatissante.

— Pourquoi n'en as-tu parlé à personne ? demanda-t-elle.

Des larmes ruisselaient sur le visage de Rosa. Elle leva les yeux vers les caméras de surveillance.

— La direction m'a achetée, répondit-elle, au bord de la crise de nerfs. Avec des millions de points. Je pouvais avoir tout ce que je voulais.

Elle ouvrit son sac et en vida le contenu à terre. Il s'en déversa tous les bijoux que j'avais vus au catalogue : colliers, bagues, bracelets, barrettes, une centaine d'articles qui tombèrent avec un tintement sur le sol en marbre.

— Quoi ? C'est à cause de ça que tu ne nous as rien dit ? hurla Isaiah.

Curtis se leva à son tour.

— Ferme-la, Isaiah, ordonna-t-il.

— Non, glapit Isaiah, elle savait pourquoi nous étions ici, mais elle ne nous a rien dit parce qu'elle voulait toute cette quincaillerie !

Rosa était secouée de sanglots. Carrie la serrait dans ses bras. Isaiah et Curtis se dévisageaient, furieux. Je décidai d'intervenir.

— Nous n'avons aucun moyen de pression sur la direction, déclarai-je. Je crois que cette idée de négocier est ridicule. La direction a les pleins pouvoirs et le sait. En ce moment même, on est en train d'écouter tout ce que nous disons, fis-je en montrant une caméra placée à environ six mètres de nous. La direction contrôle tout. Et elle peut nous affamer à la moindre infraction au règlement.

Isaiah se retourna brusquement vers moi et frappa ma poitrine de son index tendu.

— C'est bien pourquoi nous devons nous contenter de lui poser cette question, riposta-t-il. La direction sait que nous sommes au courant pour les androïdes, et que Rosa nous a raconté ce qu'elle a vu. Nous ne sommes pas en mesure d'exiger quoi que ce soit.

— Mais qu'est-ce que tu crois ? demandai-je. Il y a longtemps que je suis au courant pour les androïdes, mais la direction ne m'a informé de rien. On n'aurait certainement pas répondu aux questions que j'aurais pu poser : elle a seulement essayé de me faire taire, puis de m'acheter.

Tous les regards étaient fixés sur moi, y compris celui de Rosa.

— Elle m'a fait cadeau de cinq millions de points, poursuivis-je, et, depuis, je stocke des provisions dans ma chambre. Maintenant, il ne reste plus grand-chose sur mon compte. Je n'ai pas vérifié, mais on parie combien qu'il est à zéro ?

Pendant quelques secondes, le silence fut complet dans la salle.

— C'est bien la preuve de ce que je dis, reprit Isaiah. La direction était prête à vous accorder un traitement de faveur, à toi et à Rosa, parce que vous saviez la vérité sur ses projets.

— Tu n'es qu'un crétin ! coupa Oakland, les yeux levés au ciel. La direction était prête à leur accorder un traitement de faveur tant qu'ils se taisaient, mais maintenant que Benson nous a tout révélé, c'est terminé.

— C'est exact, approuvai-je, pour une fois ravi de son intervention. J'avais un moyen de pression, mais maintenant, je suis grillé.

— Sauf si la direction comprend que nous sommes décidés à partir, reprit Oakland. Mais, dit-il en montrant Isaiah, elle sait que nous ne le sommes pas, parce que ses caméras nous surveillent en permanence et que tout ce qu'elles voient, c'est La Société, une bande de chochottes qui ont trop la trouille pour prendre le moindre risque.

— Ce genre de discours ne nous avance à rien, répliqua Isaiah d'un air pincé. Allons-nous envoyer un message à la direction, oui ou non ?

Oakland se leva.

— Tu peux leur lécher le cul tant que tu voudras, mais si tu me forces à rester ici parce que tu es trop lâche pour te défendre, ce n'est pas la direction qui te tuera, déclara-t-il.

Il frappa la main d'Isaiah et le carnet tomba à terre. Isaiah et lui se toisèrent pendant quelques secondes, puis Oakland sortit.

Minnie se leva, suivie de Curtis et de Carrie, et sortit de la salle. Mason, Becky et moi-même les imitâmes, puis, finalement, presque tous les autres.

— J'essaie seulement d'assurer la survie de tout le monde, déclara Isaiah, qui restait immobile.

Nous remontâmes aux dortoirs. Lorsque nous arrivâmes au premier étage, il ne restait plus que quelques membres de La Société dans la salle.

Oakland était invisible. Minnie fonça vers son dortoir, ses pas résonnant sur le parquet.

Les V rejoignirent le leur. Nous étions découragés, tourmentés et pas plus avancés qu'avant la révélation de la vérité.

Curtis se dirigea lentement vers son dortoir. Je crois que c'était la première fois que je le voyais quitter Carrie sans baiser ni étreinte. Ils étaient assis côte à côte dans la salle, mais je ne les avais pas vus se tenir par la main.

Carrie le regarda s'éloigner, puis, avant de rejoindre son dortoir, tendit la main à Rosa, qui la suivit.

Nous n'étions maintenant plus que trois : Becky, Mason et moi.

Becky me regarda. Elle paraissait nerveuse.

— Et maintenant ? demanda-t-elle.

Je regardai par la fenêtre. Nous étions au début de l'après-midi. J'ouvris l'une des poches de mon pantalon de treillis et en tirai l'un des talkies-walkies.

— Garde-le sur toi, au cas où il arriverait quelque chose, répondis-je.

— Que pourrait-il m'arriver ?

— Je n'en sais rien. Mais quelqu'un ou quelque chose a tué Lily de l'autre côté du mur. Et quelqu'un ou quelque chose a arrêté Laura.

Becky manipulait le talkie-walkie, passant d'une fréquence à une autre. Elle ne paraissait guère pressée d'aller où que ce soit.

J'avais remarqué que Mason et elle n'avaient pas échangé plus de trois mots. J'avais pourtant cru, peut-être naïvement, que nous pourrions nous faire un peu plus confiance que ça. Personnellement, je me fiais à l'un comme à l'autre, ou c'était du moins ce que je croyais. Et ce que je voulais.

Mason se détourna.

— Je vais me recoucher, annonça-t-il avec un soupir découragé.

Je regardai Becky. Elle arborait son sempiternel sourire de maîtresse d'école, mais ses yeux étaient rouges et gonflés et elle avait l'air épuisé.

— On peut rester juste un moment ensemble ? demanda-t-elle, un peu gênée.

— Bien sûr, mais tout ira bien, répondis-je avec bienveillance.

Elle éclata de rire, secoua la tête et se détourna.

— Je sais que pour moi, tout ira bien, plaisanta-t-elle. C'est pour toi que je m'inquiète : tu dois avoir la poisse.

Comme nous ne pouvions aller nulle part ailleurs, que travailler n'avait plus aucun sens et que Le Chaos ne préparait plus rien à la cafétéria, nous nous installâmes dans la salle commune pour bavarder.

Becky était humaine. Le contraire me paraissait impossible.

26.

Becky se renversa avec un rire léger dans son fauteuil trop rembourré.

— Ma grand-mère était quelqu'un, déclara-t-elle. Et elle t'aurait détesté.

— Pourquoi, qu'est-ce qui cloche chez moi ? plaisantai-je, les mains levées en signe de protestation.

— Comme je te l'ai dit, j'ai grandi dans un ranch complètement paumé. Elle se méfiait des citadins. Pour elle, vous étiez tous des menteurs et des criminels. Elle gardait toujours un fusil près de l'entrée au cas où l'un d'entre vous se pointerait.

— Ah ouais ? demandai-je dans un éclat de rire. Eh bien, à Pittsburgh, on prend tous ceux qui vivent dans des ranchs pour des péquenauds.

Becky me tira la langue.

— Attends, dit-elle soudain en plongeant la main dans la poche arrière de son jean. On m'appelle.

— Tu es partie en guerre avec ton pager ? demandai-je alors qu'elle ouvrait son ordinateur miniature.

— La force de l'habitude, répondit-elle avec un sourire gêné. Je suis toujours de service.

Elle se tut pour lire le message affiché sur l'écran.

— Il est sur le réseau ? demandai-je.

— Il faut bien, pour me transmettre les appels, murmura-t-elle. Un tas de...

Son visage devint livide. Elle me jeta un regard terrifié avant de baisser les yeux sur l'écran.

Je me levai de ma chaise pour lire le message par-dessus son épaule.

— On a rendu le contrat de la sécurité à Isaiah, annonça-t-elle dans un chuchotement. La Société doit vous arrêter, Rosa et toi, et fermer le collège : on a décrété l'état d'urgence.

Son regard rencontra le mien.

— C'est donc ça, la réponse de la direction ? dis-je.

— Il ne ferait jamais une chose pareille, affirma Becky, mais son regard la trahissait.

Elle savait qu'Isaiah en était capable.

Je me redressai.

— Par quoi va-t-il commencer ? Il doit d'abord rassembler tout le monde, non ? demandai-je.

Becky paraissait affolée.

— Oui, il va tous les rassembler, répondit-elle, et elle saisit mon bras. Et comme il sait que toi et moi étions ensemble aujourd'hui, il ne perdra pas de temps.

— Il faut faire sortir tout le monde d'ici, et vite. Il faut partir tout de suite.

Becky hocha la tête et déglutit péniblement. Elle tremblait.

— Je... je vais chez les filles pour prévenir Rosa, fit-elle. La direction ne sait pas encore que je ne fais plus partie de La Société.

— Et si elle le sait ?

— Je vais faire vite. (Elle fit un pas vers la porte, puis se retourna.) Et toi ?

— Je vais chercher Curtis et Oakland.

— Tu ne pourras pas rentrer, même si les autres ne sont pas encore organisés.

— Alors moi aussi, je vais faire vite.

Nous nous regardâmes pendant quelques secondes. Nous n'avons pas le temps, pensai-je.

— Tu as le talkie-walkie, dis-je avant de sortir en courant.

Je me jetais dans la gueule du loup, car c'était la seule chose à faire. Le collège de Maxfield m'avait déclaré la guerre et j'allais riposter.

J'entrebâillai la porte du dortoir pour jeter un coup d'œil à l'intérieur. Je ne vis personne, mais il n'était pas désert : j'entendais les bruits d'un jeu vidéo et je sentais une odeur de popcorn.

J'entrai, la main sur la poignée de la porte afin de ne pas faire de bruit en la refermant, puis je me glissai sans bruit dans l'entrée en longeant le mur pour éviter de faire grincer le parquet. Je pressai le pas et arrivai à l'embranchement des couloirs du Chaos et de La Société. Du bruit me parvenait des deux côtés. Pour la première fois depuis mon arrivée, je regrettai de ne pas porter l'uniforme du collège. Maintenant, tout le monde devait connaître mon sweatshirt noir et jaune.

Je fis une pause adossé au mur, tout en sachant que si j'étais repéré, je risquais d'être arrêté ou tout simplement descendu sur place, ce qui n'aurait surpris personne.

Mais ça ne servait à rien d'attendre, et Dieu seul savait ce qui me guettait au tournant du couloir.

D'ailleurs, ils entendaient probablement les battements de mon cœur.

Je franchis en courant les derniers mètres qui me séparaient de la chambre de Curtis. La porte était verrouillée. Je frappai le plus doucement possible. Il devait dormir.

Je jetai un coup d'œil derrière moi. Personne ne me poursuivait encore.

Je frappai de nouveau, plus fort.

— Qu'est-ce que c'est ? cria Curtis de l'intérieur.

Un instant plus tard, il apparut dans l'encadrement. Je portai un doigt à mes lèvres.

— Isaiah arrive, chuchotai-je. J'étais avec Becky et elle a reçu un message sur…

Curtis regardait fixement quelque chose derrière moi. Je me retournai et vis que l'un des gorilles d'Isaiah nous observait. Dès que nos regards se croisèrent, il s'éclipsa.

— Et merde, fis-je en me retournant vers Curtis. Le collège a rendu les rênes à Isaiah. Ses gorilles et lui sont censés nous arrêter, Rosa et moi. Becky a parlé d'état d'urgence.

Curtis réagit plus vite que je ne m'y étais attendu. Il saisit ses chaussures et les enfila à la seconde.

— Rassemble les V, je vais prévenir Oakland, dit-il.

— Ça roule.

— Benson, reprit-il, ils sont bien plus nombreux que nous : barre-toi d'ici, et vite.

J'ouvris la porte de ma chambre, hurlai à Mason de se lever, puis me ruai dans le couloir, où je frappai à chaque porte. Maintenant, le couloir était plus bruyant. Nous nous trouvions dans un cul-de-sac et La Société était armée.

Plusieurs V nous emboîtèrent le pas, mais pas tous. Quelques-uns ne me crurent pas quand je leur expliquai ce qui était arrivé, et la plupart ne paraissaient pas juger la situation aussi urgente que moi, mais ils n'étaient pas en passe d'être arrêtés.

Mon talkie-walkie émit un signal sonore bruyant. Je le tirai de ma poche pour baisser le volume.

— Benson, m'annonça Becky d'une voix faible et brouillée par les parasites, ils l'ont arrêtée.

— Quoi ?

— Rosa a disparu, et les filles de La Société aussi. Elles n'étaient plus là quand je suis arrivée.

— Comment ça se fait ?

Je me retournai pour regarder les autres V, qui tendaient l'oreille.

— Je ne sais pas, répondit-elle. Ils ont dû recevoir le message avant moi.

Mon estomac se noua. Évidemment, pensai-je. On nous surveillait avec les caméras. On savait que Becky était avec moi, et qu'elle était perdue pour La Société. On avait créé cette diversion pour nous séparer. Et maintenant, nous étions pris au piège.

— Barre-toi, et vite ! hurlai-je dans mon talkie-walkie.

Isaiah surgit à l'angle du couloir avec une douzaine de types dans son sillage.

— Elle n'ira pas loin, déclara-t-il. Toutes les portes sont verrouillées.

Il ne restait plus que sept V : cinq dans le couloir et deux qui étaient encore dans leurs chambres. Curtis avait rejoint Le Chaos. Peut-être trouverait-il de l'aide là-bas, mais nous, nous étions le dos au mur.

Isaiah était venu les mains vides, mais tous les autres étaient armés. Trois d'entre eux tenaient à la main les longs bâtons métalliques dont j'avais vu un exemplaire entre les mains de Laura en forêt, d'autres brandissaient couteaux et battes.

— Mais qu'est-ce qui vous prend ? hurlai-je. Ce que nous avons vu ce matin ne vous suffit pas ?

— Jane et Dylan sont des androïdes, et alors ? répondit simplement Isaiah. En quoi le collège est-il pire pour autant ? La direction nous a menti, d'accord, mais depuis quand nous dit-elle la vérité ? Est-ce que les androïdes nous tuent ? Non, ce sont juste des élèves comme les autres.

Mason fit un pas en avant.

— Et Dylan ? demanda-t-il.

– Dylan a tué un autre androïde, pas un être humain, déclara Isaiah d'un air suffisant. Pas l'un d'entre nous. Le collège n'essaie pas de tuer qui que ce soit. C'est vous qui créez des difficultés.

Je m'avançai.

— Laissez-nous passer et nous ne créerons plus de difficultés, dis-je.

— Non, c'est impossible, répondit Isaiah. Maintenant, écoutez-moi bien : Benson doit être arrêté, et tous ceux qui s'opposeront à son arrestation le seront également. À vous de décider.

Un objet glissa sur le sol, passa devant mes pieds et roula vers La Société.

Une grenade de paintball.

Isaiah me regarda avec un petit sourire suffisant.

— C'est une blague ? demanda-t-il.

Je me détournai à temps, juste avant d'entendre le sifflement de l'air comprimé.

La Société se retrouva plongée dans la confusion la plus totale tandis que la puanteur du poivre et de l'alcool envahissait le couloir étroit. Des balles de peinture volaient au-dessus de ma tête et plusieurs personnes hurlaient. Hector et Joel avaient surgi de leurs chambres et visaient avec leurs pistolets de paintball les visages nus des membres de La Société.

— On fonce ! hurlai-je, et notre groupe de sept chargea ses adversaires en déroute en se couvrant le nez et la bouche.

Hector lança une autre de mes grenades lacrymogènes dans le couloir de la Société. Curtis nous rejoignit, suivi de quelques gars du Chaos, dont Oakland.

— Et les autres ? hurlai-je.

— Ils restent ici, répondit-il.

La porte d'entrée resta verrouillée à notre approche.

— Reculez ! ordonna Curtis, et il envoya un coup de pied dans le battant, qui tint bon.

Il frappa de nouveau, juste à côté de la poignée. On entendit un craquement.

— Aide-moi, Hector, reprit-il. À la une, à la deux, à la trois…

Ils frappèrent ensemble et la porte s'ouvrit avec fracas.

Nous étions treize en tout, huit V et cinq membres du Chaos. Nous dévalâmes l'escalier. Nous étions en sous-nombre, nous manquions d'armes, les portes étaient verrouillées et, au cas où nous réussirions à franchir le mur, nous n'avions pas de ravitaillement.

Tout en courant, j'appelai Becky sur mon talkie-walkie.

— Où es-tu ? demandai-je.

Pas de réponse.

— Becky, appelai-je, où es-tu ?

— Au sous-sol, intervint Curtis, pantelant. Si les filles essaient de sauver Rosa, elles sont sûrement au sous-sol.

Nous débouchâmes dans l'entrée du rez-de-chaussée. Quelques élèves, des filles du Chaos adossées au mur, nous regardèrent, et Oakland leur hurla de nous suivre. Le sol en marbre était glissant et je dérapai à un tournant en me ruant vers l'escalier qui menait au sous-sol.

— Il y a trois issues vers le sous-sol. Ils ne pourront pas nous cerner, expliqua Curtis.

Je savais que c'était optimiste, car les autres tenaient les étages supérieurs et, qu'ils soient armés de pistolets de paintball, de gaz lacrymogène ou seulement de battes, ce serait un carnage pour ressortir.

Nous passâmes un autre tournant, prêts à dévaler l'escalier, mais trouvâmes les filles en haut des marches.

Becky fulminait, les yeux rouges, mais secs.

— Elle a disparu, annonça-t-elle. Nous sommes arrivées trop tard.

— Quoi ?

Carrie se précipita vers Curtis et le serra dans ses bras.

— Que pouvons-nous faire ? demandai-je, mais je savais déjà que nous avions échoué.

— Rien, répondit Becky. Il n'y a pas de bouton comme pour un ascenseur normal. On fait juste entrer la personne dedans et elle est emportée. La salle est vide.

Tout le monde restait stupéfait et silencieux. Seul le bruit lointain des poursuivants de La Société nous tira de cette torpeur.

— Où sont les filles de La Société ? demanda Oakland.

— Encore en bas, répondit Gabby.

Quelques filles du Chaos avaient suivi Becky, mais Minnie n'était pas avec elles. Elle avait dû rester à l'étage.

— Il faut se barrer, et en vitesse, dit Curtis.

— Où allons-nous ? demanda Anna, visiblement effrayée.

— De l'autre côté du mur, répondit-il. Et si tu ne veux pas venir, tu peux t'en aller tout de suite. On n'a pas le temps de discuter.

Il partit en courant et nous le suivîmes. Comme toutes les portes étaient verrouillées, il s'agissait de trouver la plus facile à enfoncer. Curtis avait apparemment eu la même idée que moi. Il se précipita à l'arrière du collège, vers la porte que nous avions enfoncée ce matin.

Isaiah nous avait devancés et nous attendait dans le couloir, entouré de ses gorilles. Tous avaient le visage et la poitrine éclaboussés de peinture, et du sang gouttait de l'œil enflé de l'un d'eux.

Isaiah avait perdu toute sa suffisance. Il avait un bel hématome au cou, son visage était rouge et congestionné et ses yeux larmoyants.

— Laissez-nous partir, dis-je. Qu'est-ce que ça peut vous faire ?

— Ce que ça peut me faire ? hurla-t-il. Comment c'était avant que Benson débarque ici ? demanda-t-il rageusement à son groupe. On avait des fêtes, des bals et on allait en cours. Ce ne sont pas ces robots qui ont tout changé, mais Benson !

Je sentis une main se glisser dans la mienne, celle de Becky.

— On peut encore revenir en arrière, ou sinon, vous pouvez tous crever ! vociféra Isaiah. Vous n'avez pas le choix. Ne rêvez pas : si vous franchissez ce mur, vous êtes morts, et je n'y serai pour rien.

Oakland s'avança. Je remarquai pour la première fois qu'il tenait à la main un couteau d'au moins vingt-cinq centimètres de long. On aurait dit une machette, mais il venait probablement de la cuisine.

Isaiah avait une lueur de folie dans le regard.

— Vous passez tout par pertes et profits, hein ? hurla-t-il. Vous savez que certains d'entre vous vont mourir, mais vous pensez que ça en vaut la peine, parce que d'autres survivront. C'est une idée idiote et égoïste. Vous comptez tous faire partie des survivants, alors c'est facile pour vous de sacrifier les autres, parce que vous vous dites que vous ne serez pas dans le lot.

— Tu peux venir avec nous, répondit Curtis, qui luttait pour garder son calme.

— Je peux aussi rester ici et survivre !

Je jetai un regard derrière nous. Les filles de La Société étaient arrivées, et elles aussi étaient armées.

— Mais peut-être que finalement, ce n'est pas une si mauvaise idée de passer les autres par pertes et profits, glapit Isaiah en tirant de l'arrière de son pantalon un pistolet.

C'était un .38 semi-automatique.

— Combien d'entre vous dois-je abattre pour vous retenir ? lança-t-il au milieu d'un silence de mort. Ça fera toujours moins de morts que de l'autre côté du mur !

— Où as-tu trouvé ce flingue, Isaiah ? demanda enfin Curtis.

Isaiah fit pivoter l'arme pour la braquer sur lui.

— Combien de morts parmi les V, Curtis ? On dirait qu'il y en a de nouveaux chaque semaine. Et chez le Chaos ? demanda-t-il en visant Oakland.

— Tu ne me fais pas peur, ricana Oakland.

— C'est bien ça le problème ! cria Isaiah. Tu regardes dans le canon d'un pistolet et tu n'as pas peur ! C'est pour ça que vous vous faites tuer, bande de crétins ! Ceux de La Société ne sont jamais arrêtés et ne crèvent pas en pleine forêt.

Curtis fit un pas en avant.

— Donne-moi ce pistolet, Isaiah, ordonna-t-il.

Isaiah le toisa. La sueur ruisselait sur son visage.

— Non, répondit-il, et il pressa la gâchette.

L'écho résonna comme un roulement de tonnerre dans le couloir en marbre. Curtis tomba sur un genou, la main crispée sur la hanche, puis glissa à terre.

Carrie se précipita vers lui, hurlante, et des cris jaillirent de tous côtés.

Isaiah restait immobile, le bras encore tendu, et regardait fixement la mare de sang qui se formait autour de Curtis. Il ne fit pas un geste quand ses gorilles s'écartèrent lentement de lui, ni quand Oakland s'avança et lui prit le pistolet.

27.

Nous sortîmes le cœur lourd et traversâmes la pelouse dans un silence presque complet. Nous étions un peu plus de cinquante. Le ciel s'assombrissait et nos haleines formaient des nuages au-dessus de nous.

Un daim se tenait à la lisière de la forêt.

Nous avions laissé Isaiah lié à un radiateur, mais la douzaine de fidèles restés avec lui était probablement en train de le détacher.

Nous n'étions pas tous armés. Le temps avait joué contre nous, et nous n'avions qu'un nombre limité d'outils d'entretien et de jardinage. J'avais emporté mon pistolet de paintball et un râteau à trois pointes, et Becky, une paire de sécateurs.

Blême, Curtis clopinait sur sa jambe valide, les bras passés autour des épaules de deux autres types. La balle avait traversé le haut de sa cuisse, et si la blessure paraissait saine, il avait perdu beaucoup de sang. Carrie le suivait de près. Nous avions essayé de l'embarquer à l'arrière d'un 4 × 4, mais aucun des véhicules n'avait voulu démarrer. L'un des anciens vigiles de La Société nous avait expliqué qu'ils ne marchaient que pour leurs conducteurs, qui étaient sélectionnés par Isaiah.

Malgré son état, Curtis gardait le pistolet d'Isaiah à la main. Sa blessure avait au moins démontré qu'il était humain. Tout le monde avait vu ses muscles sanglants et l'os de son fémur. De nous tous, il était le seul à pouvoir apporter la preuve qu'il n'était pas un robot.

Je me demandais s'il tiendrait le coup. Nous n'avions presque pas de matériel médical, et aucun savoir-faire de cet ordre. On lui avait fait un pansement, puis donné des calmants, et c'était tout. Nous n'avions même pas d'antibiotiques. J'avais appris qu'Anna avait enduit la blessure de désinfectant pour les mains.

Nous observions la forêt qui nous entourait, à l'affût du moindre danger. Il pouvait surgir de n'importe où dans ces bois obscurs, y compris parmi nous, si l'un de nous se révélait être un robot. Aurait-il une arme à feu comme Isaiah ?

Becky tenait à la main une petite lampe de poche qui éclairait tout juste le sol devant nous.

— Que comptes-tu faire ? me demanda-t-elle. Je veux dire, quand nous serons sortis d'ici ?

Elle était timide et nerveuse. Je me rendis compte que son assurance factice me manquait.

— Je ne sais pas, répondis-je. Retourner au lycée. Tu crois que nos dossiers seront transférés ? demandai-je avec un sourire qu'elle me rendit.

— J'écrirai peut-être un bouquin sur ce collège, fit-elle.

— Je ne savais pas que tu étais écrivain.

— Pas vraiment. Je tiens juste mon journal intime. Je l'ai emporté, tu sais, pour raconter aux gens ce qui s'est passé ici.

— Peut-être qu'on sera tous invités chez Oprah[1].

Elle rit doucement et leva les yeux au ciel.

— C'est mon rêve depuis toujours, déclara-t-elle.

---

1. Présentatrice du « Oprah Winfrey Show », un des talk-shows les plus célèbres aux États-Unis, auquel sont invitées notamment des personnes qui ont été victimes de mauvais traitements.

Oakland et Minnie marchaient en tête. Je ne comprenais pas vraiment pourquoi ils avaient choisi cette direction, mais ils devaient avoir leurs raisons. Après pas mal de discussions, nous avions décidé d'éviter la canalisation et le portail, trop prévisibles pour une évasion, afin de mettre toutes les chances de notre côté.

Les feux de camp n'étaient pas précisément sur notre chemin, mais ils ne semblaient pas loin.

— Tu es arrivé ici plus récemment que moi, dit Mason, qui venait de me rejoindre et se servait de sa pioche comme d'une canne. Tu as une idée de la distance entre le mur et la grille de l'entrée ?

— Je ne sais pas. Peut-être un kilomètre ? C'est difficile à dire : il n'y a que de la forêt entre les deux.

— C'est là que je nous guetterais, à leur place, affirma-t-il. J'attendrais que nous ayons franchi le mur pour nous tomber dessus, et alors nous serions faits comme des rats.

— Il y a encore assez d'espace pour s'enfuir, répondis-je dans un effort pour être optimiste.

Becky tenait maladroitement son sécateur, contrairement à Mason, qui serrait solidement le lourd manche de pioche, son pistolet de paintball en bandoulière. Il avait l'air pressé d'en découdre.

Nous étions maintenant au cœur de la forêt et passions devant le premier terrain de paintball sur lequel j'avais joué, le jour où Le Chaos m'avait tendu une embuscade. Comme c'était bizarre de suivre Oakland maintenant !

Je regardai Curtis, qui avançait cahin caha à l'arrière du groupe. Il tenait mieux le rythme que je ne l'aurais cru.

Soudain, Becky me saisit le bras.

— Regarde par là, chuchota-t-elle.

Je me retournai pour observer ce qu'elle me désignait. Un daim marchait à notre hauteur, à environ trente mètres de distance.

— Il nous suit depuis quelques minutes, dit-elle. C'est dingue comme il est apprivoisé…

Je me penchai, ramassai une pierre et la lançai à l'animal. Elle rebondit sur un tronc d'arbre à quelques centimètres seulement de lui, mais il n'eut aucune réaction.

— Pourquoi fais-tu ça ? demanda Mason.

— Je ne crois pas que ce soit un vrai daim, répondis-je.

Becky fronça les sourcils, ramassa une pierre et la lança à son tour. Je perdis le projectile de vue dans l'obscurité, mais l'entendis heurter quelque chose de dur.

Le daim ne dévia pas de sa trajectoire.

Le regard de Becky rencontra le mien.

— Je n'aime pas ça, dit-elle.

— On y est ! cria quelqu'un à l'avant du groupe.

Ils étaient arrivés devant le mur. Dans la pénombre, ce dernier traversait la forêt comme une grande ligne noire. Je n'aperçus aucune caméra de surveillance dans les parages, mais peut-être ce daim en était-il une. J'avais repéré pas mal d'animaux en chemin.

Oakland appela Mason, qui le rejoignit, et ils déroulèrent ensemble toutes les rallonges qu'il avait emportées dans son sac. Il y en avait trois grandes, de gros câbles orange de quinze mètres de long volés dans la salle d'entretien, et une demi-douzaine de quatre mètres provenant de lampes de dortoirs.

Hector grimpa dans un pin décharné, l'une des grandes rallonges passées à l'épaule. L'arbre paraissait malade, ses aiguilles étaient rousses et desséchées. Quand Mason fut à environ dix mètres au-dessus du sol, il attacha la rallonge à l'arbre, puis redescendit.

— OK, on abat d'abord cet arbre ! lança Oakland, et il désigna plusieurs élèves parmi les plus forts et les plus âgés, y compris moi-même.

Nous empoignâmes le câble qui pendait de l'arbre. Je ne pouvais pas être d'un grand secours, car, après avoir enfoncé la porte en acier ce matin, j'avais des élancements de douleur dans mon bras blessé. Je pris néanmoins place parmi ceux qui tiraient.

— On va le faire balancer, dit Oakland. Quand ça craquera, dégagez en vitesse.

Pendant qu'Oakland comptait, nous tirâmes sur le câble et l'arbre oscilla légèrement dans notre direction. Nous le laissâmes repartir en sens inverse.

— Tirez ! hurla Oakland alors que l'arbre penchait vers nous.

Cette fois, nous tirâmes plus fort pour lui imprimer davantage d'élan.

Alors que nous répétions cette manœuvre, je me souvins de ma première journée au collège, pendant laquelle j'avais tenté la même chose, sauf que j'avais eu la bêtise de le faire du haut d'un arbre. Ce jour-là, trois membres de La Société m'attendaient en contrebas. Maintenant, deux de ces personnes étaient mortes, ou, plus exactement, l'une l'était, tandis que l'autre avait été déconnectée et rebranchée dans un mur. La troisième, un type que je connaissais à peine, tirait en ce moment sur le câble juste derrière moi.

À présent, l'arbre oscillait violemment. Chaque fois qu'il se rapprochait du mur, nous tirions plus fort. Il se rompit enfin dans un craquement retentissant, et nous nous égaillâmes tandis qu'il s'abattait.

Quand la poussière fut retombée, nous vîmes que le tronc était adossé au mur, formant un pont tout à fait correct, bien qu'assez instable, pour accéder au sommet. Nous devions à présent abattre un autre arbre tout proche, puis lier les deux troncs.

— Hé, vous avez vu ? lança Mason, qui se dirigeait vers l'arbre abattu. Le mur est de traviole !

De fait, les lignes blanches du mortier n'étaient plus droites, mais arrondies et creusées autour de l'impact du tronc.

Tout en examinant le mur, je remarquai un autre détail étrange : un raton-laveur bien gras perché au sommet, à une quinzaine de mètres de nous. Un vrai raton-laveur aurait détalé dès qu'il aurait senti vibrer le mur. La voix d'Oakland me ramena à la réalité.

— On passe au deuxième arbre ! hurla-t-il.

J'acquiesçai, mais regardai encore le raton-laveur pendant quelques secondes. J'étais sûr de l'avoir déjà vu.

Becky observait également l'animal. Son regard rencontra le mien. Je sentis un fourmillement d'angoisse au creux de l'estomac, mais je me forçai à me concentrer sur notre tâche. Nous n'avions plus de temps à perdre.

Nous répétâmes la manœuvre avec un autre arbre au tronc un peu plus épais et aux branches plus nombreuses, qui tomba à son tour. Notre euphorie à l'idée de démolir le mur fut de courte durée : le tronc déforma la brique comme le précédent, mais le mur tint bon.

— On pourrait en abattre un troisième, proposa quelqu'un.

Je consultai ma montre. Nous étions au travail depuis près d'une heure. Il faisait nuit et seule la blancheur des nuages bas nous éclairait.

Oakland examina quelques arbres voisins, dont un, assez grand, qui aurait facilement démoli le mur, à condition de pouvoir l'abattre sans que les câbles ne rompent. Cet arbre paraissait plus sain que les deux précédents.

— Non, décida-t-il enfin. On stabilise les deux autres et on escalade le mur.

Nous fîmes rouler le deuxième tronc le long du mur en direction du premier. La distance qui les séparait n'était que de deux mètres cinquante, mais le poids du tronc le rendait difficile à déplacer, et mon bras blessé n'aidait en rien. Pousser avec les mains était bien plus douloureux que de tirer sur une corde. Il nous fallut au moins dix minutes pour placer le tronc, et lorsque nous l'eûmes lié à l'autre, j'eus l'impression que la température avait chuté de dix degrés.

Hector grimpa sur le mur avec la troisième grande rallonge. Au sommet, il s'immobilisa soudain, puis se retourna vers nous, l'air inquiet.

— Il y a des animaux de l'autre côté, annonça-t-il, perplexe et nerveux.

Oakland lui demanda ce qu'il voulait dire, mais je grimpai immédiatement en haut du mur pour vérifier par moi-même. Je découvris de l'autre côté plusieurs douzaines d'animaux, ratons-laveurs, daims, renards, marmottes, quelques gros lièvres et un porc-épic. Immobiles et silencieux, ils formaient un demi-cercle auprès du mur.

Derrière eux s'étendait la forêt.

— Qu'est-ce que c'est que ce délire ? murmura Hector.

Je dégainai mon pistolet de paintball et tirai dans la tête d'un lapin trois coups qui le projetèrent en arrière, mais il ne s'enfuit pas. Je ne pouvais pas distinguer les dégâts dans la pénombre, mais il nous observait toujours.

Derrière moi, les autres demandaient à grands cris ce qui arrivait et Hector le leur expliqua tandis que je repérais un daim. Je visai les yeux afin de briser l'objectif de la caméra qu'ils devaient dissimuler, mais le daim tressaillit à peine sous l'impact.

— Est-ce qu'ils ont l'air prêts à attaquer ? demanda Oakland, visiblement exaspéré.

— Je ne sais pas, répondis-je par-dessus mon épaule. D'ailleurs, qu'est-ce qu'une marmotte pourrait nous faire ?

Je ne quittais pas les animaux des yeux tout en écoutant les murmures qui s'élevaient de l'autre côté du mur. Ces robots ressemblaient à s'y méprendre à de vrais animaux, sauf qu'ils étaient immobiles comme des statues.

— OK, lança Oakland au groupe, finissons-en. Sautez du mur si vous pouvez, ça ira plus vite, mais ne vous pétez pas une cheville, parce que personne ne va vous porter.

— Et les robots ? cria quelqu'un.

— S'ils s'approchent de vous, cognez ou tirez : on n'est pas armés pour rien

Hector lia la rallonge à une grosse branche, inspira profondément, puis se laissa descendre de l'autre côté du mur. Je gardais mon pistolet braqué sur les robots, mais aucun ne faisait mine d'attaquer. Je ne crois pas du reste que mon pistolet les aurait arrêtés.

Oakland envoya d'abord quelques-uns des gars les plus costauds par-dessus le mur. Lorsqu'ils furent dix de l'autre côté, l'un des gars du Chaos agita une pelle pour effrayer un raton-laveur. Ce dernier l'esquiva avec un bond d'une rapidité surprenante, mais sans riposter.

Je restais au sommet du mur et regardais les autres membres du Chaos le franchir, suivis de ceux de La Société. Les V montèrent en dernier sur notre pont improvisé. Becky parvint au sommet du mur. Je redescendis pour aider Carrie et Anna à hisser Curtis sur les troncs. Ses doigts crispés s'enfonçaient dans mon épaule et chacune de ses respirations sifflantes était laborieuse, comme s'il se retenait de hurler de douleur.

Quand il fut en haut du mur, il s'arrêta pour reprendre son souffle.

Ceux qui étaient redescendus de l'autre côté restaient groupés et, visiblement nerveux, observaient la mer infinie de pins qui s'étendait devant nous. Les animaux avaient reculé, mais formaient toujours un vague demi-cercle autour de nous.

Nous liâmes la rallonge autour de la poitrine de Curtis. Ce n'était pas du très bon travail et Carrie paraissait atterrée tandis que Becky, Anna et moi-même le faisions descendre du mur. Nous ne pouvions éviter les secousses, car il était lourd, et il hurla en touchant le sol.

Carrie sauta à terre, suivie d'Anna et de Becky.

J'étais encore en haut du mur. Je me retournai pour jeter un dernier regard en arrière. Je ne pouvais distinguer le collège à travers les arbres, et je me demandai si je le reverrais un jour. J'espérais que ce serait en première page des journaux, avec de gros titres sur les sévices et l'emprisonnement subis par les élèves. Je rêvais également de voir Mrs Vaughan comparaître devant un tribunal en uniforme orange de détenue pour répondre de plusieurs dizaines de chefs d'inculpation de meurtre.

Au-dessous de moi, Oakland entraînait déjà les autres vers la forêt. En tête de la troupe, des gars armés d'outils à longs manches – râteaux, pelles et serpes – tentaient d'effrayer les animaux. Carrie soutenait Curtis et Becky m'attendait au pied du mur.

Je sautai à terre. Le sol était plus dur que je ne m'y attendais et je sentis douloureusement l'impact dans les tibias, mais j'étais euphorique. J'ignorais ce qui nous attendait plus loin, mais nous avions au moins franchi le premier obstacle.

De ce côté du mur, la forêt était plus clairsemée, mais le sous-bois plus dense. Nous devions avancer plus lentement et nous frayer un passage à travers des broussailles et des herbes sèches et épaisses. Becky et moi-même fermions la marche avec Mason. Curtis boitillait devant nous. Je me sentais isolé et vulnérable.

— Ça se présente plutôt mal, chuchota Becky.

Nous devions sans cesse prendre garde à ne pas perdre l'équilibre, ce qui nous empêchait d'être constamment aux aguets.

Soudain, un hurlement retentit et tout le monde se mit à parler en même temps. Je ne voyais pas ce qui se passait, mais tout le groupe partit en courant. Becky, Mason et moi-même suivîmes le mouvement, ralentis par Curtis, qui se hâtait pourtant de son mieux.

— Que se passe-t-il ? demandai-je en scrutant l'obscurité devant moi.

— Peut-être un mouvement de panique, répondit Mason.

— J'ai le flingue, dit Curtis d'une voix sifflante.

— On en aura peut-être besoin, acquiesçai-je, les yeux fixés sur l'avant du groupe.

J'entendis Oakland ordonner aux autres de rester ensemble et en mouvement.

— On s'en tirera, affirmai-je presque machinalement, sans savoir si c'était moi-même ou les autres que je voulais rassurer.

Des cris s'élevèrent devant nous. Je me détendis quand je compris que c'étaient des clameurs de joie. Nous approchions de la grille, dont le fil métallique brillait au clair de lune. Peut-être le plus dur était-il passé. Les animaux étaient encore là, mais maintenant, tout le monde les ignorait.

Hector et Joel s'attaquaient déjà au grillage en acier avec une pelle et une scie à métaux. Becky se précipita et s'agenouilla devant la grille. Elle saisit un fil entre les lames de son sécateur, qu'elle essaya de refermer pour couper l'acier. Comme elle n'y arrivait pas, je vins l'aider, mes mains toutes proches des siennes sur le manche.

Je poussai un grognement, Becky un cri, et les lames tranchèrent le fil.

Des acclamations fusèrent derrière nous. Nous recommençâmes.

Mes bras me brûlaient et la sueur coulait dans mon dos malgré le froid glacial. Le front de Becky était semé de minuscules gouttes de sueur et la peau de son visage se tendait quand elle serrait les mâchoires. Nous coupâmes encore un fil, puis un autre. Au dixième, tout le groupe nous entourait et applaudissait à chaque fois. Enfin, Hector, qui avait abandonné sa scie à métaux, nous ordonna de nous écarter et commença à défaire les fils rompus. Quelques minutes plus tard, un trou assez grand pour nous livrer passage béait dans la grille.

Il le maintint fièrement ouvert et fit signe à Becky, qui répondit par un sourire radieux. Elle franchit la grille pour la première fois depuis presque un an et demi. Je la suivis et j'eus l'impression de sortir d'un placard obscur. Même si nous étions toujours dans cette forêt sans fin, je respirais plus librement, comme si on m'avait ôté un poids très lourd de la poitrine.

Les autres affluaient maintenant par l'ouverture : Gabby, Hector, quelques membres de la Société qui ne portaient pas d'armes, Oakland, Minnie. Tous évoluaient avec plus d'assurance et un certain étonnement. Aucun d'entre nous ne s'était probablement attendu à parvenir jusqu'ici.

— Très bien. Ça suffit.

J'eus un coup au cœur en entendant cette voix.

Tous les élèves s'étaient figés. Mrs Vaughan avait un Taser à la main et un autre à la ceinture. Elle ne portait pas d'autre arme et elle était seule.

Elle désigna la grille.

— À votre place, je n'irais pas plus loin, dit-elle simplement et tranquillement.

Je me retournai et vis Purée debout devant l'ouverture.

— Pourquoi ? rétorqua-t-il, et il s'avança pour passer de l'autre côté.

Quand sa main toucha la grille, il se pétrifia, puis, quelques secondes plus tard, se mit à trembler violemment. Nous le regardâmes, horrifiés. Enfin, l'un des gars de La Société le faucha et il tomba, lâchant la grille qui était maintenant électrifiée.

— Coupez le courant ! hurlai-je à Mrs Vaughan. Laissez-les passer.

Elle secoua la tête.

— Certainement pas, répondit-elle, et elle désigna de nouveau la grille. Vous avez commis une grave infraction au règlement, et vous connaissez tous les sanctions prévues dans ce cas.

Des coups de feu éclatèrent derrière la grille. Je me retournai et vis une fille de La Société tirer sur les autres élèves. Certains ripostèrent, mais la peinture qui irritait leur peau et leur abîmait les yeux ne l'arrêta pas. Elle abaissa calmement son arme et brandit un couteau de boucher.

— Vous avez vu ? demanda Mrs Vaughan. Je ne suis pas seule.

Je pivotai et braquai mon arme sur elle.

Joel était devant moi. Son poing m'atteignit à la mâchoire avant que j'aie le temps de l'esquiver. Je m'effondrai tandis que des lumières dansaient devant mes yeux, et regardai les quelques élèves qui étaient du même côté de la grille que moi commencer à se battre avec les androïdes du groupe.

J'empoignai la jambe de Joel pour le renverser, mais il réussit à rester debout et abattit son pistolet sur mon bras blessé. Je perdis l'équilibre, atterris brutalement à terre et dus secouer la tête pour y voir clair.

Des cris et des hurlements fusaient autour de moi, mêlés au sifflement des jets de peinture. Je compris qu'il avait été stupide d'emporter ces armes : la peinture ne pouvait blesser que les humains et tous les androïdes étaient équipés de pistolets à peinture.

J'aperçus un sécateur à terre, à quelques mètres de moi, et me demandai où était Becky, mais je n'avais pas le temps de la chercher. Joel m'empoigna par l'épaule et me souleva du sol avec une vigueur surhumaine, mais je me démenai si violemment qu'il lâcha prise et se retrouva avec un lambeau de chemise à la main.

Je tendis la main vers le sécateur, mes doigts effleurèrent le manche, mais j'étais trop loin. Joel me rejeta à terre et marcha sur mon poignet blessé. Je hurlai de douleur. Il me lança un coup de pied dans les côtes.

Je ne pouvais plus remuer. Mon bras m'élançait et me brûlait. J'avais l'impression que mes poumons ne fonctionnaient plus.

Joel m'abandonna pour s'approcher des membres désarmés de La Société. Becky se tenait devant eux, les bras vainement écartés pour les protéger. Mû par l'énergie du désespoir, j'inspirai et m'arc-boutai pour me relever malgré la douleur qui me taraudait les côtes.

Joel abattit le poing sur l'épaule de Becky, qui se recroquevilla à terre.

Je saisis le sécateur et frappai aveuglément Joel. Je tenais l'instrument dans la main droite, juste au-dessus des lames, que je plongeai dans sa cage thoracique.

Il tomba et roula sous moi, mais je ne lâchai pas prise. J'arrachai les lames de son corps – elles étaient sanglantes, mais je savais que ce sang venait uniquement des tissus, et non de la mécanique interne de son corps – et les enfonçai de nouveau, cette fois-ci à la base de son cou. Il pivota sur lui-même pour me repousser et frappa de nouveau, mais j'étais trop proche pour qu'il puisse me faire vraiment mal.

Je sentis derrière moi que quelqu'un se jetait sur lui pour empoigner ses jambes. Quelqu'un d'autre – Becky – bondit sur lui, passa un bras autour de son cou et le serra.

— Tue-le ! hurla-t-elle.

Dans un jaillissement d'adrénaline, j'enfonçai sans relâche les lames dans le corps convulsé de Joel. Au dernier coup, l'une d'elles accrocha quelque chose, et j'agitai le manche pour trancher les câbles ou les fils que j'avais happé. Joel s'immobilisa soudain, les membres et le visage inertes.

Je relevai la tête et vis avec stupeur que plus personne ne remuait autour de nous.

Mason, désarmé, se tenait debout, les mains sur sa tête ensanglantée. De l'autre côté de notre groupe, Gabby gisait à terre, gémissante, les bras et la chemise couverts de sang. Minnie était également étendue, la machette d'Oakland enfoncée dans la poitrine. Pendant un instant, je me demandai ce que cela signifiait – je ne savais même plus qui était dans mon camp – et puis je vis Oakland braquer un couteau sur la gorge de Mrs Vaughan.

— Nous ne serons plus vos cobayes ! hurla Curtis à Mrs Vaughan.

Il était encore de l'autre côté de la grille électrifiée. La plupart de ceux qui étaient avec lui gisaient à terre, gémissant de douleur ou tremblant de peur, mais je n'avais pas l'impression que des androïdes se dissimulaient parmi eux.

Le visage de Curtis était livide. Carrie essayait de le relever.

— Vous ne pourrez plus faire d'expériences sur nous ! cria-t-il en visant Mrs Vaughan de son pistolet.

Si Oakland ne l'égorgeait pas, il l'abattrait.

Mrs Vaughan soutint son regard avec un sourire amusé visible même dans la pénombre.

— Quel égocentrisme, commenta-t-elle d'une voix froide et cruelle. Ce n'était pas sur vous que nous faisions des expériences, mais sur eux, acheva-t-elle en désignant les corps de Joel et de Minnie.

Les androïdes ? Jane ? pensai-je.

— Nous devons tester des programmes dans un environnement entièrement sous notre contrôle, expliqua-t-elle avec dédain. Ce n'était pas de vous qu'il s'agissait.

— Ces expériences ne portaient pas sur nous, murmura Carrie d'une voix presque plaintive.

— En fait, lui répondit Mrs Vaughan avec un large sourire, ce n'est pas rigoureusement exact.

Un instant plus tard, le pistolet de Curtis était dans la main de Carrie. Alors qu'il s'effondrait, n'étant plus soutenu par elle, elle tira trois fois dans la poitrine d'Oakland.

Des cris s'élevèrent de nouveau, et Carrie tomba, peut-être précipitée à terre par Curtis, mais j'aurais été incapable de l'affirmer.

Je me levai d'un bond et, sécateur en main, chargeai Mrs Vaughan. Je la renversai et atterris sur elle, les lames dangereusement proches de sa gorge.

— Rappelez-les ! ordonnai-je, le visage à quelques centimètres du sien, et je pressai la lame contre son cou.

Elle éclata de rire.

— Rappelez-les !

Je pressai plus fort et une mince ligne sanglante apparut sur sa peau.

— Vous ne pourrez rien me faire, dit-elle calmement. Je suis reliée à l'ordinateur central.

Mes yeux s'agrandirent.

— Sauvez-vous ! hurla quelqu'un.

— Vous avez échoué, Mr Fisher, reprit Mrs Vaughan. Personne ne s'évadera d'ici. Personne ne le peut.

— Viens ! cria Becky en me tirant par le bras.

Je regardai les autres. Tapti s'attaquait à eux, ainsi qu'un gars du Chaos.

Je vis le visage de Curtis.

— Sauvez-vous ! hurla-t-il. Allez chercher des secours !

Mason se rua sur Tapti, la renversa et ramassa une clef anglaise.

Je me levai d'un bond, abandonnant Mrs Vaughan, et rejoignis Becky. Nous nous enfuîmes, mais nous arrêtâmes à la lisière de la forêt pour regarder en arrière. Elle chancelait, affolée.

— Venez ! lançai-je à ceux qui se blottissaient en tremblant contre la grille, mais ils ne réagirent pas.

— Sauvez-vous ! hurla de nouveau Curtis avec l'accent du désespoir. Sauvez-vous !

Carrie s'était relevée, mais le pistolet n'était plus dans sa main.

— Sauvez-vous !

Ce n'était plus seulement Curtis, mais aussi Gabby et Tire-au-flanc qui nous suppliaient de nous enfuir.

— Nous ne pouvons plus rien pour eux maintenant, haleta Becky, et, empoignant mon sweatshirt, elle m'entraîna en avant.

Mason n'était qu'à cinq ou six mètres derrière nous.

Je jetai un dernier regard aux autres, puis me tournai vers la forêt et m'enfuis avec Becky. D'ici peu, on enverrait quelqu'un à nos trousses.

28.

Nous courûmes pendant au moins dix minutes, Becky à quelques pas devant moi et Mason derrière nous.

Cinquante-quatre élèves avaient tenté de s'évader, mais trois seulement y étaient parvenus. Et Dieu seul savait si nous sortirions un jour de la forêt. Il nous restait des kilomètres à parcourir avant même de pouvoir chercher des secours.

Il était exclu de rejoindre l'autoroute, car le collège la surveillerait. Il fallait couper à travers champs et suivre une direction en espérant trouver des secours.

Je pensai à Curtis et à Gabby, tous deux grièvement blessés. Et ils n'étaient pas les seuls. Si nous ne nous hâtions pas, ils mourraient.

Ils mourraient probablement quoi qu'il arrive.

Et si le collège se débarrassait de tous les élèves ? S'il les tuait ? Je regardai le petit sac à dos de Becky et me souvins du journal intime qui était à l'intérieur. Il me parut soudain plus précieux que jamais.

Nous arrivions au sommet d'une petite colline. Becky ralentit, puis s'arrêta à côté d'un tronc d'arbre mort. Elle était hors d'haleine. Je remarquai qu'elle avait au cou une blessure de forme ronde, probablement l'impact d'une balle de peinture, dont le pourtour était enflé et rouge vif.

Les nuages s'étaient écartés de la lune, et les arbres clairsemés n'interceptaient pas sa lumière. Je distinguais la masse confuse d'une forêt sur les collines rondes qui s'étendaient vers l'ouest. C'était surprenant de découvrir un nouvel horizon après avoir séjourné si longtemps au même endroit.

— Regarde, fit Becky, en désignant un point dans le lointain. Tu crois que c'est de la fumée ?

Je plissai les yeux. C'était dans la direction de ce que nous appelions le campement, mais j'y voyais mal sous cet éclairage.

Mason nous rejoignit au même moment.

Tout à coup, Becky s'effondra et atterrit brutalement sur le tronc abattu. Elle hurla de douleur, mais son cri se mua en grognement.

Je m'avançai vers elle. Elle avait dû trébucher. Elle avait dû…

Mason se tenait au-dessus d'elle. Il se détourna pour me faire face, une clef anglaise à la main.

Il l'avait frappée.

Non, c'est impossible, pensai-je. Il ne peut pas être des leurs. Tous les androïdes s'étaient trahis là-bas, auprès de Mrs Vaughan. Je le dévisageais, trop stupéfait pour parler. Ses yeux étaient sans vie.

Je levai les mains, mais il était trop tard pour l'arrêter. Il abattit la clef sur l'attelle de mon poignet et je tombai à genoux. J'essayai de me détourner, mais il fut plus rapide et me frappa aux côtes.

Immobile, il me toisait. Il allait nous tuer tous les deux. Je regardai Becky. Elle essayait de remuer et respirait difficilement.

— Mason, dis-je, et je sentis un goût de sang dans ma bouche. Tu es… comme eux ?

— Veuillez retourner au collège, répondit-il.

Ses lèvres ne remuaient pas et ce n'était plus sa voix. Il était sous contrôle. Le Mason que je connaissais avait disparu, comme la Jane que j'avais connue. Quelqu'un d'autre le contrôlait désormais.

— Qui es-tu ? hurlai-je alors qu'il brandissait de nouveau la clef anglaise. Arrête, Mason ! Tu dois bien être quelque part dans ce corps.

Son corps se tendit, puis il frappa.

Juste avant l'impact, j'entendis un bruit de bouchon qui saute, puis un bourdonnement, et quelque chose frappa Mason. Il se figea, puis tomba en avant, aussi raide et mort que s'il était de pierre.

Je regardai Becky. Son flanc était couvert de sang et son visage encore plus pâle que d'habitude. Elle tenait un Taser à la main.

— Je l'ai pris à Mrs Vaughan, réussit-elle à articuler.

J'étais trop choqué pour répondre. Becky saignait, j'étais perclus de douleur et Mason était mort, peut-être d'un court-circuit. Mon camarade de chambre…

Becky me tirait par la manche. Je la regardai, comme engourdi. Elle avait une blessure à la tête là où Mason l'avait frappée, et son bras était trempé d'un sang qui paraissait noir dans l'obscurité. Je la regardai essayer d'ôter sa veste en se servant d'un seul bras.

Je secouai la tête pour émerger de ma torpeur, m'approchai d'elle et, avec précaution, l'aidai à sortir le bras de sa manche.

— Je suis tombée sur le tronc, expliqua-t-elle, les dents serrées, et elle désigna de la tête un enchevêtrement de branches brisées aux pointes acérées. L'une d'elles avait transpercé son biceps comme une lance.

Elle s'adossa au tronc avec un tressaillement de douleur et j'essayai d'ôter les lambeaux de tissu de la blessure. L'entaille était étroite, mais profonde. J'apercevais à l'intérieur la blancheur de l'os.

J'arrachai un bout de tissu de sa veste et en fis une boule que j'appliquai sur son bras. Elle serra les lèvres pour réprimer une plainte.

— Tiens ça, lui dis-je, puis je débouclai ma ceinture et la nouai autour de ce bandage improvisé.

Quand je m'agenouillai à côté d'elle, mes mains étaient rouges de sang.

— Il faut repartir, dit-elle faiblement.

— Je sais.

Elle essayait de se relever. Elle était plus coriace que je ne l'avais cru.

Je me levai, titubant, et saisis sa main valide pour l'aider.

Quand elle fut debout, je la regardai dans les yeux et souris. Des larmes me montèrent aux yeux, mais je les refoulai.

— Qu'est-ce qu'il y a ? demanda-t-elle, la tête inclinée sur le côté, avec un pâle sourire.

— Tu es humaine, répondis-je. J'ai vu ton os.

Sans lui laisser le temps de répondre, je l'étreignis. Elle me rendit cette étreinte avec son bras valide. L'autre pendait le long de son flanc.

— Il faut nous dépêcher, dit-elle sans lâcher prise.

Je scrutai la forêt qui s'étendait derrière elle. Je ne vis rien, mais je savais que ça ne durerait pas. Quand la direction apprendrait que Mason avait échoué, elle enverrait quelqu'un d'autre à notre poursuite.

Je posai la main derrière la tête de Becky, la serrai contre moi, le visage enfoui dans ses cheveux bruns, et fondis en larmes.

— Je voulais tellement que tu sois humaine, dis-je.

Je sentais sa respiration rapide et irrégulière tandis que son bras se resserrait autour de moi.

Nous n'avions plus rien, aucun ravitaillement, puisque nous avions laissé nos sacs à dos près de la grille, Becky saignait et mes côtes étaient plus mal en point que jamais.

Mais nous étions libres. Bientôt, on nous traquerait, mais nous étions encore libres.

— Nous allons descendre d'ici, repris-je, les yeux fixés sur les collines où s'élevait la fumée, vers l'ouest.

J'établissais déjà notre itinéraire.

Becky tourna la tête, mais sans me lâcher.

— C'est ce qu'on raconte toujours, repris-je en me souvenant de ce que j'avais vu à la télévision. Il faut descendre jusqu'à un ruisseau, qui vous mène à une rivière, qui vous mène à des hommes.

Je sentis qu'elle acquiesçait, puis elle me regarda avec un pâle sourire.

— Et surtout, essayer de tenir le coup, ajouta-t-elle.

J'inspirai profondément.

— On y va, dis-je.

29.

Il neigeait.

Assise à côté de moi, Becky était pâle et frissonnait de froid. Un bras passé autour d'elle, je la serrais contre moi pour nous réchauffer. Nous avions fait halte au milieu de la forêt.

J'avais essayé tout ce que j'avais vu à la télévision en fait de trucs de survie. Quand Becky avait été incapable de marcher plus longtemps, j'avais trouvé une cachette dans un enchevêtrement de genévriers et tapissé le sol de branches de pin pour nous protéger du froid. J'avais également cherché des feuilles pour nous recouvrir, mais comme je n'en trouvais pas en quantité suffisante, j'avais encore utilisé des branches de pin. Après avoir grelotté pendant plusieurs heures de suite, je me demandais si tous ces conseils servaient à quoi que ce soit. Je n'osais pas allumer un feu.

Becky ne dormait pas. Sa respiration était difficile et irrégulière et elle gémissait souvent, les poings douloureusement crispés.

Nous avions franchi le mur et échappé aux androïdes. Nous étions maintenant en forêt, libres, mais elle allait peut-être mourir.

Alors que la lueur de l'aube envahissait le ciel, j'examinai sa blessure de plus près. Elle était couverte de sang séché, sauf par endroits, où du sang frais suintait encore. Sa peau était aussi pâle que la neige.

— Comment ça se présente ? demanda-t-elle, les dents serrées.

— Oh, ça va, répondis-je sur le ton de la plaisanterie. Il n'y a pas de quoi en faire un drame.

Elle sourit. Si elle avait appris quelque chose en un an et demi, c'était à sourire sur commande.

— J'ai mal, dit-elle, le souffle court.

— Ça va s'arranger.

Je mentais et nous le savions tous deux. Avec tous les coups qu'elle avait reçus, elle était au bord de l'hémorragie.

— Tu peux encore marcher ? demandai-je.

De jour, on nous rechercherait plus activement. Jusqu'ici, nous avions réussi à éviter les gardes, mais ce n'était qu'un sursis.

— On n'a pas le choix, répondit-elle, les yeux fermés comme pour se concentrer.

Je m'assis en veillant à ne pas la heurter, ni déranger notre maigre couverture.

— Je reviens tout de suite, dis-je.

Elle hocha la tête et se mordit la lèvre.

Je grimpai la pente abrupte de la colline en essayant de me déplacer sans bruit. Du sommet, je ne découvris guère plus qu'une étendue infinie de forêts, mais je connaissais les montagnes qui se profilaient à l'horizon. Je les avais vues pendant plusieurs semaines par les fenêtres du collège et elles m'indiquaient assez précisément notre position. Nous n'avions probablement parcouru que quelques kilomètres, peut-être six ou sept, avant de faire halte.

Nous ne pourrions jamais rejoindre l'autoroute.

Je regardai vers le sud et ne vis rien non plus de ce côté, mais je savais qu'il y avait quelque chose, peut-être le campement des gardes, et qu'il ne pouvait être bien loin d'ici.

Je redescendis et rejoignis Becky. Les yeux fermés, elle paraissait morte. Le seul signe de vie émanant d'elle était sa respiration laborieuse.

— Il faut repartir, dis-je.

Elle répondit par un hochement de tête presque imperceptible.

La marche se révéla une épreuve, mais Becky avançait malgré tout, posait un pied devant l'autre sur le terrain inégal.

Elle ne me demanda pas où je l'emmenais et je ne le lui dis pas, car elle n'aurait pas été d'accord.

Je lui tenais la main, mais même après une demi-heure de marche, elle ne se réchauffait toujours pas. Et maintenant qu'il faisait jour, je remarquais que son teint était terreux. Je me demandai si elle couvait une infection, mais peut-être était-ce encore trop tôt ?

Soudain, je sentis comme un parfum dans l'air.

Becky l'avait également remarqué. Elle tourna vivement la tête, à l'affût.

— Qu'est-ce que ça sent ? demanda-t-elle.

— Le bois brûlé, répondis-je.

— Tu crois que ça vient du collège ? fit-elle, les yeux levés vers le ciel pour repérer la fumée.

— Je ne crois pas. Nous sommes tout près du… je ne sais pas ce que c'est. Ce qu'on voyait des dortoirs.

Je lus de la frayeur dans ses yeux.

— Nous ne pouvons pas nous rendre, dit-elle. Ne fais pas ça.

— Ce n'est pas ce que je veux. Je veux juste aller là-bas pour voir si je peux trouver des provisions, des bandages, des médicaments, ce genre de trucs. Ils ont dû tous partir à notre recherche : il n'y aura pas un chat.

Becky parut sur le point de protester, mais elle était trop épuisée. Elle restait immobile et silencieuse, les yeux rivés sur la forêt.

— D'accord, répondit-elle d'une voix à peine audible.

Nous parcourûmes encore deux kilomètres environ. Nous allions lentement et comme nous n'avancions pas en ligne droite, il était difficile d'évaluer les distances. Finalement, Becky fut incapable de continuer. Je l'aidai à descendre dans un ravin sablonneux, puis, quand elle fut allongée, la recouvris de feuilles et de débris végétaux pour lui tenir chaud.

Elle saisit ma main.

— Ne pars pas trop longtemps, demanda-t-elle.

— Non, ne t'inquiète pas.

Alors que je m'attendais à la voir pleurer, je fus surpris de sentir les larmes me monter aux yeux.

Avant de partir, je l'embrassai.

À présent, je courais presque dans les bois. J'essayais comme toujours de ne pas faire de bruit, mais je savais que je devais me hâter, sans quoi Becky risquait de mourir dans la solitude.

Au bout d'un moment, le terrain s'aplanit, et collines et vallées cédèrent la place à une forêt clairsemée. Je ne voyais ni routes, ni sentiers, ni ornières. Pas d'animaux non plus. J'étais seul.

L'odeur de bois brûlé devenait plus intense et je distinguais de la fumée entre les arbres. Je me rapprochais du but.

Soudain, j'arrivai à la lisière des bois et un village apparut devant moi. C'était en réalité une agglomération de petites fermes auxquelles s'ajoutaient quelques douzaines de bâtiments. De la fumée montait de quatre ou cinq cheminées.

Ce n'était pas un campement.

Je traversai en courant un jardin désert et en friche, et me dirigeai vers le bâtiment le plus proche, qui ressemblait à une écurie.

J'avais envie de hurler au secours, d'appeler la police, mais mon séjour au collège m'avait rendu soupçonneux.

Sans doute ces gens savaient-ils ce qui se passait au collège. Peut-être même le dirigeaient-ils.

Je jetai un coup d'œil par la fenêtre de l'écurie, ne vis personne à l'intérieur, mais repérai quelques bâches qui pourraient m'être utiles.

J'ouvris la porte avec précaution. Il faisait plus chaud à l'intérieur. Il y avait des animaux, une demi-douzaine de vaches.

Je les ignorai et me dirigeai vers les bâches. Elles étaient grandes, solides et en toile rude au toucher, mais elles paraissaient étanches. Je remarquai contre le mur opposé un placard, vers lequel je me précipitai.

— Qui êtes-vous ?

Mon cœur fit un bond dans ma poitrine.

Ce n'était pas la voix d'un garde. C'était une voix familière. Une voix de fille.

Je me retournai.

Elle se tenait au milieu des vaches, qu'elle était en train de traire.

Elle avait changé, mais je la reconnus aussitôt. Sa peau était hâlée sous ses taches de rousseur. Elle était plus grande et paraissait plus âgée, mais je la reconnus.

— Jane ?

Elle repoussa une mèche de cheveux roux de son visage.

— Nous croyions que personne n'avait survécu, fit-elle lentement, l'air inquiet. Ils vont vous rechercher.

Je la regardais, pétrifié sur place et incapable d'articuler un son.

Jane s'avança vers moi. Ses vêtements étaient vieux et usés. Elle me dévisagea.

— Je te connais, dit-elle d'une voix à peine audible, et soudain, ses yeux s'agrandirent. Je te croyais mort, reprit-elle. Je nous croyais morts tous les deux.

Découvrez les autres titres de la collection :

ALERA de Cayla Kluver

À la perspective d'épouser l'homme que son père a choisi pour lui succéder à la tête du royaume d'Hytanica, la princesse Alera a la désagréable impression qu'on lui impose un destin dont elle ne veut pas. Lorsque Narian, un mystérieux jeune homme originaire du royaume ennemi de Cokyri, arrive avec un passé obscur dont il refuse de parler, les nouveaux désirs d'Alera menacent alors de détruire le royaume.

En découvrant le secret de Narian, la jeune fille se retrouve prise au piège de complots, de querelles familiales et de guerres ancestrales. Se résoudra-t-elle à écouter son cœur au détriment de sa famille, son royaume et son honneur ?

Tome II : *Le Temps de la vengeance*
Tome III : *Sacrifice*

HUSH, HUSH, *La saga des anges déchus* de Becca Fitzpatrick

Quand Nora se retrouve aux côtés de Patch en cours de biologie, elle n'a aucune idée du tour incroyable que sa vie va prendre. Mais qui est vraiment cet élève au passé mystérieux, doit-elle le craindre ou tenter de comprendre son univers ? Autour de Nora, les événements étranges se multiplient : cambriolages, agressions, menaces planantes. Patch cherche-t-il à la protéger ou est-il le coupable ? En vivant cet amour interdit, Nora se retrouve mêlée à un combat séculaire, entre des êtres dont elle ne soupçonnait même pas l'existence.

Tome II : *Crescendo*
Tome III : *Silence*
Tome IV : *Finale*

LES ÉTRANGES TALENTS DE FLAVIA DE LUCE d'Alan Bradley

Été 1950, le paisible manoir de Buckshaw est agité par de surprenants événements. Un oiseau mort, timbre collé au bec, est retrouvé devant la porte de la cuisine, un cadavre fait son apparition au beau milieu d'un plant de concombres, et le maître de la famille, le colonel de Luce, n'est plus lui-même. Le plus mystérieux de cette affaire ? Quelqu'un a subtilisé un morceau de l'écœurante tarte à la crème de Mme Mullet.

Avec son œil affuté et son laboratoire de chimie, c'est Flavia, l'une des trois filles de Luce, qui va mener l'enquête dans le passé tourmenté de son père.

Ses meilleurs amis sont les fioles de lithium et de borax, ses lunettes rondes lui servent autant à attirer la compassion qu'à protéger ses yeux des projections d'acide, et nul ne peut résister à sa fabuleuse repartie... surtout pas ses sœurs.

Tome II : *La mort n'est pas un jeu d'enfant*

Tome III : *La mort dans une boule de cristal*

COMMENT SE DÉBARRASSER D'UN VAMPIRE AMOUREUX
de Beth Fantaskey

Jessica avait de nombreux projets pour son année de terminale... Cela dit, épouser un prince vampire n'en faisait certainement pas partie ! Alors, que faire de Lucius, qui arrive tout droit de Roumanie pour réclamer sa promise, quand elle ignore tout de cet arrangement ? Vampire ou pas, Jessica n'a pas l'habitude qu'on lui dicte sa conduite, et elle a bien l'intention de mettre dehors ce vampire amoureux.

Tome II : *Comment sauver un vampire amoureux*

EVIL GENIUS : LES AVENTURES DE CADEL PIGGOTT
de Catherine Jinks

Adopté à sa naissance, Cadel Piggott montre dès son plus jeune âge des talents de hacker impressionnants. Fasciné par les codes et les systèmes, il épuise petit à petit tous les adultes chargés de son éducation, piratant leur carte bleue, s'infiltrant dans le système informatique de son école pour mettre le chaos dans les notes et les emplois du temps... Et ce n'est pas sa rencontre avec le mystérieux Thaddeus, envoyé par son père biologique, qui risque d'arranger les choses !

Tome II : *Genius Squad*

LES AGENTS DE M. SOCRATE d'Arthur Slade

Dans le Londres victorien, un étrange jeune garçon masqué suit les ordres de son maître pour déjouer les complots les plus secrets. Aidé de la belle Miss Octavia, il s'introduit dans les cachots de la Tour de Londres ou dans les clubs confidentiels en transformant son apparence.

Tome I : *La Confrérie de l'horloge*
Tome II : *La Cité bleue d'Icaria*
Tome III : *Le Peuple de la pluie*
Tome IV : *L'Île des damnés*

LES FRAGMENTÉS de Neal Shusterman

Après la Seconde Guerre civile américaine, on vient de signer la charte de la vie. Elle stipule que l'on peut « fragmenter » les adolescents âgés de treize à dix-huit ans. Nul ne sait ce qu'il advient d'eux. Quand Connor, Risa et Lev se retrouvent sur la liste fatale, ils n'ont qu'une solution : fuir et tenter de survivre.

GRANDE ÉCOLE DU MAL ET DE LA RUSE de Mark Walden

Bienvenue dans la première école du mal où sont réunis les esprits les plus malins, les plus machiavéliques pour apprendre l'art magistral du crime.

Tome I : *Grande école du mal et de la ruse*
Tome II : *High school Criminal*
Tome III : *Opération Léviathan*
Tome IV : *L'Armée des disciples*

MICAH ET LES VOIX DE LA JUNGLE de Frédéric Lepage

Une famille française qui abandonne tout pour s'installer au milieu de la jungle thaïlandaise, un cornac mystérieux, une grotte qui recèle des esprits maléfiques, un jeune héros aux pouvoirs étonnants : ce sont les ingrédients explosifs de la nouvelle série de Frédéric Lepage.

Tome I : *Le Camp des éléphants*
Tome II : *La Malédiction de Mara*
Tome III : *Le Masque du serpent*
Tome IV : *Piège de sang*

L'ORPHELINAT DES ÂMES PERDUES de Stephan Petrucha et Thomas Pendleton

Quatre fantômes de petites filles. Un rituel nocturne. Laissez-vous envoûter par les contes des âmes perdues.

Tome I : *Photo hantée*
Tome II : *Écoute...*
Tome III : *Captivité*
Tome IV : *Le Livre des sortilèges*

COMPOSITION NORD COMPO

IMPRESSION RÉALISÉE EN FRANCE
PAR CPI BUSSIÈRE
À SAINT-AMAND-MONTROND (CHER)
EN NOVEMBRE 2012

PAPIER À BASE DE
FIBRES CERTIFIÉES

LE MASQUE
s'engage pour l'environnement
en réduisant l'empreinte carbone
de ses livres.
Celle de cet exemplaire est de :
850 g éq. CO_2
Rendez-vous sur
www.lemasque-durable.fr

N° d'édition : 01. — N° d'impression : 123874/4.
Dépôt légal : janvier 2013.